KB232423

소림 삼십칠방

小林 三十七房

Fantastic Oriental Heroes

몽월 新무협 판타지 소설

소림삼십칠방 7

몽월 新무협 판타지 소설

초판 1쇄 찍은 날 § 2007년 8월 31일
초판 1쇄 펴낸 날 § 2007년 9월 11일

지은이 § 몽월
펴낸이 § 서경석

편집장 § 문혜영
편집 § 서지현 · 심재영

펴낸곳 § 도서출판 청어람
등록번호 § 제1081-1-89호
등록일자 § 1999. 5. 31
어람번호 § 제2-1281호

주소 § 경기도 부천시 원미구 심곡1동 350-1 남성B/D 3F (우) 420-011
전화 § 032-656-4452 팩스 § 032-656-4453
http://www.chungeoram.com
E-mail § eoram99@chollian.net

© 몽월, 2007

ISBN 978-89-251-0882-7 04810
ISBN 978-89-251-0629-8 (세트)

[완결]

소림 7 삼십칠방

몽월 新무협 판타지 소설

FANTASTIC ORIENTAL HEROES

청어람

小林
三十七房
목차

第一章 기연과 인연

시련의 연속 끝에 마침내 웅크렸던 몸을 일으켜 창비한다!

복수를 위해 제왕성에 뛰어든 소년에게 닥친 엄청난 고난과

신비하며 때로는 악마의 모습을 갖춘 소림삼십칠방의 등장!

험난하고 고독하며 위력적이고 놀라운 곳, 그곳의 문이 열린다!

『소림삼십칠방(少林三十七房)』

한 걸음 한 걸음 내딛을 때마다 손에 땀을 쥐었다. 조금만 잘못 내딛어도 수백 장 절벽 아래로 떨어질 것이었으므로 두 사람은 숨을 죽인 채 내려갔다.

절벽 아래로부터 거친 회오리바람이 불어 올라왔고 그때마다 몸이 심하게 흔들렸다.

"상체를 벽에 바짝 붙여라."

앞서 내려가던 사부가 다급히 말했다.

뒤를 따라가던 양오악은 앞가슴을 절벽에 바짝 붙였다.

휘이이!

바람이 어찌나 센지 금방이라도 절벽 아래로 떨어질 것 같았으므로 잠시 두 사람은 꼼짝 않고 절벽에 매달려 있었다.
바람이 잦아들고 두 사람은 다시 내려가기 시작했다.

벌써 이틀째 내려오고 있다. 하나 도무지 바닥은 보일 기미가 없었다.

투툭!

손끝에 잡힌 바위가 체중을 견디지 못하고 부스러졌다. 그때마다 휘청거리며 등골에 식은땀이 흘러내렸다.

온몸은 땀으로 흠뻑 젖었고 손끝에서는 피가 흘러나온 지 오래였다. 아랫도리가 부들거리는 것이 체력이 급속히 떨어지고 있음을 말해주었다.

"조금 쉬자꾸나."

사부가 말했다.

두 사람은 절벽 중간에 움푹 패인 곳에 발을 딛고 잠시 휴식을 취했다. 하지만 워낙 깎아지른 절벽이다 보니 그로 인한 긴장감으로 인해 체력이 계속 소진되고 있었다.

휘류류!

발아래 운무가 소용돌이쳤다.

앞으로도 얼마를 더 내려가야 하는지 기약이 없다. 족히 수백 장은 넘게 내려온 듯싶다.

"아직도 사부가 부질없는 일을 하고 있다고 생각하느냐?"

문득 사부의 목소리가 아래로부터 들려왔다.

양오악은 대답하지 않았다. 침묵은 곧 그렇다는 긍정이나 마찬가지라는 것을 모르지 않는 사부의 입에서 한숨 소리가 새어 나왔다.

절대만장(絶代萬匠) 공야도(公冶度).

일명 신의 손으로 불리는 구주제일의 장인이다. 신장(神匠)으로도 불리며 당대제일의 제병가(製兵家)인 공야세가의 가주이기도 하며, 단순한 쇠붙이도 그의 손을 거치면 명병으로 태어나는 이 시대 최고의 장인이다.

"그렇다. 아무 쓸모 없는 일인지도 모른다. 하나 이 방법 말고는 달리 선택의 여지가 없는데 어떡하겠느냐?"

사실 공야도는 고민에 빠져 있었다. 그것은 다름 아닌 한 가지 쇠를 녹이는 일이었다. 한데 불에 관한 천하제일이라고 자부하는 자신이지만 그 쇠는 어떤 불에도 끄떡도 하지 않았다.

패왕모철.

신비와 전설의 쇠다. 그런데 만년한철을 순식간에 녹여 버리는 화중지왕(火中之王)이라는 최고의 불 백무화(白無火)도 패왕모철만큼은 어쩌질 못했다.

백무화는 말 그대로 사람의 눈에는 전혀 보이지 않는 불이다. 하나 만년한철도 반 각 정도의 시간이면 녹여 버리는 화력을 자랑하는데 패왕모철 앞에서는 전혀 그러지 못했다. 그로 인해 패왕모철을 녹여 태목혈이라는 병기를 만들려는 소림의 계산은 큰 착오를 빚게 되었다. 자신의 양어깨에 소림을 위시한 강호의 평화가 달려 있음을 모르지 않는 공야도로서는 애가 탈 노릇이었다.

그런 가운데 얼마 전 우연히 공야세가의 지하 무고에서 한 권의 낡은 고서를 발견했다.

화서(火書)란 희미한 글씨로 쓰인 책의 내용은 공야세가의 역대 조상들이 자신들의 경험담을 기록해 놓은 불에 관한 기록이었다. 한데 그 화서에는 백무화보다 더 열기가 강한 한 가지 불이 있다고 했다. 그것은 화송목(火松木)이라 불리는 소나무를 태울 때 생기는 불로 지상에서 가장 뜨겁다고 했다. 화송목으로 지핀 불은 녹이거나 태우지 못할 것이 없으며 형산에 가면 해가 떨어지는 곳이 있는데 그곳에서 자라고 있다고 했다.

해가 떨어지는 곳은 이곳 낙일애를 지칭하는 것이 분명했다. 뿐만 아니라 낙일애 북쪽 귀퉁이에 절벽 아래로 내려갈 수 있는 길이 있다고 기록되어 있었다.

한데 양오악의 불만은 진위도 확인되지 않은 전설 같은 고서의 내용을 믿고 위험천만한 낙일애를 내려가는 공야도의 행동 때문이었다. 하지만 막다른 골목에 몰린 공야도로서는 책의 내용의 진위를 구분해 볼 여유가 없었다. 물에 빠진 사람처럼 그는 지금 지푸라기도 잡아야 했다.

"쉬었으면 그만 내려가자!"

잠시 절벽 끝에 선 채 휴식을 취한 두 사람이 다시 울퉁불퉁 불거져 나온 곳만을 골라 손으로 붙잡고 매달리며 내려가기 시작했다.

투툭!

발길에 부서진 바위 조각이 절벽 아래로 굴러 떨어졌다.

퍼퍽!

순간 공야도의 시선이 빛났다.

"너도 들었지?"

"예! 들었습니다."

"그렇다. 분명히 바위 조각이 지면에 떨어지는 소리였다. 낙엽이 두툼하게 깔린 곳에 돌이 떨어질 때 나는 소리가 분명하다."

그것은 곧 지면이 머지않았다는 뜻이었으므로 공야도의 처진 어깨에 힘이 들어갔다.

두 사람은 조금씩 속도를 높여 내려가기 시작했다. 반 각쯤 지났을까 앞서 내려가던 공야도가 소릴 질렀다.

"땅이다!"

양오악은 고개를 숙여 내려다보았다.

그것은 틀림없는 땅이었다. 지금까지 두 발로 딛고 살았던 땅이 이렇게 기쁘고 반가운 적은 없었다. 공야도가 그대로 훌쩍 몸을 날려 지면으로 뛰어내리자 뒤를 이어 양오악도 떨어져 내렸다.

털썩!

수백 년 동안 묵은 오래된 낙엽이 층층이 쌓여 있어 제법 높은 곳에서 떨어졌는데도 그다지 큰 충격은 없었다.

중원은 한겨울인데도 이곳은 후텁지근했다. 마치 뜨거운 열탕 속에 들어온 듯한 기분이었으므로 공야도가 놀란 표정을 지었다.

"대단한 열기구나. 한데 낙엽이 썩으면서 생긴 열기 같지는 않구나."

꽤액!

느닷없이 들려오는 괴성에 두 사람이 놀라 고개를 돌렸다. 원숭이 두목 호걸이 부하들을 데리고 두 사람을 위협하듯 노려보았다.

양오악이 말했다.

"우릴 침입자로 오인한 것 같습니다."

공야도가 호걸을 향해 손을 흔들어 보였다.

"우린 너희의 적이 아니니 너무 경계하지 말거라. 그나저나 이곳은 너희 말고 사람은 없느냐?"

커어엉! 꽤애액!

호걸을 비롯한 원숭이들이 더욱 으르렁거리며 노려보았으므로 두 사람은 인상을 찌푸렸다.

"공격할 것 같습니다."

둘 모두 무공을 모르는 건 아니지만 강하지는 못했다. 하지만 원숭이 정도는 충분히 물리칠 수 있는 실력이었으므로 그들의 위협을 애써 무시하며 말했다.

“우린 이곳에 볼일이 있어 왔다. 그러니 길을 터라.”

공야도가 비키라는 듯 호걸을 향해 손을 내저었다.

하나 호걸은 자세를 낮추고 양쪽 송곳니를 드러내며 공격 태세를 갖추었다.

“아무래도 혼을 내야겠습니다. 원숭이라는 동물은 한 번 혼이 나면 두 번 다시 덤벼들지 않습니다.”

공야도가 알았다는 듯 쌍장을 들어 올렸다.

“너희들이 비키지 않으니 우리로서도 어쩔 수 없구나.”

크와앙!

호걸이 선두에서 덮쳐 왔고 뒤를 이어 부하들이 일제히 두 사람을 향해 공격을 감행했다. 원숭이들의 공격은 나름대로 짜임새도 있고 빨랐다.

두 사람은 전혀 당황하지 않고 덤비는 원숭이들을 향해 쌍장을 날렸다.

휘이익!

공야도가 내뿜은 강력한 쌍장이 선두에서 공격을 해오던 호걸의 앞가슴에 정면으로 파고들었다.

빙글!

순간 호걸이 상체를 측면으로 빠르게 비켜서 틀며 쌍장을 피하더니 앞발로 공야도의 가슴을 되레 찍어왔다.

흠칫!

자신의 공격을 피하고 역습을 가해올 줄은 몰랐으므로 공야도는 깜짝 놀랐다.

'영물이구나!'

공야도는 신속히 뒤로 물러나 호걸의 공격을 피했다.

콰앙!

호걸의 앞발이 뒤에 있는 나무를 쳤고, 아름드리 고목이 중간에서 뚝 부러졌다.

쿠웅!

거대한 고목이 쓰러지는 것을 보며 공야도가 놀란 표정을 지었다. 만약 자신이 피하지 못했다면 고목 신세를 면치 못했을 것이기 때문이다.

공야도가 입술을 물었다. 한낱 금수라고 경시했었는데 하마터면 큰일 날 뻔한 것이다. 양오악은 이미 원숭이들의 연합 공격을 받고 있었는데, 팽팽한 승부를 벌이고 있었다.

"가라!"

공야도가 큰 소리로 호통을 치며 우장을 뻗었다.

순간 호걸이 역시 마주 달려들며 오른쪽 앞발로 뻗어가는 장력을 후려쳤다.

빠악!

"욱!"

캑!

둘 모두 가벼운 신음을 흘리며 한 걸음씩 물러났다.

공야도의 표정이 더욱 진중해졌다. 생각보다 더욱 호걸의 힘은 뛰어났다.

공야도가 바람처럼 달려가며 큰 소리로 말했다.

"감히 인간에게 덤비려느냐?"

파아아!

맹렬한 쌍장에 호걸이 멈칫했다.

이미 한 번의 격돌로 만만찮은 상대라고 여겼는데 이번에 뻗어오는 장력의 기세가 앞선 것과는 다르다는 것을 본능적으로 느낀 것 같았다. 호걸이 옆으로 몸을 비켜 공야도의 쌍장을 피했다.

"어딜!"

공야도가 어림없다는 듯 연속 삼 장을 갈겼다.

파파팍!

두 번째 장력까지 피한 호걸이 세 번째 장력은 피하지 못하고 맞받았다.

퍼억!

캐캐캑!

호걸이 괴성을 지르며 나가떨어졌다. 상당한 충격을 받은 듯 얼굴이 벌겋게 달아오르더니 끝내 피를 토했다. 낮은 자세로 두어 번 으르렁거리던 호걸이 소릴 꽥 질렀다.

크아악!

그걸 신호로 일제히 원숭이들이 도망을 치기 시작했다. 호걸 또한 바람처럼 두 사람에게서 멀어져 나무 사이로 종적을 감춰 버리고 말았다.

"다친 데는 없느냐?"

양오악이 거친 숨을 내쉬었다.

옷자락 여기저기가 조금 찢어졌지만 큰 상처는 없는 듯, 이마의 땀만 손으로 훔쳤다.

두 사람은 주위를 휘둘러보며 조금씩 숲 안쪽을 향해 걸어 들어갔다. 숲으로 들어갈수록 열기가 강해지자 공야도가 눈을 빛내며 말했다.

"근처에 커다란 온천이 있나 보구나. 그렇지 않으면 이렇게 후텁지근할 이유가 없다."

유난히도 온천이 많은 형산이다.

두 사람은 원숭이들이 도망쳐 사라졌던 안쪽을 향해 계속 걸음을 옮겼다.

"과연 있을까요?"

화서에는 분명 이곳 어딘가에 화송목이 있다고 했다. 낙일애에 한 그루 화송목이 자라고 있다고 쓰여 있었다. 대저 전설이라는 것은 그 진위가 모호하다. 가문의 선조들 또한 전설에 의해 기록해 놓았을 뿐 직접 보거나 확인한 적이 없다고 했다.

"있어야 하는데."

아니, 반드시 있어야 했다.

"모든 건 하늘의 뜻이다. 그저 최선을 다할 뿐이지."

“사부님 저길 보십시오!”

그때 앞서 가던 양오악이 소리쳤다.

숲 안쪽에는 마치 천상의 선계에 들어온 듯 안개가 자욱했는데, 양오악이 놀란 것은 그 가운데 먹물 같은 흑옥천을 봤기 때문이었다.

공야도 역시 눈이 커졌다. 수증기가 피어오르는 흑옥천을 한참 동안 뚫어져라 쳐다보다니 중얼거리며 말했다.

“흐, 흑옥천이다.”

“흑옥천이라면 화서에서 화송목이 살고 있다고 한 온천 아닙니까?”

“가까이 가보자.”

두 사람은 한달음에 연못 가까이로 다가갔다.

엄청난 열기가 끼쳐 왔다.

“맙소사!”

공야도가 신음 같은 목소리로 말했다.

“흑옥천이다. 그리고 저길 봐라.”

공야도가 한곳을 가리켰다.

공야도의 손가락을 따라 시선을 옮기던 양오악의 눈이 화등잔만 해졌다.

연못 한가운데 눈을 맞은 듯 흰 서리가 내려앉은 한 그루 노송이 서 있었다.

양오악이 더듬거리며 말했다.

"서, 설마 화송목?"

"화송목이 틀림없다."

공야도의 목소리가 덜덜 떨려 나왔다. 공야도는 한참 동안 화송목을 쳐다보더니 다시 한 번 확신에 찬 듯 말했다.

"화송목이 맞다. 저건 분명한 화송목이다."

공야도가 마른침을 삼켰다.

"이렇게 엄청난 열기를 내뿜는 뜨거운 물속에서 자랄 수 있는 소나무라면 화송목뿐이다."

"정말로 화송목이란 말입니까? 저 화송목으로 불을 피우면 패왕모철을 녹일 수 있단 말입니까?"

양오악이 믿을 수 없다는 듯 떨리는 목소리로 물었다.

"그렇다. 패왕모철을 녹일 수 있다. 우린 마침내 화송목을 찾아내고야 만 것이다!"

공야도의 얼굴에 감격과 기쁨이 넘쳐 났다.

깨캑!

그때 원숭이들의 울음소리가 들려왔으므로 두 사람은 고개를 돌렸다. 도망쳤던 원숭이들이 몰려왔는데 누군가를 데려오고 있었다.

'사람이다!'

원숭이들에게 에워싸여 다가오고 있는 사람은 시커먼 흑영이었다. 긴 흑발과 멋대로 자라난 수염은 흑영이 이곳에서 아주 오랫동안 살아왔다는 것을 말해주고 있었는데, 다가오는 원숭이들은 마치 흑의사내가 자신들이 당한 앙갚음을 해 줄 것이라고 믿는 듯 당당했다.

흑의사내가 두 사람과 적당한 거리를 두고 걸음을 세웠다.

"어디서 왔소?"

흑의사내의 목소리는 덥수룩한 몰골과는 반대로 무척 낭랑했다.

공야도가 포권의 예를 취했다.

"먼저 허락도 없이 불쑥 침입하여 송구하게 되었소이다. 노부는 공야도라 하오. 이쪽은 노부의 제자인 양오악이오."

흑의사내가 양오악을 한 번 쳐다보더니 다시 공야도를 보았다.

"여긴 어떻게 들어왔소?"

"북쪽 귀퉁이에 위험하지만 조그만 길이 있었소."

"무슨 일로 왔소?"

공야도는 잠시 망설였다. 사실 그대로 말을 할 것인지, 아니면 거짓말을 할 것인지 결정이 서지 않았다. 화송목은 자신에게는 무척 진귀하고 귀한 나무다. 한데 만약 눈앞의 흑의사내가 화송목을 가져가는 것을 가로막기라도 한다면 골치 아프다.

더구나 흑의사내는 자신보다 먼저 이곳을 점거하고 있었다. 원숭이들의 태도를 보면 그가 이곳에서 아주 오랫동안 살아왔음을 알 수 있었다. 즉, 그가 이곳의 주인 행세를 해도 자신은 할 말이 없는 것이다. 만약 그가 화송목을 가져가는 것을 가로막기라도 하면 모든 것은 물거품이 된다.

하나 그것은 절대 있을 수 없는 일이었다. 자신은 무슨 수를 써서라도 화송목을 가져가야 한다. 화송목을 찾기 위해 온 천하를 뒤졌던 것이다. 어떻게 해서 발견한 화송목인데 눈앞에 놔두고 포기한다는 건 말이 안 된다.

"솔직히 말하겠소. 저기 서 있는 흰 소나무가 내겐 필요하오."

손가락으로 화송목을 가리켰다.

"저 나무를 가져가야겠소."

흑의사내가 물어왔다.

"장인이오?"

공야도가 흠칫 놀랐다.

장인이라는 질문을 던져 왔다는 것은 흑의사내 또한 화송목에 대해 알고 있다는 뜻이었다.

공야도는 의외로 말이 통할지도 모른다는 희망을 갖고 고개를 끄덕였다.

"맞소이다. 쇠를 다루는 장인이오이다."

"화송목을 필요로 하는 것을 보아하니 평범한 쇠를 녹이려는 것 같지는 않구려?"

공야도는 눈을 치켜떴다.

상대의 질문은 무슨 쇠를 녹이려느냐고 묻고 있었다. 하나 패왕모철을 녹여 태목혈을 만들려고 한다는 말은 해줄 수가 없었다. 패왕모철에는 천하의 안위가 걸려 있는 중대한 일이었다.

"혹시 패왕모철을 녹이려는 것 아니오?"

"헉!"

양오악까지 기절할 듯 놀랐다.

"맞구려? 하긴 화송목이 필요한 쇠는 패왕모철뿐이지. 오히려 다른 쇠는 화송목의 열기에 재가 되어버리니까."

공야도가 마른침을 삼켰다. 패왕모철은 그 자체가 보물이기도 하지만 녹여서 병기가 되었을 때 더욱 그 가치는 빛난다. 한데 흑의사내는 자신에게 패왕모철이 있고 그것을 화송목으로 녹여 병기를 만들려고 한다는 것을 눈치 챈 것 같았다.

만약 흑의사내가 제왕성 쪽 인물이라면 골치 아프다. 그가 결코 패왕모철을 놓고 소림사와 제왕성이 벌이는 치열한 전쟁을 모르지 않을 것이기 때문이었다. 설혹 제왕성 쪽의 인물이 아닐지라도 화송목이 있고 어느 정도 쇠를 다룰 줄 아는 사람이라면 충분히 패왕모철을 녹여 가공할 병기를 만들 수 있는 것이다. 즉, 흑의사내가 패왕모철을 빼앗으려고 할 수도 있었으므로 공야도는 잔뜩 긴장했다.

공야도는 넌지시 흑의사내를 살피기 시작했다.

그가 무공을 아는지 모르는지 살피기 위해서였다. 공야도는 이내 무거운 신음을 흘리고 말았다. 흑의사내의 몸에서 풍겨 나오는 기세는 가히 산악이라 할 만했다. 그것은 최소한 일대종사의 반열에 올라선 사람에게서만 풍겨 나오는 절대의 기도로 흑의사내의 무공이 이미 입신의 경지에 이르렀음을 설명해 주고 있었다.

공야도는 침을 삼켰다. 흑의사내가 자신을 위협해 패왕모철을 빼앗으면 자신은 뺏길 수밖에 없다는 것을 깨달았다. 흑의사내는 고수였고, 그것은 모든 건 그의 뜻에 달려 있는 것이지 자신의 의지는 소용이 없다는 의미였다.

"부인 않겠소. 패왕모철을 녹이는 데 화송목이 필요하오."

사실대로 말하기로 했다. 대답하지 않아도 이미 눈치를 챈 마당인데 굳이 거짓말할 필요가 없었다. 있는 그대로를 말하고 협조를 구하는 것이 오히려 효과적일지 모른다고 생각했다.

"도와주시오."

"한 가지 묻고 싶은 것이 있는데 대답해 주겠소?"

"얼마든지 말해보시오. 내가 알고 있는 것이라면 대답해 주겠소이다."

흑의사내가 눈을 좁혀 뜨고 물었다.

"태목혈의 주인은 내정되었소?"

"그것까지?"

공야도가 소스라치게 놀랐다.

패왕모철을 녹여 만든 병기의 이름이 태목혈이라고 명명한 것은 소림사 장문인 원공을 비롯한 간부 급들만 알고 있었

다. 한데 흑의사내가 알고 있다는 것은 실로 놀라운 일이 아
닐 수 없었다.

　"태, 태목혈을 알고 있소? 어디까지 알고 있는 것이오? 도
대체 귀하의 정체는 무엇인데 모든 사정을 그렇게 속속들이
알고 있소이까?"

　흑의사내의 정체에 대해 궁금증이 생겼다.

　흑의사내가 알고 있는 정보는 소림사의 고위 인물이거나
아니면 패왕모철은 운반하거나 구입하는 데 깊이 관여하지
않고서는 알 수 없는 내용이었다.

　"대답해 보시오. 태목혈이 만들어졌을 때 누구를 주인으로
할 것인지 결정되었느냐고 물었소이다."

　공야도는 입술을 깨물었다.

　"그렇소."

　"누구요?"

　"구도악 보주님이오."

　순간 흑의사내의 안색이 변했다. 그것은 어떤 불쾌한 소식
을 들었을 때 흔히 나타나는 분노라는 것을 모르지 않는 공야
도가 빠르게 물었다.

　"혹시 구도악 보주님과는 잘 아시오?"

　필시 구도악과 어떤 악연을 맺고 있지 않나 싶어 넘겨짚어
본 질문이었다.

　흑의사내는 의외로 흔쾌히 대답했다.

“잘 알고 있소.”

“친구이시오?”

“그를 만나면 반드시 죽여 없애야겠다는 생각을 갖고 있소이다.”

“워, 원수?”

“훗훗! 그런 셈이오.”

공야도의 낯빛이 굳어졌다.

눈앞에서 화송목이 사라지고 있었다.

구도악은 소림의 속가제자이자 구천상보의 신임 보주였다. 뿐만 아니라 태목혈로 제왕성을 무너뜨릴 정도무림의 희망인 것이다. 그런 구도악과 혈한을 맺고 있다면 결코 화송목을 내어주지 않을 것이다.

하지만 혹시나 하는 마음에서 직접 물어보기로 했다.

“화송목을 허락하겠소?”

“당신 같으면 내어주겠소?”

“그… 그건?”

“훗훗!”

흑의사내가 가벼운 미소를 흘리며 칼을 들고 흑옥천 안으로 들어갔다.

촤악!

뜨거운 물속으로 거침없이 들어가자 공야도와 양오악이 눈을 크게 뜨고 쳐다보았다.

부글부글!

물은 여전히 거품을 내며 끓고 있었다. 허리춤 깊이까지 들어간 흑의사내는 잠시 호흡을 가다듬더니 힘껏 칼을 들어 흑옥수를 내려쳤다.

화악!

공야도와 양오악의 눈이 커졌다.

흑옥수가 갈라진 것이다. 칼에 의해 물이 가라졌다는 말은 듣도 보지도 못했으므로 두 사람은 놀란 눈으로 다시 쳐다보았다.

흑의사내가 빙긋 웃더니 다시 칼을 들어 올렸다.

뚝뚝!

도신을 타고 먹물 같은 흑옥수가 떨어졌다.

잠시 호흡을 가다듬던 흑의사내가 있는 힘껏 칼을 내려쳤다.

쉬악!

칼이 떨어져 내렸다.

칼에는 아무런 살기도 뿜어 나오지 않았고 언뜻 부드럽기까지 하여 아무런 경계심도 느껴지지 않았다. 그 흔한 파공음도 없었고 요란하지는 더욱 않았으며 조용히 떨어져 흑옥수를 가격했다.

싸악!

그런데 물이 갈라졌다. 아주 짧은 순간이었지만 놀랍게도 물은 좌우로 정확히 갈라졌다.

두 사람의 눈은 더욱 커졌다.

'허어, 저런 일이!'

확실히 갈라졌다. 마치 나무토막처럼 정확하게 흑옥수가 둘로 나누어졌다가 다시 합해졌다.

흑의사내가 다시 칼을 들어 올렸다. 이번에는 좀 더 오랫동안 호흡을 가다듬더니 '얍!' 하는 기합을 흘리며 다시 흑옥수를 베었다.

파파파팍!

이번에도 흑옥수가 갈라졌다. 한데 한 번 갈라지는 사이에 네 번의 칼질이 있었다.

쾌!

실로 눈부신 빠름이 아닐 수 없었다. 갈라졌다가 다시 합해지는 그 찰나보다 짧은 순간에 네 번의 칼을 더 휘두른 것이다.

일도사단(一刀四斷).

공야도와 양오악은 완전히 넋을 잃고 말았다.

칼로 물을 벨 수도 없거니와 설혹 벤다고 해도 갈라지는 그 시간이란 극히 일순간이다. 도저히 육안으로는 확인할 수도 없는 일인데 흑의사내의 칼은 정확하게 둘로 베었다. 그리고 네 번을 연속적으로 휘둘러 보였다.

하나 공야도가 놀란 것은 칼에 의해 흑옥수가 베어졌기 때문이기도 하지만 더욱 놀란 것은 흑의사내의 도법 때문이었다.

'무, 무정도법이다!'

무정도법 그것은 자신에게 잊을 수 없는 기억이었다. 한편으로는 기쁨이었고 한편으로는 세상에 그 어떤 비극보다 슬펐던 한 사내와의 우정 깊은 추억이었던 무정도법이 흑의사내 손에서 펼쳐지고 있었다.

"지금 그 도법 말이오… 혹시 무정도법 아니오?"

휘익!

눈 깜짝할 사이였다.

단순히 흑의사내에게 무정도법이 아니냐고 물어봤을 뿐인데 그의 신형이 어느새 날아와 자신의 면전에 우뚝 서 있었다. 실로 번개를 무색케 하는 빠른 신법이었다. 결단코 이토록 빠른 신법은 여태껏 보지 못했다. 태목혈로 인해 자주 독대했던 소림제일의 고수이자 신승이라는 원공 선사도 이토록 빠르진 못할 것이다.

"당신이 어떻게 무정도법을 아시오?"

흑의사내의 눈은 무척 날카로웠다. 감히 항거할 수 없는 위엄 가득한 시선에 공야도는 자신도 모르게 가슴이 두근거렸다. 칠십을 살아온 자신이 단지 눈빛에 기가 질린 것이다. 원공 선사 앞에서도 눈빛 하나 깜박이지 않을 만큼 배포 가득했던 자신이 지금 사내의 눈빛에 가슴을 졸이고 있었다.

"누, 눈빛 때문에……."

눈빛이 너무 강렬해 말을 할 수 없었다.

그제야 흑의사내가 눈빛을 거두며 말했다.

“말해보시오. 당신이 어떻게 무정도법을 아시오?”

공야도가 말했다.

“내 친구의 것이기 때문이오.”

“친구?”

흑의사내의 눈이 커졌다.

“계속 말해보시오. 어떻게 당신 친구의 것인지 말이오.”

“우린 나이 차이가 많았소. 하지만 우린 그 누구보다도 가까웠소. 서로의 가슴속에 비밀이란 존재하지 않을 만큼 서로에 대해 신뢰하고 아꼈소이다. 그는 아무 때나 나를 찾아와 가슴에 담긴 말을 터놓곤 했소이다.”

옛날을 회상하는 듯 공야도의 입가에 얇은 미소가 감돌았다.

“사용하던 칼이 이가 빠지면 내가 갈아주었고, 부러지면 내가 새롭게 만들어주었소. 그는 그때마다 미안한 얼굴로 웃곤 했소. 하나 가장 큰 걱정이 그에게 있었으니 다름 아닌 동생이었소. 그는 항상 동생이 염려된다고 내게 말했소. 동생은 자신이 북사라는 것을 모른다면서 언제까지 동생을 속여야 할지 모르겠다고 한탄했소.”

흑의사내의 관자놀이가 부들거렸다.

어떤 격한 감정을 극도로 자제하기 위해 애쓰는 표정이었는데, 입술을 지그시 깨물었다.

공야도는 계속 말을 이었다.

“그러던 비가 억수같이 쏟아지던 어느 날 그는 한 병의 죽엽청을 들고 날 찾아왔소. 그는 내게 잔을 권했고 우린 절반씩 마셨소. 한데 그것이 그와 나의 마지막 시간이 될 줄은 몰랐소. 사실 지금에 와서 돌이켜 보건대 그날의 술은 어쩌면 자신의 죽음을 예견하고 이별을 준비했던 것인데 난 그걸 몰랐던 것이오. 그로부터 한 달 후 그가 죽었다는 비보를 접하고 난 하늘이 무너지는 줄 알았소.”

공야도의 눈가에 이슬이 맺혔다.

하나 시선을 자꾸 떨구며 눈물을 감추려 했다. 아마 낯선 남자 앞에서 나이 든 노인이 눈물을 보인다는 사실이 부끄러운 모양이었다.

“그런데 내 친구의 도법을 어찌 귀하께서 펼치시오?”

흑의사내가 정색하며 쳐다보았다. 그리고 또박또박 말했다.

“내 형님의 도법이기 때문입니다.”

공야도가 깜짝 놀랐다.

“뭐, 뭐라고 했소? 지금 형님이라고 했소?”

“그렇습니다. 북사는 바로 내 형님이 됩니다. 당신이 말한 그 술주정뱅이는 내 핏줄이지요.”

“저, 정말이오? 하면 공자의 존함이⋯⋯?”

“이혈능이라 합니다.”

“이혈능?”

공야도가 한동안 말을 잇지 못했다. 부리부리한 시선으로 한참을 쳐다보던 공야도가 마른침을 삼키며 말했다.

“이, 이런 일이 일어날 수가 있다니. 진정 이혈능 공자 되시오?”

“말씀 낮추십시오.”

“이, 이 공자께서 죽었다는 말을 듣고 얼마나 상심했는지 아시오? 처음에는 몰랐소. 나중에서야 이 공자가 북사의 유일한 혈육이라는 것을 알았고 낙일애로 뛰어내렸다는 강호의 소문을 접하고 얼마나 가슴 아파했는지 아느냔 말이오?”

와락!

공야도가 갑자기 이혈능의 힘껏 끌어안았다.

“으핫핫! 이거야 말로 꿈인지 생시인지.”

공야도는 한참을 웃었다. 양 어깨까지 떨며 한참을 웃던 공야도가 이혈능을 빤히 보며 말했다.

“정말 이 공자가 맞는가?”

“예.”

“이런 기쁜 일이 또 어디 있단 말인가? 아이구야. 즐겁고도 좋구나. 이보게, 북사, 내가 자네 동생을 만났네. 이것이 정녕 꿈은 아니겠지. 으헛헛헛!”

또다시 공야도의 장쾌한 웃음소리가 울려 퍼졌다.

주위에 지켜보고 있던 원숭이들까지 상황을 알아차린 듯 괴성을 지르며 이 나무 저 나무로 뛰어다녔다.

한참을 웃던 공야도가 정색하더니 강렬한 눈빛을 발산하며 물었다.

“자네에 대한 얘긴 강호의 소문으로 대충 들었네. 한데 한 가지 이해하기 어려운 일이 있네.”

“말씀하십시오.”

“구도악 보주와의 관계일세. 그와 어떻게 원한을 맺었는가?”

구도악이란 말에 이혈능의 환해졌던 표정이 다시 싸늘해졌다. 이혈능이 매섭게 빛나는 시선으로 말했다.

“태목혈과 관계가 있지요.”

“그게 무슨 말인가? 태목혈과 관련이 있다니?”

“소림의 상층부에서는 태목혈의 주인으로 형님을 내정했다고 들었습니다.”

“사실일세. 장로 회의에서 북사를 태목혈의 주인으로 한다는 결정을 내렸지. 한데 불행하게도 형님이 제왕성에 의해 죽는 사고가 발생하고 말았지.”

“이번 또한 소생을 태목혈의 주인으로 낙점했다는데 사실입니까?”

“정확한 사실일세. 자네의 자질이야말로 만들어지기만 하면 고금을 통틀어 그 어떤 명병보다 뛰어날 태목혈의 주인이 되기에 무척 적합하다는 결론을 내렸네. 더구나 자네가 북사의 동생이라는 사실이 조사 결과 밝혀지면서 소림의 고위층에서는 극도로 흥분했지.”

“그 일로 구도악은 날 죽이려 했습니다.”

“하면 태목혈의 주인이 자신이 되기 위해?”

“그렇습니다. 이제 왜 내가 그와 깊은 혈한을 맺게 되었는지 아시겠습니까? 제왕성에 쫓기는 날 그는 구하기는커녕 태목혈의 주인으로 낙점된 것에 앙심을 품고 오히려 죽이려고 했습니다. 다행히 내가 낙일애를 상대로 벌인 도박이 성공하여 이렇게 살아나긴 했지만 그렇지 않았다면 꼼짝없이 당했을 것입니다.”

“쳐죽일 놈! 난 왠지 처음부터 그놈이 마음에 들지 않았어. 같은 편이기 때문에 자주 만나 차도 마시고 했지만 뭔지 모르게 음흉한 구석이 있다고 생각했지. 그런 것 있잖는가? 이상하게 꺼림칙하면서 신뢰가 가지 않는 작자들 말이야. 바로 그놈이 그랬어.”

이혈능이 냉랭하게 말했다.

“놈의 목적은 천하패업입니다. 강호 평화를 위해 제왕성을 없애려는 것이 아니란 얘기지요. 소림과 태목혈을 이용해 궁극적으로는 천하의 주인이 되려 한단 얘기입니다.”

공야도가 놀란 표정으로 물었다.

“그게 정녕 사실인가?”

“물론입니다. 모두가 놈에게 속고 있습니다.”

“하면 이제 어떡해야 하는가? 놈의 음모를 막아야 할 것 아닌가?”

“방법은 하나뿐입니다. 결코 놈이 태목혈의 주인이 되도록 내버려 둬서는 안 된다는 것이지요. 그러자면 가주님의 의지가 절대적입니다."

"구체적으로 말해보게."

"간단합니다. 일단 태목혈을 만드십시오. 대신 놈에게는 비밀로 하는 것입니다."

"속이자는 거군. 좋네 그렇게 하지. 그 대신 태목혈의 주인은 당연히 자네가 되어야겠지? 처음부터 자네가 주인으로 낙점되었으니까 말일세. 자네가 죽지 않고 있으니 당연히 그렇게 되어야지. 핫핫핫! 일이 아주 재미있겠군."

공야도가 밝은 표정으로 웃음을 지었다.

이혈능이 칼을 거머쥐고 다시 흑옥천 안으로 들어갔다.

"무엇 하려는가?"

"패왕모철을 녹일 수 있는 불을 만들려면 화송목을 잘라야 할 것 아닙니까?"

"그렇네. 화송목을 태운 불길만이 패왕모철을 녹일 수 있네."

"제가 잘라 드리겠습니다."

"자네가?"

공야도가 놀란 표정을 지었다.

화송목은 나무다. 하나 재질은 전혀 딴판이다. 불을 피우면 천하의 그 어떤 불보다 화력이 세고 강해진다. 그 대신 만년한철보다 단단하여 보통 사람들은 결코 베거나 옮길 수가 없다. 그런데 이혈능이 단순히 칼로 자르겠다는 말에 공야도가 놀란 것이다.

사실 화송목을 발견하여 뛸 듯이 기쁘기도 했지만 다른 한편으로는 과연 어떤 방법으로 화송목을 잘라 운반할지가 상당한 고민거리였다.

어른 두 명이 양팔을 벌려야 겨우 손이 맞닿을 정도의 두께인 화송목 앞에 이혈능이 섰다.

스으으!

희디흰 화송목을 쳐다보던 이혈능의 칼에 진기가 주입되기 시작했다.

도신에 진기가 주입되면서 미세한 파장이 일어나기 시작했다.

가뜩이나 녹이 슬어 붉은 도신이 더욱 붉게 빛을 뿌리며 강렬한 무형의 도기를 발출했다.

촤차차!

그리고 도신에서 뻗어 나온 무형의 경기에 의해 화송목을 에워싸고 있던 흑옥수가 일제히 밀려나며 거대한 공간을 만들었다. 화송목의 밑동이는 흑옥수 위로 드러난 것보다 훨씬 두꺼웠다.

쿠쿠쿠쿠!

흑옥수가 거센 소용돌이를 일으켰고 한순간 이혈능의 칼이 광채를 내뿜었다.

"일도(一刀)에 천지(天地)가 부복하니… 무정(無情)… 천(天)."

화악!

공야도의 눈이 커졌다.

'무정천이라니!'

무정천은 무정도법의 정화이자 핵심이고, 시작이며 끝이다. 무정천을 얻기 위해 불철주야 노력했지만 끝내 실패하고 돌아서던 북사의 쓸쓸한 뒷모습이 아직도 생생했다.

한데 이혈능의 입에서 무정천이란 기합이 터져 나왔다. 그건 곧 무정천을 얻었다는 뜻이었으므로 공야도의 눈이 화등잔만 하게 부릅떠지고 말았다.

슈우우!

이혈능의 손에 쥐어 있던 칼에서 또 한 개의 칼이 나오고 있었다.

순간 삼 척 길이의 칼이 육 척 가까이 늘어나는 모습에 공야도의 부릅뜬 눈이 더욱 커졌다.

'도, 도강!'

그것은 틀림없는 도강이었다.

콰콱!

무형의 칼이 화송목에 부딪쳤는데 마치 쇠에 부딪친 듯 거센 불꽃이 일어났다.

쿠쿠쿠쿵!

하나 무형의 칼은 더욱 세차게 화송목 밑동을 깊숙이 파고들었다.

쩌어억!

그리고 마침내 거대한 두께의 밑동이 두부가 잘린 듯 깨끗하게 절단되며 거대한 화송목이 넘어갔다.

콰아앙! 파파팟!

이혈능의 칼은 멈추지 않았다. 순식간에 베어 넘어진 화송목이 석 자 정도의 크기로 토막이 되어 잘려졌다. 만년한철보다 몇 배가 강한 화송목이 순식간에 잘라져 토막이 되는 광경에 공야도는 연신 마른침만 삼켰다.

촤아악!

잘려 나간 화송목은 이혈능의 좌장에서 뻗어 나온 강한 기류에 나뭇잎처럼 휘말리더니 뭍으로 이끌려 나왔다.

'실로 놀라운 신기다!'

장문(掌門)인 관계로 어려서부터 수많은 강호의 고수들을 보아왔다. 그들이 공야세가를 찾은 이유는 좀 더 강한 병기, 조금 더 뛰어난 살상력을 지닌 병기를 주문하기 위해서였다. 그러다 보니 강호에서 내로라하는 전설적인 고수들을 무수히 보아왔고 그들의 절기를 눈이 아프도록 구경했다. 하지만 그 누구도 조금 전 이혈능과 같은 뛰어난 기예는 보여주지 못했다.

第二章 승천(昇天)

시련의 연속 끝에 마침내 웅크렸던 몸을 일으켜 창비한다!
복수를 위해 제왕성에 뛰어든 소년에게 닥친 엄청난 고난과
신비하며 때로는 악마의 모습을 갖춘 소림삼십칠방의 등장!
험난하고 고독하며 위력적이고 놀라운 곳, 그곳의 문이 열린다!
『소림삼십칠방(少林三十七房)』

이혈능은 눈을 떴다. 공야도와 양오악은 피곤했던 듯 아직 깊은 잠에 빠져 있었다.

자리에서 일어난 이혈능은 곧바로 흑옥천으로 들어가 가부좌를 틀었다. 지난 반년 동안 단 하루도 쉬지 않고 아침에 일어나면 흑옥천에 몸을 담근 채 운기조식을 했다. 그 결과 내공은 두 배 가까운 증진을 이뤘다.

육합범천혈심결을 운용하자 금세 단전의 진기가 소용돌이쳤다.

진기의 흐름은 거침이 없었다. 잠시 후 이혈능의 몸 주위로 무형의 기운이 내려앉기 시작했다.

스스스!

투명한 기류는 이혈능의 몸을 단단하게 에워쌌다.

팔랑!

그때 어디서 날아왔는지 나뭇잎 한 개가 떨어지며 무형의 벽에 부딪치자 튕겨 나갔다.

무형의 막은 호신강기였다.

호신강기는 외부로부터의 위험을 스스로 보호하는 구실을 할 뿐 아니라 강한 반탄력으로 적을 살상하기도 한다.

번쩍!

이혈능이 눈을 떴다. 하나 그의 눈은 보통 사람들과 다르지 않을 만큼 지극히 담담했다.

자세를 일으켜 세운 이혈능은 뭍으로 나와 칼을 집어 들었다. 그리고 곧바로 기수식을 취하며 무예 수련에 들어갔다. 현재 이혈능의 무예의 성취는 등천쇄심도법 후육식을 익혔으며 무정도법 또한 육식까지 터득했고 지금은 그 모든 것을 십이성 극성으로 깨우쳐 가고 있는 도중이었다.

스으으!

몸속의 내력이 안달하고 있었다.

삽시간에 도신으로 몰려들어 금방이라도 강한 파괴력으로 칼 밖으로 뛰쳐나갈 기세였다.

타앗!

이혈능이 땅을 박차고 뛰어올랐다. 그리고 곧바로 등천쇄심도법 후육식 수련에 들어갔다.

후일식 혈영인도류.

칼은 피의 그림자를 흘린다는 초식인데 쾌도이다. 단언컨
대 이보다 더 빠른 쾌도는 없다고 해도 될 만큼 무서운 속도
를 자랑한다.

번쩍!

한줄기 광채가 터졌다.

언뜻 뇌전이 터지는 것 같은 작은 불꽃에 잠을 자던 공야도
의 눈이 뜨였다. 그러다 허공에서 작렬하는 불꽃을 보며 벌떡
상체를 일으켜 세웠다.

'저건!'

뇌전인 줄로 착각했던 불꽃은 이혈능의 칼이 뿜어낸 광채
였다.

하나 불꽃은 이미 사라지고 없었고 대신 전방 삼십 장 밖에
있던 거대한 바위가 쩌억 하는 소리를 내며 정확히 반으로 갈
라지고 있었다.

'어느새!'

실로 놀라운 빠름이 아닐 수 없었다.

이혈능의 칼이 변화하고 있었다.

직선에서 곡선으로 변했다. 파고들던 초식에서 베는 동작
으로 바뀌며 허공에 연거푸 소나기 같은 도세를 뿌려대었다.

후이식 도행야유사.

칼의 행동에는 사악한 어둠이 있어야 한다는 식으로 다변(多變)의 식이다. 틈만 나면 적의 허점을 파고들어 부숴 버리는 변도의 총아로서 한 번 펼쳐지면 누구도 피하지 못한다.

'꿀꺽!'

자신도 모르게 침을 삼켰다. 이혈능의 도법은 한마디로 경이로웠고 환상적이었다.

콰아아악!

이혈능의 칼이 불을 토했다.

한 자루 칼이 뻗어나가는데 마치 불덩이가 쏘아가는 듯한 착각을 일으켰다. 원한을 진 칼은 천하를 피로 적신다는 후삼식 도원천지혈이었다.

스르르!

칼이 물결처럼 부드러워졌다.

그것은 이른 봄 따뜻한 햇살을 받고 흘러가는 산천의 계류와 같았는데 지켜보던 공야도가 갑자기 코를 벌름거렸다.

'이 냄새는!'

도기에서 냄새가 풍겨 나왔다.

뭐라고 꼬집어 말할 수는 없었지만 냄새는 몹시 시원했고 사람으로 하여금 편안한 느낌을 갖게 하기에 충분했다.

'믿을 수가 없다, 도기에서 향기가 풍겨나오다니.'

콰콰콰콰!

허공을 베어가고 있는 도법은 분노한 칼의 향기가 천 리에 이른다는 후사식 노도천리향이었다.

슈슈슈!

칼은 놀라운 속도로 허공을 찔렀다.

그것은 하나의 춤이었다. 방향과 각도를 종잡을 수 없을 만큼 신출귀몰하게 찔러가는 칼끝에서 살인적인 기세가 폭발했다.

후오식 맹도지옥무.

사나운 칼은 지옥의 춤을 춘다.

따앙! 따닥!

섬칫한 쇳소리가 허공을 울렸다.

그것은 언뜻 쇠와 쇠가 부딪칠 때 생기는 소리를 닮아 있었는데 듣는 사람으로 하여금 무척 짜증이 일게 만들었다. 뿐만 아니라 기혈이 마구 일어나 속을 확 뒤집어놓았다. 마치 밀폐된 마차를 오랫동안 탈 때 일어나는 구토와 혈기증 증세와 흡사했다.

'어떻게 이런 현상이 생긴단 말인가……'

공야도는 얼른 숨을 가다듬고 눈을 감았다.

보지 않으면 조금 속이 나아질지 모른다는 생각이었는데 귓속으로 쇳소리가 들리면서 속은 더욱 뒤집혔다. 그래서 하는 수 없이 양손으로 귀를 막아버렸다.

그제야 울렁거리던 속과 어지럽던 몸이 안정을 되찾기 시작했다.

도명만리파.

칼의 울음소리가 만 리까지 전해진다는 후육식이었다.

두둥!

돌연 이혈능의 손에 들린 칼이 허공으로 떠올랐다.

'왜 칼을 놓지?'

공야도는 즉시 의문을 품었다. 손에 쥐고 휘둘러야 할 칼을 이혈능이 던지듯 놓아버렸기 때문이다. 한데 더욱 놀라운 것은 허공에 던져진 칼이 곧바로 땅에 떨어지지 않고 누군가를 겨누듯 정지해 있었다.

'저럴 수가!'

놀라운 기경에 공야도의 입은 더욱 크게 벌어졌고 허공에 멈춰 있던 칼이 쉭! 하는 소리를 내며 엄청난 속도로 전방을 향해 날아갔다. 그곳에는 낙일애의 절벽이 지옥의 벽처럼 버티고 있었다.

콰앙!

허공을 날아간 칼이 낙일애의 높은 절벽에 부딪쳤다.

쿠쿠쿠!

지진이 일어난 것 같은 굉음과 더불어 여기저기서 돌조각이 충격에 떨어졌다.

쉬이익!

낙일애를 한 번 공격했던 칼이 뒤로 돌아 나오더니 허공에 뜬 채 재차 호흡을 가다듬었다.

쉬이익!

이윽고 또다시 절벽을 향해 무서운 속도로 날아갔다.

콱콱콱!

자욱한 돌가루가 생기면서 낙일애 중간쯤에 거대한 구덩이가 파이고 말았다.

두둥!

칼은 다시 절벽을 마주 보며 허공에 떠 있었다.

그때 문득 공야도의 입에서 비명에 가까운 신음 소리가 터져 나왔다.

"이, 이기어도다!"

그것은 틀림없는 이기어도였다.

이기어도는 어떤 병기를 쓰느냐에 따라 달라진다. 검을 사용하면 이기어검이되고 창을 쓰면 이기어창이 되는 것이다. 그런데 이혈능은 칼을 사용했으므로 이기어도였다.

어도술(馭刀術)이라고도 부르는 이기어도는 특별한 초식이 있는 것이 아니라 어떠한 경지를 넘어서면서 기로써 병기를 조종할 수 있는 것을 말한다. 즉, 손이 아닌 내력으로써 칼을 조종하여 살상하는 하는 것인데, 일반 검초와 달리 이기어도는 살상 거리가 길 뿐 아니라 베거나 찌르지 못할 것이 없다. 특히 특수 무공이나 호신강기들을 파괴하는 데 탁월한 능력을 자랑한다.

탁!

이혈능이 날아온 칼을 잡았다.

이마에 송골송골 땀이 맺혔는데 이기어도는 다른 초식과 달리 내공 소모량이 엄청나다.

"지금 펼친 것 말일세, 이기어도가 분명한가?"

이혈능이 돌아섰다.

두 눈을 빛내고 묻는 공야도를 향해 가볍게 고개를 끄덕였다.

"그렇습니다. 제대로 보셨습니다. 이기어도입니다."

"저, 정말 이기어도로구만."

자신이 아는 한 현 강호에서 이기어도나 이기어검을 펼칠 수 있는 인물은 없었다.

"놀랍군. 아주 놀라운 일이야."

정녕 충격적인 일이었다.

이기어도는 곧 무적을 의미했다. 누구도 상대할 수 없으며 이기어도는 오로지 같은 이기어도만이 승부가 가능했다. 어떤 위력의 초식도 전혀 통하지 않는 것이다.

"자네야말로 어쩌면 천하제일고수가 아닌가 싶군."

이혈능이 웃음을 지었다.

"과찬이십니다."

"아니야. 이기어도는 아무나 펼칠 수 있는 무공이 아닐세. 그 무공은 검의 최후 경지라는 심검(心劍)과 비견되는 놀라운 수위라고 할 수 있네. 고금을 털어서도 좀체 찾아보기 어렵다네."

　이혈능은 그저 웃기만 했다. 하나 입가에는 단호한 자신감이 짙게 물려 있었다. 그것은 누구와 싸워도 결코 밀리지 않을 승부와 반드시 이길 수 있다는 여유였다.

　"출발하려면 서둘러야지요."

　"이런, 내 정신 좀 봐. 오늘 여길 떠나기로 했지."

　그때 양오악이 일어났으므로 일행은 천지음실로 아침을 해결하고 곧바로 잘라놓은 화송목 주위로 몰려들었다.

　"길이 있다고 했지요?"

　"북쪽 절벽 귀퉁이로 가면 겨우 사람 한 명 오를 수 있는, 길이랄 것도 없는 길이 있지."

　"두 분 먼저 출발하십시오."

　"하면 화송목은 자네 혼자서 운반하겠다는 말인가?"

　"빈 몸으로 내려오는 길도 아슬아슬했다는데 무거운 화송목은 소생이 운반하겠습니다. 잘게 토막을 내었지만 무게가 자그마치 백 관이 넘습니다. 아무리 길이 있다지만 이것을 등에 짊어지고 저 수직의 만 장 절벽을 오를 수 있겠습니까?"

　공야도가 더듬거렸다.

　"그, 그렇긴 하지만 자네한테 모든 것을 맡기게 되어 미안하이."

　이혈능이 미소를 지었다.

　"무시해서가 아니라 두 분 능력으로는 이걸 낙일애 위로 옮기지 못합니다. 소생 말고는 어렵지요. 그러니 신경 쓰지 말고 오르십시오. 두 분이 낙일애를 오르고 나면 그때 이미 화송목은 모두 옮겨져 있을 것입니다."

"이거야 원, 하는 수 없이 자네의 신세를 져야겠구먼. 우리 한 몸 오르기도 벅찬데. 그럼 수고 좀 해주게."

"여기 일은 걱정 말고 어서 먼저 오르십시오."

이혈능의 재촉에 두 사람은 처음 내려왔던 곳으로 걸어갔다.

이윽고 거미처럼 내려왔던 길을 이용해 다시 오르기 시작했다.

잠시 두 사람이 오르는 광경을 쳐다보던 이혈능은 화송목이 있는 흑옥천 옆으로 돌아왔다. 이미 흑옥천 주위로는 원숭이들이 몰려와 있었다. 작별을 예감한 듯 무리의 두목인 호걸을 비롯해 많은 원숭이들이 풀 죽은 표정으로 쳐다보았다.

"호걸!"

이혈능은 호걸의 목을 끌어안았다.

꺼이꺼이!

호걸이 이혈능의 뺨에 자신의 볼을 비볐다.

잠시 서로를 힘차게 끌어안고 있던 이혈능이 다른 원숭이들과 일일이 악수를 하며 작별을 아쉬워했다. 이윽고 삼십여 마리의 원숭이와 일일이 악수를 끝낸 이혈능이 한쪽에 서 있는 적목단을 살폈다. 적목단의 줄기에는 수많은 선이 찍혀 있었다. 하루하루 날짜 지남을 계산하기 위해 자신이 남긴 흔적이다.

처음 들어왔을 때를 떠올리자 자신도 모르게 입가에 웃음이 맺혔다. 자살에 가까울 만큼 쫓기듯 몸을 날려 떨어졌다가 구사일생으로 살아났고, 그때부터 시작된 이곳 낙일애 생활은 말 그대로 원시적이었다. 하나 자신은 다시 살아났고 예전보다 훨씬 성취된 무예를 지니고 다시 강호로 나가게 된 것이다.

'이런 걸 두고 전화위복이라 하는가.'

척!

이혈능은 화송목 두 개를 좌우 어깨에 짊어졌다. 엄청난 무게인데도 마치 홀몸인 듯 이혈능의 몸이 붕 떠오르더니 순식간에 절벽을 향해 날아올라 갔다. 누구도 흉내 낼 수 없는 극성의 어기충소였다.

이윽고 절벽 한곳에 약간 튀어나온 곳에 내려앉아 호흡을 가다듬은 다음 다시 박차고 허공으로 몸을 띄워 올렸다. 마치 거센 바람에 떠오르는 낙엽처럼 이혈능의 몸은 순식간에 멀어져갔는데, 가공할 속도였다.

이른 아침 동이 틀 무렵 한 대의 마차가 인적 없는 관도를 빠른 속도로 달리고 있었다. 마차는 늙어 비쩍 마른 한 마리 말이 끌고 있었는데 마부석에는 죽립을 깊숙이 눌러쓴 흑의사내가 고삐를 쥐고 있었다.

휘익!

짝!

흑의사내는 힘차게 채찍을 휘둘렀고 늙은 말은 더욱 뒷다리에 힘을 주고 마차를 끌었다. 그리고 진시가 다 되었을쯤 마차는 도야루라는 주루에 멈췄다.

도야루는 관도를 지나가는 사람들을 상대로 술과 음식을 파는 조그만 규모였는데, 마차가 들어서자 문 앞에서 하품을 하며 졸고 있던 점소이가 쪼르르 달려와 익숙한 동작으로 흑의사내로부터 말고삐를 넘겨받았다.

촤악!

휘장이 걷히고 마차에서 늙은 노인 한 명과 젊은 사람이 내렸다.

이들은 다름 아닌 이혈능 일행이었다. 낙일애를 빠져나온 일행은 곧바로 마차를 한 대 구해 화송목을 싣고 지금 공야도가 태목혈을 만들 수 있는 비밀 거처로 향하고 있는 중이었다.

"당근 좀 충분히 주게. 값은 넉넉하게 쳐줄 테니까."

점소이가 힘찬 목소리로 말했다.

"염려 마십시오. 배 터지게 먹여놓겠습니다."

점소이가 마차를 마당 한쪽으로 끌고 가더니 곧바로 당근을 커다란 바구니에 담아 내와 말에게 먹이기 시작했다. 무척 배가 고픈 듯 늙은 말은 허겁지겁 당근을 먹기 시작했다.

일행은 주루 안으로 들어갔다.

이른 아침의 관도상에 있는 주루답게 손님이라고는 이혈능 일행 말고는 없었다. 세 사람이 들어서자 늙은 주인이 잽싸게 다가와 자리를 안내했고 주문을 받았다.

잠시 후 주문한 음식이 나오자 세 사람은 아침을 먹기 시작했다.

쩝쩝! 후루룩!

세 사람의 음식 먹는 소리가 조용한 주루를 울렸다.

세 사람이 각자 음식을 절반쯤 비웠을 때 돌연 문밖이 소란스러워졌다. 그리고 뒤이어 일단의 무사들이 주루 안으로 몰려들었다. 흑의를 걸친 무사들은 모두 일곱 명이었는데, 신발에 흙이 가득 묻어 있는 것이 어딘가 부지런히 쏘다니다 들어온 것 같았다.

그들은 자리에 앉자마자 무척 배가 고픈 듯 식사를 시켰고 늙은 주인이 부지런히 수발을 들기 시작했다.

"두 연놈을 눈앞에서 놓치다니, 너무 분하군."

"멀리 가지 못했을 거야. 어서 밥 먹고 다시 추적해 보자고."

사내들은 누군가를 뒤쫓다 놓친 듯 몹시 화가 나 있었다.

한편 열심히 밥을 먹던 이혈능이 사내들이 투덜거리는 소리에 고개를 돌렸다.

그러더니 사내들을 발견하고 깜짝 놀라는 표정을 지었다.

'청랑반!'

흑의무사들 소매 끝에 푸른색 늑대 문양이 수놓아져 있었다. 그것은 바로 제왕성 혈리대 소속의 청랑반 고유의 표식이었다.

"왜 그러는가?"

이혈능의 돌변한 기세에 밥을 먹던 공야도가 물었다.

이혈능은 대답하지 않고 사내들을 면밀히 훑었다. 아는 사람의 얼굴은 없었다. 청랑반의 책임자는 고돈상이다. 금사충과 더불어 자신을 쫓던 고돈상의 모습이 눈에 선했다.

"아는 자들인가?"

"예, 제왕성 무사들입니다."

제왕성 무사들이란 말에 양오악까지 안색이 급변했다. 만에 하나 이 자리에서 자신들의 정체가 알려지기라도 한다면 죽음을 피할 수 없다. 공야도야말로 제왕성의 살인 표적 맨 앞줄에 올라 있다.

벌컹!

그때 주루의 낡은 문이 떨어져 나갈 듯 열리며 한 명의 무사가 뛰어들며 소리쳤다.

"두 연놈의 행적을 찾았다는 소식입니다!"

우두머리로 보이는 자가 벌떡 일어나며 물었다.

"어디야?"

"여기서 멀지 않은 태호산 서부 능선 범바위골에서 계집의 신발로 보이는 피혜 한 켤레를 찾았다 합니다."

"가자!"

밥을 먹다 말고 사내들은 곧바로 주루를 빠져나갔다.

순간 늙은 주인이 화들짝 놀라며 사내들 앞을 가로막고서 말했다.

"밥값은 주고 가셔야죠."

휙!

우두머리 사내가 주머니에서 뭔가 꺼내 집어 던지고 일행을 데리고 사라졌다.

"이런 제길!"

청랑반 무사들이 사라지고 주루의 주인이 분노의 외침을 터뜨렸다. 우두머리 무사가 던진 것은 고작 은자 한 닢이었다.

"이런 찢어 죽일 도둑놈 새끼들을 봤나!"

주인이 흥분하여 문을 열고 뛰쳐나갔지만 청랑반 무사들의 모습은 이미 사라지고 보이지 않았다.

노인은 은자 한 닢을 손에 쥐고 부르르 몸을 떨었다.

"벼락이나 맞아 뒈져라, 개자식들아!"

문득 이혈능이 자리에서 일어나 흥분해 있는 노인에게 다가갔다.

이혈능이 조심스럽게 입을 열어 말했다.

"주인장, 한 가지 좀 물읍시다."

청랑반 무사들로 인해 심기가 상한 늙은 주인의 눈이 옆으로 홱 찢어졌다.

"뭐요?"

"범바위골 계곡이 어느 쪽에 있소?"

"나가자마자 왼쪽으로 보이는 산이 태호산이오. 다섯 개 봉우리 중 맨 서쪽에 있는 봉우리 아래가 범바위골 계곡이오."

공야도가 다가와 물었다.

"어딜 가려는가?"

이혈능이 차갑게 말했다.

"이대로 지나칠 수는 없습니다."

"놈들을 모두 없애 버릴 생각인가?"

이혈능이 씨익 웃었다.

"수양이 부족해서인지 놈들을 보자 피가 거꾸로 솟는군요."

순간 기다렸다는 듯 늙은 주인이 말했다.

"무사님, 제발 그놈들 좀 죽여주시오. 세상에 이런 법이 어딨소. 일곱 놈이 밥을 처먹고 은자 한 닢 달랑 던져 주고 도망치다니, 이런 천벌을 열두 번 받을 놈들 같으니!"

늙은 주인은 이혈능더러 복수를 재촉했다.

이혈능이 공야도를 향해 말했다.

"금방 돌아올 테니 여기서 잠시 차 한잔하며 기다려 주십
시오."

"하긴 그들과 자네는 공존이 불가능하지. 제왕성과는 한
하늘 아래서 살 수 없는 것이 자네의 운명이니 다녀오게."

이혈능이 양오악에게도 눈짓으로 잠시만 기다려 달라는
뜻을 전한 후 곧바로 몸을 날려갔다.

이혈능의 신형은 빠르게 나아갔다.

이혈능은 잠깐 사이에 태호산 초입에 닿았다. 태호산은 그
렇게 상당히 높았다. 특히 산림이 우거져 앞으로 나아가기가
쉽지 않았는데 이혈능은 주루의 주인이 가르쳐 준 방향을 찾
아 몸을 날렸다.

이각 정도 지나 태호산 정상 근처에 도달했고, 다섯 개 중
맨 서쪽에 있는 봉우리를 찾아 또다시 몸을 날렸다.

잠시 후 이혈능은 맨 서쪽 봉우리 아래 도착했다. 그리고
주위를 날카로운 시선으로 훑어보았다.

'저것이군.'

저 멀리 포효하는 대호를 빼닮은 한 개의 바위가 있었다.

파앗!

이혈능은 범바위를 향해 몸을 날렸다.

거대한 범바위 아래로 계곡 물이 거칠게 흘러내려 가고 있
었다.

쿠쿠쿠쿠!

이혈능은 바위 아래를 잠시 휘둘러보다 계곡을 따라 밑으로 이동하기 시작했다. 계곡을 따라 몇 개의 발자국이 찍혀 있었기 때문이다.

멈칫!

계곡 따라 내려가던 이혈능의 두 눈이 빛을 뿌렸다.

유난히 작은 발자국 한 개가 시선을 끌었다. 얼핏 보면 어린아이 발자국으로 착각할 만큼 작았지만 가죽으로 된 피혜 자국이었다. 어린아이가 가죽으로 된 피혜를 신지는 않는다.

사내들은 말끝마다 연놈이라고 했다. 아마 사내와 함께 도망치는 여인의 발자국일 것이다.

휙!

돌연 이혈능이 작은 바위 뒤로 재빨리 몸을 숨겼다.

잠시 후 바위 너머로부터 두 사내가 모습을 드러냈다. 소매 춤에 새겨진 푸른 늑대 문양이 청란반 무사들임을 말해주고 있었다.

"조금 전까지 흔적을 발견하고 쫓았는데 금세 사라지다니, 도대체 어디로 간 거야."

두 사내는 투덜거리며 우거진 근처를 두리번거렸다.

두 사내가 바위 옆을 스쳐 지나가려 할 때 이혈능이 바람처럼 나타나 앞을 가로막았다.

"엇!"

두 사내가 깜짝 놀라며 뒤로 한 걸음씩 물러섰다.

이혈능을 발견한 두 사내가 적이 안도하는 표정을 지었는데 아무래도 앞을 막은 사람이 혼자라는 사실 때문인 듯했다.

"넌 누구냐? 여기서 뭐 하느냐?"

이혈능이 물었다.

"누굴 찾느냐? 너희들이 찾는 여자가 누구냐?"

팟!

돌연 우측 사내의 눈이 빛을 뿌렸다.

"가만, 그러고 보니 이 자식 조금 전 저 아래 주루에서 봤던 놈 같은데, 그렇지?"

좌측 사내도 그제야 눈을 부라렸다.

"어, 맞다."

이혈능이 차갑게 물었다.

"쫓는 사람이 누구냐고 물었다. 여자의 이름이 뭐냐?"

이혈능은 나름대로 짚이는 것이 있었다.

청랑반은 혈대오반 중 가장 우수한 무사들이다. 즉, 아무나 뒤쫓지는 않는 것이다. 최소한 청랑반 무사 급 정도가 쫓으려면 강호에서 이름깨나 알려진 인물일 것이다.

"흐흐흐! 이런 미친놈이 우리가 누군 줄 알고 감히 겁대가리없이 질문을 하는 거야?"

"흐흐흐! 그러게 말이야. 아주 귀여운 놈인데. 칼을 차고 있는 것이 한 솜씨 갖고 있다는 뜻인가?"

그러더니 살기를 떠올렸다.

"그러잖아도 쥐새끼 같은 두 연놈들 때문에 분통이 터져 죽을 맛인데 이놈이!"

쉭!

좌측 사내의 검이 뻗어왔다.

무척 빨랐고 거리 또한 가까워서 이혈능이 피하기란 불가능해 보였다.

스윽!

하나 이혈능의 신형은 어느새 좌측으로 반 보가량 움직여 있었고 사내의 검은 텅 빈 허공을 찔렀다.

"어랏!"

좌측 사내가 깜짝 놀랐고 우측 사내 역시 동료의 검이 허탕 치는 것에 흥미로운 표정을 지었다.

"이 자식이 피했어?"

좌측 사내가 이번엔 검을 좀 더 세차게 쥐더니 그대로 후려 쳤다.

직도황룡(直道黃龍).

하나 사내의 검은 반도 채 떨어지지 못하고 허공에 멈춰 있었다. 그 대신 이혈능의 칼이 어느새 사내의 목젖에 박혀 있었다.

"커럭… 어… 언제!"

사내가 목에 칼이 박혀 가래 끓는 소릴 내며 공포에 젖은 표정을 지었다.

잠시 서 있던 좌측 사내가 이혈능이 칼을 뽑자 그대로 엎어
져 숨이 끊어졌다.

첨벙!

사내의 몸이 한 바퀴 회전하더니 길 아래 계곡 물로 떨어져
쓸려 내려갔다.

"트, 틀림없는 등천일섬……."

혼자 남은 우측 사내가 떨리는 목소리로 말했다.

"어, 어떻게 네놈이 등천일섬을……."

"지금부터 내가 묻는 말에 고분고분 대답해 주면 목숨은
살려주겠다."

"이 자식이!"

우측 사내가 번개처럼 찔러 들어왔다.

챙!

이혈능의 칼이 사내의 검을 쳐냈다.

휙!

순간 강한 반탄력에 사내가 검을 놓쳤고 어느새 목젖에 이
혈능의 도신이 홍광을 번득이며 들이대어져 있었다.

'어, 언제!'

사내의 안색이 굳었다.

도무지 믿을 수 없는 일이 벌어진 것이다. 조금 전 동료가
죽을 때까지만 해도 지나친 방심이 부른 화라고 생각했다. 그
런데 자기 또한 일초에 검을 놓치고 만 것이다. 부딪치는 순

간 온몸에 벼락을 맞은 것 같은 강한 충격이 전해졌고 도저히 검을 쥐고 있을 수가 없었다.

"다시 말하지. 너희들이 쫓는 사람이 누구냐?"

사내가 더듬거리며 말했다.

"위, 위지설과 북궁량이다."

이혈능의 눈이 커졌다.

"뭣이? 지금 누구라고 했느냐?"

"매담자의 손녀와 북궁세가의 가주 북궁량이다. 사흘 전 여기서 팔십 리쯤 떨어진 대도의 청하루란 곳에서 애기를 팔다 우리에게 정체가 발각되어 이곳 태호산으로 쫓겨 들어왔다."

위지설과 북궁량은 낙일애로 뛰어내리기 직전 자신과 헤어졌다. 공야도로부터 제왕성이 아직까지 소림을 함락하지 못하고 있다는 말을 듣고 북궁량이 잡히지 않았다는 것을 알고 있었지만 목전에서 쫓기고 있을 줄이야…….

삐이익!

그때 멀리서 휘파람 소리가 들려왔고 사내의 안색이 변했다.

이혈능이 날카롭게 물었다.

"무슨 소리지?"

"두 사람의 행적을 찾았다는 비상 신호다. 빨리 가봐야 한다."

"내가 누군지 궁금하지 않나?"

"그러잖아도 조금 전 펼친 것은 본 성의 등천일섬이었다. 그래서 몹시 궁금하다."

이혈능이 미소를 띠며 죽립의 챙을 슬쩍 밀어 올렸다.

하나 사내는 눈만 깜빡거릴 뿐 알아보지 못했다.

"수염이 덥수룩하고 예전에 전에 비해 머리가 조금 길었다지만 날 알아보지 못하다니 섭섭하군. 나 이혈능이다."

"이, 이혈능!"

파악!

칼로 사내의 왼쪽 옆구리 사혈을 후려쳤다.

"꺼럭!"

사내의 몸이 그대로 무너지듯 주저앉았고 숨이 끊어졌다.

이혈능은 곧바로 휘파람 소리가 들려왔던 능선을 향해 몸을 날렸다.

휘익!

조그만 봉우리를 넘어 길게 늘어진 완만한 능선 아래에 도착하자 격렬한 병장기 부딪치는 소리가 들려왔다. 이혈능은 신법을 거두고 신속히 소리가 나는 공터로 접근해 갔다. 산죽이 우거진 조그만 공터에 십여 명의 무사가 두 사람을 포위 공격하고 있었다.

이혈능은 커다란 노송 뒤에 몸을 숨기고 장내를 살폈다.

'그들이다!'

포위 공격을 받고 있는 사람은 위지설과 북궁량이었다.

두 사람은 아주 위태해 보였다. 이미 상당한 부상을 입고 있었는데 말이 포위 공격이지, 일방적으로 사내들이 몰아붙이고 있었다.

문득 이혈능의 두 눈이 매서운 빛을 뿌렸다.

한쪽에서 팔짱을 낀 채 느긋하게 싸움을 지켜보고 있는 한 명의 사내를 발견한 것이다. 사내는 청랑반의 반주이자 금사충의 오른팔인 고돈상이었다. 낙일애에 뛰어내리기 전까지 금사충과 함께 자신을 뒤쫓던 인물이다.

이혈능은 천천히 고돈상을 향해 다가갔다.

싸움이 비록 일방적으로 흐르고 있었지만 큰 위험은 없으리란 것이 이혈능의 판단이었다. 사내들은 공격을 퍼붓고 있었지만 검끝에 혹독한 살기가 없었다.

사실 사내들은 손에 많은 사정을 두고 있었다. 그것은 두 사람 모두를 생포해야 하기 때문이었다. 특히 북궁량은 소림과의 전쟁에 있어서 엄청난 비중을 차지하고 있는 인물이다. 북궁량 한 사람에 의해 천하의 대세가 달라지기 때문에 만에 하나라도 그의 신변에 위험이 발생하면 큰일이다. 그래서 사내들은 생포를 하는 데도 아주 신중을 기하고 있었다.

"흐흐! 우리가 참는 것도 한계가 있다. 이제 그만 포박을 받는 것이 어떠냐?"

고돈상이 큰 소리로 말했다.

순간 북궁량이 큰 소리로 외쳐 말했다.

"어림없다. 내가 왜 네놈들 포박을 받는단 말이냐?"

그러면서 앞에서 찔러오는 사내를 향해 마주 달려들었다. 순간 찔러 들어가던 사내가 황급히 검을 회수했다. 만약 심장이나 사혈을 찔러 숨이라도 거두는 날에는 모든 것이 끝나기 때문이었다.

그걸 보며 고돈상의 얼굴이 와락 일그러졌다.

"쳐죽일 늙은이!"

"흐흐흐! 건방진 놈들아, 너희들 따위는 하나도 겁나지 않느니라."

자신을 생포해야 하기 때문에 적이 심한 공격을 하지 못한다는 것을 알고 북궁량은 더욱 악착같이 저항을 했다. 그러다 보니 싸움은 오히려 청량반 무사들이 밀리는 방향으로 전개되고 있었다. 더구나 위지설이 위기 때마다 북궁량을 앞세워 방어하는 바람에 싸움은 더욱 소강상태를 벗어나지 못하고 있었다.

처척!

고돈상은 지척으로 이혈능이 다가오는데도 싸움판에 시선을 집중하느라 아직까지 모르고 있었다.

획!

이윽고 이혈능이 삼 장 가까이 다가서자 그제야 고개를 돌려 쳐다보았다.

이혈능을 발견한 고돈상이 멈칫했다.

"넌 또 누구지?"

이혈능을 크게 경계하거나 두려워하는 표정은 없었다. 하긴 청랑반의 반주이자 금사층의 최측근 정도 되면 낯선 사람을 경계할 만큼 무공이 낮거나 배포가 없는 건 아니었다.

"사냥꾼인가? 사냥꾼이라면 빨리 꺼지도록! 여긴 네가 기웃거릴 곳이 아니니까."

귀찮다는 듯 서둘러 입을 열어 말했다.

이혈능이 나직하게 말했다.

"고돈상."

흠칫!

그제야 놀란 표정을 지었다. 낯선 사내가 자신의 이름을 안다는 것은 예삿일이 아니었다.

"뭐야, 나 알아? 난 널 처음 보는데 누군가?"

이혈능이 입가에 미소를 물고 말했다.

"내 목소리도 벌써 잊었나?"

고돈상은 여전히 누군지 모르겠다는 듯 죽립 아래 드러난 얼굴을 좀 더 자세히 살피기 위해 상체를 숙여 보았다.

"누군데?"

짜증스런 목소리로 언성을 높여 물었다.

이혈능이 대답했다.

"나라니까? 나 몰라?"

"이자가 지금 장난하나? 죽고 싶나?"

"날 정말 모르겠나? 이 씨 말이야, 이혈능!"

"이혈능… 어억!"

고돈상이 깜짝 놀라는 소리를 뱉었다.

두 눈을 빛내더니 다시 물었다.

"정말 이혈능이야? 그는 죽었다."

"내가 죽었다고?"

이혈능이 웃으면서 왼손으로 죽립 챙을 쳐들어 올렸다. 순간 드러난 이혈능의 얼굴을 보며 고돈상이 깜짝 놀라 말했다.

"어어! 진짜구나!"

고돈상은 단번에 이혈능을 알아보았다.

그때 이혈능이란 말에 위지설과 북궁량을 공격하던 싸움이 멈추었고 모든 사내들의 시선이 이쪽을 향해 모아졌다.

"뭣이? 이혈능이라고? 정말이야?"

북궁량이 포위망에 갇힌 채 큰소리로 물었다.

"정말 자네인가? 확실한가?"

이혈능이 북궁량을 보며 말했다.

"별고없으셨습니까? 소생 이혈능입니다. 너무 반갑군요, 가주님!"

그러면서 얼굴을 확인할 수 있도록 죽립을 벗어 들자 사내들까지 놀라며 부르짖었다.

"이혈능이다!"

“맙소사! 그가 살아 있다니!”

북궁량이 고개를 쳐들고 웃음을 터뜨렸다.

“우핫핫핫! 자네가 살아 돌아왔구만. 그럼 그렇지. 난 절대 자네가 죽었을 것이라고 믿지 않았어. 난 자네의 관상을 누구보다도 철석같이 믿는 사람 아니던가!”

위지설 또한 눈물을 글썽거리며 말했다.

“공자님 맞아요? 정말 이 공자님이죠?”

이혈능은 웃으며 대꾸했다.

“그렇소. 이제 안심해도 되오. 누구도 낭자와 가주님을 건드리지 못할 것입니다.”

“지랄한다. 네놈이 살아 돌아왔다고 너무 큰소리를 치는구나. 건방진.”

고돈상이 부하들을 향해 명령했다.

“북궁가주 생포를 잠시 보류한다. 모두 이혈능을 포위하라!”

순간 북궁량과 위지설을 포위 공격하던 사내들이 빠르게 이혈능을 포위해 버렸다.

사내들 얼굴에 긴장의 기색이 서렸다.

이미 이혈능에 대해서는 귀가 아프게 들었다. 비록 낙일애로 뛰어내림으로써 모든 신화가 일단락되었지만 그에 손에 죽은 무사들의 면면은 정말 화려했다. 특히 추룡대를 모두 몰살한 사건은 어느덧 제왕성은 물론 무림의 전설로 회자되고 있었다.

이혈능이 자신을 에워싸고 있는 사내들을 쭈욱 휘둘러보았다.

청랑반은 혈리오반 중 가장 뛰어난 무사들이다. 하나 이혈능의 얼굴에는 조금도 두려워하는 따위의 기색은 없었다.

"쳐라!"

고돈상의 입에서 명령이 떨어졌다.

순간 두 명의 사내가 이혈능의 가슴을 찔러 들어왔다.

쉬익!

파아아!

이혈능의 입가에 떠올라 있던 미소가 더욱 짙어졌다.

번쩍!

이혈능의 칼이 뽑혀 나왔다. 그리고 곧바로 두 사내의 검을 내려쳤다.

파아악! 투툭!

두 사내의 검이 잘려 나갔다.

검이 잘리자 당황한 두 사내는 본능적으로 뒤로 물러섰다. 하나 이혈능이 더 빨랐다.

쉭쉭!

옛날과 비교할 수 없을 만큼 빨라진 등천일섬이 두 사내의 가슴을 뚫어버렸다.

푸푹!

“커억!”

“욱!”

단 이 초에 두 사내가 숨을 거두자 사내들 얼굴에 놀라움과 두려움이 떠올랐다.

그것은 무서운 사실이었다. 스스로 강하다고 자부한 자신들의 동료가 단 이 초 만에 숨을 거둔 사실이 도무지 실감이 나지 않았고 믿어지지 않았다. 두 명의 동료를 이 초 만에 격살할 수 있는 사람은 없다고 해도 과언이 아니었기 때문에 사내들이 받은 충격은 너무 컸다.

“뭣들 하나! 그럼 내가 공격하지.”

사내들이 잠시 충격에 빠져 머뭇거리고 있자 이혈능이 달려들었다.

“콰아아!”

이혈능의 칼이 눈부신 광채를 내뿜으려 폭발했다.

“피햇!”

“이건!”

앞의 세 사내가 기겁하며 뒤로 몸을 날렸다. 하나 이혈능의 칼이 물러난 세 사람의 동작보다 빨랐다.

카캉!

급기야 세 사내가 있는 힘껏 이혈능의 칼을 쳐내려 했지만 오히려 자신들의 검만 속절없이 튕겨 나갔다.

푸푹!

이혈능의 칼은 전혀 흔들리지 않고 세 사내의 앞가슴을 뚫어버렸다.

혈영인도류.

마침내 등천쇄심도법 후일식이 펼쳐진 것이다. 등천일섬과 더불어 같은 쾌검이지만 속도와 위력에서는 비교가 되지 않았다.

휘익!

이혈능의 칼은 멈추지 않았다.

또다시 섬광을 부챗살처럼 뿌리며 사내들을 쓸어갔다.

촤아악!

매서운 검기에 나머지 다섯 사내가 기겁하며 전력을 다해 맞섰다.

파파파팍!

하나 바위에 부딪치는 계란 형국이었다.

투투툭!

사내들의 검 중 일부는 부러지고 일부는 거센 충격에 그만 손아귀를 빠져나가 날아가 버렸다. 검을 놓치자 사내들은 잽싸게 장력으로 맞섰지만 이혈능의 칼은 그들로 하여금 공세의 변화를 허락하지 않았다.

"컥! 커컥!"

사내들의 입에서 단말마의 비명이 터져 나왔다.

털썩! 털썩!

다섯 명의 사내가 힘없이 고꾸라지자 산속의 공터는 순식간에 시뻘건 핏물로 뒤덮였다.

꿀꺽!

고돈상이 침을 삼켰다.

조금 전까지 눈앞에 있던 열 명의 무사가 시체로 돌변하여 모두 사라진 것이다.

이혈능의 무공은 예전에 비해 월등히 높아져 있었다. 추룡대 몰살과 수많은 제왕성의 상자들을 함몰시킨 것도 전설이었는데, 지금 눈앞에서 펼쳐진 신위는 그때와는 비교가 되지 않았다. 그것은 어떤 경지를 이미 훌쩍 넘어버린 대종사의 풍도였다.

'이렇게 강해졌다니!'

이혈능이 가까이 다가왔다.

그러자 고돈상은 자신도 모르게 뒤로 한 걸음 물러났다. 그것은 대호를 발견하고 자신도 모르게 뒷걸음을 치는 늑대의 모습이었다. 늑대는 아무리 사나워도 늑대일 수밖에 없다. 대호 앞에서는 그냥 위축되고 기가 꺾일 뿐이다.

"큭큭! 봤느냐? 저놈이 꼬리를 내리고 뒷걸음을 치는구나."

북궁량이 좋아 죽겠다는 듯 미소를 지었다.

그러자 위지설이 비아냥대듯 말했다.

"뒤로 걷는 게 특기인가 봐요? 왜 저렇게 볼썽사납죠?"

"건방진 자식, 우리 앞에서는 큰소리치며 사납게 굴더니만 이 공자 앞에서는 고양이 앞에 쥐 아니냐?"

"그러게요. 정말 웃기는 사람이군요."

평소 같으면 미치고 펄쩍 뛸 만큼 모욕적인 두 사람의 대화였지만 지금은 하나도 귀에 들어오지 않았다. 오히려 두근거리는 가슴이 온 전신을 지배하고 있을 뿐이었다.

척!

한순간 뒷걸음치던 고상돈의 걸음이 멈춰졌다.

자신이 쓸데없이 위축되어 있다는 것을 깨달은 것이다. 상대가 비록 강하지만 자신 또한 결코 하수가 아니다. 자신 또한 적수를 찾아보기 힘들 만큼 강하다고 자부하는 고수 아니던가.

하나 소용이 없었다. 잠시 강렬한 오기로 걸음을 세웠지만 순간일 뿐이었고 다시 가슴이 두근거리며 아랫도리에 힘이 풀리기 시작했다.

"오늘 살아날 수 있다는 생각은 아예 버리는 것이 좋을 것이다."

"누, 누구 맘대로……."

이상하게 말까지도 더듬거렸다.

아랫배에 힘을 주고 내뱉었는데도 자신도 모르게 떨려 나오는 것이 미치고 환장할 노릇이었다.

'내가 왜 이러지?'

아무리 크게 심호흡을 하고 마음을 안정해 보려 들었지만 소용없었다.

"조심해라."

이혈능이 파고들었다.

눈앞이 번쩍 하는가 싶었는데 어느새 자신의 왼쪽 가슴을 칼이 파고들고 있었다.

고돈상은 본능적으로 한 걸음 뒤로 물러서며 이혈능의 칼을 후려쳤다.

휘익!

하나 이혈능의 찔러 들어오던 칼은 어느새 종적을 감췄고 자신의 검은 허공을 쳐냈을 뿐이었다.

"어엇!"

이혈능의 칼이 어느새 왼쪽 허벅지를 베어오고 있었다.

고돈상이 깜짝 놀라며 검을 들어 힘껏 쳐냈다.

쉭!

'또 허탕이다.'

검끝에 걸리는 것이 없다.

'옆구리다.'

이혈능의 칼은 어느새 왼쪽 옆구리를 찔러 들어오는 있었다.

또다시 황급히 검을 왼쪽 옆구리에 대고 이혈능의 칼을 막았지만 도무지 잡히지 않았다.

'이, 이렇게 빠를 수가 있다니!'

연속 삼 초를 허탕친 것이다.

고수와의 싸움에서 연속 삼 초를 물먹었다는 것은 두말할 필요가 없다.

그것은 지독한 패배인 것이다. 자신은 이미 이혈능의 상대가 되지 않고 있었다. 열 명의 부하가 힘 한 번 써보지도 못하고 죽은 충격으로 인해 지금 제정신이 아니라지만 도무지 어떻게 해볼 방법이 없었다.

푸푸욱!

오른쪽 어깨가 따끔해졌다. 그러면서 팔에 힘이 쭉 빠지면서 자신도 모르게 검을 놓아버렸다. 사실 아무리 검을 놓지 않으려 해도 힘이 빠지면서 그냥 떨어져 버린 것이다.

툭!

무사가 애병을 떨어뜨렸다는 것은 이미 끝난 싸움이다. 하나 고돈상은 곱게 물러나지 않았다. 곧바로 남은 왼손으로 장력을 날렸다.

파아!

강력한 좌장에 이혈능이 정면으로 맞섰다.

촤악!

이혈능의 도기가 뻗어오는 고돈상의 장력을 정면으로 후려쳤다.

뻐억!

둔탁한 소리와 함께 두껍게 밀려오던 장력이 순식간에 반으로 갈라지며 이혈능의 도기가 고돈상의 앞가슴을 길게 갈라 버렸다. 옷자락은 물론이고 뼈까지 잘라지면서 속의 내장이 반쯤 삐져 나왔다.

"크헉!"

고돈상의 신형이 휘청거렸다.

"금사충은 지금 어디 있느냐?"

고돈상이 쓰러지지 않기 위해 옆에 있는 소나무 기둥을 붙잡으며 말했다.

"성에서 내가 북궁량을 잡아오길 기다리고 있다."

"제왕성은 내 손에 무너질 것이다."

"네, 네가 예전보다 훨씬 강해졌음을 인정한다. 하지만 제왕성은 불멸의 단체 결코 쉽지 않을… 것이다."

털썩!

한마디 힘겹게 내뱉은 고돈상의 몸이 앞으로 엎어졌다.

"이보게!"

"공자님!"

기다렸다는 듯 북궁량과 위지설이 다가왔다. 둘 모두 상당한 부상을 입고 있었지만 이혈능을 만났다는 사실에 흥분하여 달려들었다.

와락!

세 사람은 힘껏 서로를 끌어안았다.

"난 자네가 어딘가 살아 있으리라 확신했네."

“피이! 언제는 죽었을 것이라더니.”

북궁량의 자신에 찬 말에 위지설이 입술을 삐쭉 내밀며 시비를 걸었다.

북궁량이 이혈능의 손에서 빠져나오며 눈을 부라렸다.

“내, 내가 언제 이 공자가 죽었을 것이라고 했단 말이냐?”

“사흘 전에도 그랬잖아요. 아직까지 나타나지 않은 것을 보니 아마 죽은 것이 분명하다구요.”

“그, 그건 내가 술이 취해 너무 괴로운 나머지 뱉은 것이지 진심이 아니었다.”

“진심이든 아니었든 간에 죽었을 거라고 했잖아요. 그 말에 난 너무 슬퍼서 울었구요.”

북궁량이 눈을 크게 떴다.

“슬픈 표정은 지었지만 울진 않았잖느냐?”

“눈물 흘렸잖아요. 내가 소매춤으로 눈물 닦는 걸 못 보셨어요?”

“언제?”

“됐습니다. 그만 하십시오.”

가만 놔두면 두 사람 사이에 싸움이 붙을 것 같았으므로 이혈능이 나서서 말렸다.

북궁량이 헛기침을 두어 번 하며 입을 열었다.

“허험! 아무튼 이렇게 다시 살아 돌아온 것을 보면 자네의 그 천하백군복상의 관상은 확실하구만.”

이혈능이 정색하고 물었다.

"어떻게 된 일입니까? 어쩌다 제왕성 무사들에게 쫓기게 되었습니까?"

북궁량이 길게 한숨을 내쉬었다.

"모든 것을 얘기하자면 눈물 없이는 들을 수가 없다네. 간략하게 말한다면 형산에서 도망친 우린 제이의 매담자로 변장을 했네."

"아참, 위지 낭자의 조부님은 어찌 되었소?"

위지설의 표정이 숙연해졌다.

"도, 돌아가셨어요. 부득 아저씨도 함께."

"뭣이?"

"그날 공자님을 대신해 싸우다 그만 금사충의 천마봉에 쓰러지고 말았어요."

이혈능의 안색이 굳었다.

자신을 위해 죽은 것이다. 만약 그날 매담자가 금사충의 공격을 막아주지 않았다면 자신은 필시 큰 화를 면치 못했을 것이다. 매담자는 자신의 은인인 것이다.

비록 흑도대종사 자리를 놓고 벌인 거래였지만 죽음으로써 자신을 지켜준 은혜는 결코 작지 않았다.

"위지 낭자……."

이혈능은 말을 더 이상 잇지 못했다. 무슨 말도 위로가 되지 않을 것 같았기 때문이었다.

위지설이 표정을 밝게 하여 말했다.

"살고 죽는 건 하늘의 뜻이에요. 물론 할아버지께서 이 공자님을 위해 죽은 것은 분명하지만 그 대신 흑도를 맡아주기로 했으니 너무 미안해할 것 없어요."

아직 스무 살이 채 되지 않은 소녀라고 하기에는 위지설의 행동은 지나치게 침착했다.

예전의 연약하고 나약해 보이던 소녀가 아니었다. 그건 곧 지난 시간 그녀가 겪어야 했던 고초가 적지 않았음을 말해주고 있었다. 조부의 죽음 앞에서도 슬퍼하기보다는 앞으로 살아가야 할 미래를 더 생각하는 당찬 여인이 된 것이다.

북궁량이 계속 얘기했다.

"우린 중원십삼성의 수많은 주루를 돌아다니며 얘기를 팔면서 끼니를 이어갔지."

"고생이 무척 많았군요."

"사실 고생이랄 것까진 없었네. 매담자라는 직업이 그러하듯 잘 떠들면 먹고사는 데는 큰 어려움이 없었지. 정작 힘들었던 것은 자네에 대한 소식이 전혀 없다는 것이었지. 그건 정말 미칠 것 같은 절망이었네. 자네의 관상을 믿었지만 자네에 대한 아무런 풍문이 떠돌지 않아 우린 죽었다고 믿을 수밖에 없었네. 그래서 사흘 전 여기서 멀지 않은 청하루란 곳에서 얘기를 팔고 얻은 돈으로 술을 잔뜩 마시고 제왕성 놈들을 욕하기 시작했지. 그러다 취중에 그만 우리의 정체를 우리 입으로 발설하고야 말았다네.”

북궁량이 계면쩍은 표정을 지었다.

“아차 했지만 이미 엎질러진 물이었네. 숲이 우거진 산속이 아무래도 도망치기에 좀 더 유리할 것이라는 생각에 태호산으로 뛰어들었네. 헛헛! 아무튼 아무리 생각해도 꿈만 같네. 이렇게 살아 있는 자네를 만나게 되다니 말이야.”

북궁량은 아직도 실감이 나지 않는지 이혈능을 쳐다보며 웃었다.

“그나저나 자네는 어떻게 하여 우리가 쫓기고 있다는 것을 알게 되었는가?”

이혈능은 주루에서 우연히 청랑반 무사들의 얘기를 엿듣고 알게 되었다고 말해주었다.

“하면 아직 주루에 일행이 있다는 얘기 아닌가?”

“그만 내려가시죠.”

세 사람은 산을 내려왔다.

第三章 태목혈

시련의 연속 끝에 마침내 웅크렸던 몸을 일으켜 창비한다!

복수를 위해 제왕성에 뛰어든 소년에게 닥친 엄청난 고난과

신비하며 때로는 악마의 모습을 갖춘 소림삼십칠방의 등장!

험난하고 고독하며 위력적이고 놀라운 곳, 그곳의 문이 열린다!

『소림삼십칠방(少林三十七房)』

주루에 도착하자 공야도와 양오악이 몹시 염려스런 얼굴로 이혈능을 기다리고 있었다.

이혈능이 위지설과 북궁량을 데리고 들어오자 공야도가 누구냐고 물었다. 이혈능은 위지설과 북궁량을 두 사람에게 소개했다. 순간 북궁량을 쳐다보던 공야도의 눈이 함지박만하게 커졌다. 소림과 제왕성에서 혈안이 되어 찾고 있던 북궁세가의 가주라는 것에 놀란 것이다. 소림은 제왕성에 북궁량을 빼앗기지 않기 위해 찾았고 제왕성은 그를 찾아 소림이 설치한 괴진법을 파해하기 위해 찾은 것이다.

북궁량 역시 공야도가 당대제일의 장문(匠門) 공야세가의 가주라는 말에 무척 놀란 표정을 지었다.

이혈능은 공야도에게 북궁량과 위지설을 태목혈을 만들고 있는 비밀 가옥으로 데려가도 괜찮겠느냐고 물었다. 제왕성이 혈안이 되어 찾고 있는 만큼 안전한 피신처가 필요했기 때문이었다. 공야도는 이제 한 식구인데 당연히 같이 가는 것이 순서 아니냐면서 흔쾌히 허락하여 일행은 함께 마차를 타고 주루를 출발했다.

한데 마차에 오른 위지설과 북궁량이 화송목을 보고 놀란 표정을 지었다.

"이게 무엇인가? 이렇게 거대한 고드름을 어디에 쓰려고 싣고 가는가?"

공야도가 담담하게 웃으며 고드름이 아니라 화송목이라는 전설의 소나무라고 말해주었다. 불을 피우면 천하에 녹이지 못할 물체가 없을 만큼 강한 화력을 일으키고 패왕모철을 녹이기 위해 운반 중이라는 말에 놀라는 표정을 지었다.

마차는 도야루를 떠난 지 만 하루가 다 되어 항주에 도착했다. 이른 아침인데도 항주의 거리는 사람들로 붐볐고 소주와 더불어 중원제일의 색도임을 자랑이라도 하듯 여인들의 웃음소리가 마차 밖으로부터 끊이지 않고 들려왔다.

돌연 마차를 몰고 항주의 중심로 백화로를 가로질러 가던 이혈능의 두 눈이 날카롭게 빛났다.

맞은편에서 세 마리의 말이 이끄는 거대한 화물마차가 한 대 다가오고 있었다. 물론 길이 넓어 두 대의 마차는 충분히 비켜갈 수 있었는데, 이혈능의 눈이 빛을 발한 것은 다가오는 마차의 지붕 위에 걸린 깃발 때문이었다.

마차의 지붕 위로 노란색 깃발 하나가 펄럭이고 있었는데, 커다란 세 개의 글씨가 시선을 자극했다.

은대보(銀大堡).

이혈능의 시선이 죽립 아래로 날카로운 빛을 뿌렸다.

'은대보라면 바로 제왕성의 돈줄이자 구운생의 사가가 아닌가?'

마차는 이른 아침부터 무엇을 싣고 가는지 기우뚱거리며 나아갔다. 이혈능의 시선은 마차에게서 떨어지지 않았다. 고개를 뒤로 돌려 시야에서 마차가 사라질 때까지 한참을 쳐다보았다.

'은대보가 항주에 있었던가?'

이혈능의 입꼬리가 말려 올라가며 입가에 차가운 미소가 걸렸다.

공야도가 태목혈을 만들고 있는 비밀 가옥은 항주에서 동쪽으로 이십 리 떨어진 송덕구(松德邱)라는 곳에 있었다. 송덕구는 소나무 숲으로 된 야트막한 언덕이었는데 그곳에 송 덕장이라는 조그만 장원이 공야도가 태목혈을 만들고 있는 비밀 가옥이었다. 송덕장의 주인은 곽철생이라는 사람으로 항주 일대에서는 제법 알려진 장인(匠人)이며 평소 공야도와 는 호형호제하는 사이로 꽤 친분이 두터웠다.

마차는 소나무 사이로 난 조그만 길을 따라 정문 앞에 이르 렀다.

정문 앞에는 건장한 체격의 머리털이 없는 두 사내가 서 있 었는데, 마차를 향해 다가왔다.

이혈능은 겉으로는 평범해 보이지만 두 사람 모두 한눈에 상당한 고수라는 것을 알아보았다. 또한 평상복 차림이었지 만 머리가 하나도 없는 두 사람에게서 강렬한 불가의 기운을 느껴졌다.

'소림에서 파견된 무사들이구나.'

이혈능은 대번에 두 사람이 이곳 송덕장과 공야도를 함께 지키는 호위무사들이라고 판단했다.

"어디서 오셨소?"

말은 정중했지만 이혈능을 쳐다보는 눈빛은 날카로웠다.

그때 마차 안으로부터 공야도가 나타났다.

순간 두 무사가 허리를 구부려 예를 취했고 공야도가 웃음 띤 얼굴로 말했다.

"오랜만이로구만. 나의 일행이니 걱정할 것 없네."

두 사람이 기관을 작동시켜 장원의 문을 열어주자 마차는 안으로 사라졌다.

대장간 시설은 꽤 컸고 잘 갖춰져 있었다. 기존에 송덕장의 곽철생이 사용하던 것에 공야도가 태목혈을 만드는 데 필요한 몇 가지를 설비를 더 추가했는데, 사람들을 동원하여 곧바로 마차에 실린 화송목을 옮겼다.

"이곳에서 태목혈을 만들고 있다는 사실을 알고 있는 사람이 몇 명 정도 됩니까?"

이혈능이 넓은 대장간 시설물들을 휘둘러보며 물었다.

공야도가 말했다.

"비밀이란 많이 알려질수록 유지가 어렵다는 이유로 소림의 원공 선사를 비롯해 소림 고위층과 구도악 등 소수를 제외하고는 별로 아는 사람이 없네. 여길 지키는 호위무사들도 명령을 받고 송덕장과 날 지킬 뿐이지, 여기서 태목혈이 만들어지고 있다는 사실은 전혀 알지 못하고 있네."

공야도는 곧바로 태목혈 제련에 들어갔다. 그동안 화송목을 찾느라 날짜를 많이 허비하여 시간적으로 여유가 없었다.

먼저 화덕에 불을 일으켰다. 그리고 불이 달아오르자 화송목을 쌓아 불을 붙이기 시작했다. 일반 나무가 아니기 때문에 불은 좀체 붙지 않았다. 하나 공야도는 그럴 줄 예상이나 한 듯 전혀 절망하거나 포기하지 않고 꾸준히 시도했다.

그리고 사흘째 되던 날 마침내 화송목에 불이 붙었다. 한데 놀랍게도 화송목에 붙은 불의 색깔은 눈에 보이지 않을 만큼 투명했다. 열기가 없었다면 불이 타고 있는지 아닌지 구별할 수 없을 것 같았다. 공야도는 곧바로 패왕모철을 녹이기 시작했다.

마침내 그동안 제왕성과 쫓고 쫓기며 치열한 탈취 싸움을 벌였던 패왕모철이 눈앞에 모습을 드러냈다.

"어딜 가는가?"

닷새째 패왕모철을 녹이고 있던 공야도가 칼을 휴대하고 대장간 앞을 지나가는 이혈능을 발견하고 물었다. 이혈능은 땀을 뻘뻘 흘린 채 시커먼 그을음에 젖은 공야도를 보며 가벼운 미소를 머금었다.

"잠시 외출을 할까 합니다."

"항주야말로 외출하기에는 더없이 좋은 곳이지. 너무 심하게 놀지는 말게."

항주라고 하면 누구나 술과 여인을 떠올린다.

즉, 이혈능에게 술과 여인에게 지나치게 빠지지 말라는 농담을 던진 것이다.

"명심하겠습니다."

이혈능은 가벼운 웃음을 지으며 걸음을 재촉했다.

공야도와 헤어진 이혈능의 얼굴이 싸늘해졌다. 이미 그림은 완벽하게 그려진 것이다. 어떻게 움직이고 어떻게 할지 계획은 또렷하게 섰다.

이혈능이 송덕장을 막 벗어나려는데 돌연 뒤로부터 날카로운 목소리가 들려왔다.

"날 데려가요."

이혈능이 걸음을 멈추고 돌아서자 다가온 여인은 위지설이었다.

"나도 데려가 줘요. 이곳에 처박혀 있으려니 재미없어 미칠 것 같아요."

죽은 매담자와 더불어 천하를 활보하고 다니다 이런 조그만 장원에 박혀 있으니 무척 답답한 모양이었다.

"안 된다는 말 하지 마세요. 절대 귀찮게 하지 않을게요."

위지설은 공야도의 말마따나 이혈능이 술이나 한잔하러 나가는 줄 알고 있는 눈치였다.

이혈능은 안 된다고 할까 하다 그냥 고개를 끄덕였다.

"그래, 같이 갑시다. 따라오시오."

"고마워요."

위지설은 안 된다고 할 줄 알고 잔뜩 긴장해 있다가 이혈능이 의외로 순순히 받아들이자 펄쩍 뛰며 좋아했다.

"절대 귀찮게 하지 않을게요. 어떤 여자와 술을 마시든 전혀 상관하지 않을 것이고 아무리 술을 많이 마셔도 가만 내버려 둘게요. 약속해요."

"그런 일은 없을 거요."

"네에?"

"결코 그런 일은 없을 거란 얘기요. 어서 갑시다."

위지설이 이혈능의 말뜻을 알아차리지 못하고 고개를 갸웃거렸다. 두 사람은 걸음을 재촉했고 정문을 나서자마자 곧바로 신법을 전개했다.

위지설의 무공은 강하지는 않았지만 결코 삼류 수준은 아니었다. 여인의 무공치고는 꽤 높았는데 이혈능과 어깨를 나란히 하고 신법을 펼쳤다. 숨도 골랐고 표정도 자연스러운 것이 지금 정도의 속도는 충분히 따라올 수 있다는 것 같았다.

그런데 이혈능이 항주로 들어가지 않고 북쪽 외곽으로 빠져나가는 길을 택하자 놀란 표정으로 돌아보았다.

"어딜 가는 거죠? 술 마시러 가려면 이 길이 아니잖아요?"

"조금만 더 가보면 알게 될 거요."

이혈능이 즉답을 피하자 무척 궁금한 표정을 지었다.

두 사람은 반 각 가까이 계속 몸을 날렸고 시종일관 전방만 뚫어져라 살피며 달리던 위지설의 눈이 커졌다.

저 멀리 한 채의 거대한 장원이 눈에 들어왔고 적지 않은 마차들이 줄기차게 드나들었기 때문이다.

"저긴 어디에요?"

이혈능은 대답하지 않았다.

두 사람은 순식간에 은대보 정문 앞에 이르러 몸을 날아 내렸다.

때마침 한 대의 마차가 많은 화물을 싣고 은대보 정문을 빠져나가고 있었다.

깃발에 백연(白燕) 문양이 힘차게 새겨진 것이 귀주제일상가 백연장원의 마차인 것 같았다. 아마 은대보에 어떤 물건을 납품하고 돌아가는 길이리라.

두 사람이 다가서자 정문위사 두 사람이 위압적인 시선으로 앞을 막으며 물었다.

"어디서 오신 중상(中商)들이오?"

두 위사는 이혈능과 위지설을 은대보와 거래를 하는 중상으로 알고 있었다.

이혈능은 시치미를 뚝 떼고 말했다.

"사천에서 온 면화상들인데 오늘 대금 결제를 해준다고 해서 왔소이다."

"통과아!"

대금을 결제받으러 왔다는 말에 그들은 자세한 신분 조사도 하지 않고 통과를 허락했다.

이혈능은 은대보 안으로 들어갔다.

은대보는 구천상보와 더불어 중원의 상권을 양분하고 있는 대상가이다. 비록 구천상보에 비할 바는 못 되지만 자금 규모는 상상을 초월하며 특히 최근에는 구천상보가 소림으로 철수하면서 포기한 강북의 상권까지 빠른 속도로 점령해 가고 있었다.

"여긴 왜 왔어요?"

위지설이 뭔가 눈치를 챈 듯 긴장한 표정으로 물었다.

이혈능은 씨익 웃을 뿐 대답하지 않고 큰 길을 따라 곧장 안으로 들어갔다.

무얼 찾는지 이혈능은 자꾸 주위를 두리번거렸다. 이윽고 한참을 거슬러 올라가던 이혈능의 발걸음이 멈췄다.

전면에 커다란 이층 전각 한 채가 태산처럼 앞을 막고 서 있었다. 일견키에도 주위 다른 전각에 비해 훨씬 풍채가 있고 위압적이었다.

천대각(天大閣).

언젠가 구운생으로부터 부친의 거처가 천대각이란 애길 들은 기억이 있다.

주위는 조용했다.

이혈능은 내력을 끌어올려 천리지청술을 전개했다. 정원 곳곳에 은신하여 지키는 무사들의 호흡 소리가 잡혔다.

'모두 열둘이다.'

이혈능은 위지설에게 나무 아래 몸을 숨기고 있도록 눈짓을 보낸 다음 전각으로 다가갔다.

그리고 한순간 번개처럼 사라지며 왼쪽 옆구리에 매달린 칼이 뽑혀 나왔다.

푸욱!

일도가 나무를 찔렀다.

한데 나무에서 붉은 피가 새어 나왔다. 고도의 잠영술로 나무 속에 몸을 숨기고 있던 호위무사의 숨이 끊어진 것이다.

이혈능의 소리없는 살인이 빠르게 진행되었다. 정원을 장식하고 있는 괴석과 나무들 사이를 바람처럼 누비며 칼이 번득였고 그때마다 답답한 신음이 터져 나왔다.

불과 서너 호흡도 되지 않은 짧은 시간에 곳곳에 숨어 있는 열두 명의 호위무사의 숨통을 끊었다.

철컥!

칼이 다시 집 속으로 들어갔고 위지설을 향해 나오라는 눈짓을 했다.

숨어서 이혈능의 신기를 보고 있던 위지설의 두 눈은 놀라움으로 가득했다. 확실히 예전과는 솜씨가 달라져 있었다. 그것은 출신입화지경이라고 하기에 전혀 손색이 없는 가공할 능력이었다.

두 사람은 계단을 올라 천대각의 문을 밀었다.

끼익!

그런데 문을 막 밀고 들어서던 이혈능의 발걸음이 멈춰졌다. 문이 열리고 앞으로 쭈욱 뻗은 복도가 있었는데 맞은편에서 다섯 명의 사람이 다가오고 있었다.

잠시 천리지청술을 해제했는데 그만 꼼짝 못하고 들키고 만 것이다. 잠시 당황한 빛을 감추지 못하던 이혈능은 빠르게 표정을 회복하고 다가오는 사람들을 쳐다보았다.

다가오는 사람들 역시 문 앞에 장대한 체구의 사내가 막고 서 있자 누구지? 하는 표정으로 쳐다보았다. 하나 빛을 등지고 있었기 때문에 이혈능을 알아보지는 못했다.

그때 문득 선두에서 다가오는 사내를 보며 이혈능의 눈빛이 변했다.

'구운생.'

훤칠한 키에 쭉 찢어진 뱀 눈을 한 흑의사내는 틀림없는 구운생이었다.

'유운단 무사들이다.'

구운생을 에워싸다시피 하여 다가오는 좌우 네 사내의 소매 끝에 한 조각 구름 문양이 새겨져 있었는데 그것은 장로원 직할대인 유운단의 문장이었다.

뚝!

오 장여의 간격을 두고 구운생 일행도 걸음을 세웠다.

구운생이 입구를 막듯 서 있는 이혈능을 쳐다보았다.

등 뒤로부터 들어온 역광으로 인해 알아볼 수도 없었지만 죽립을 깊숙이 눌러써 얼굴을 더욱 알아볼 수 없자 눈살을 찌푸렸다.

은대보 안에서 이토록 죽립을 눌러쓰고 보주의 거처로 들어올 인물은 없었다.

"뭐 하는 놈이냐?"

구운생이 다짜고짜 목소리를 높여 물었다.

이혈능이 히죽 웃었다. 죽립 끝으로 뒤틀린 입술이 보였고 구운생의 표정이 우그러졌다. 그것은 자신을 비웃는 것이 분명했는데, 순간적으로 불쾌감이 치밀어 올랐다. 더구나 자신은 보주의 아들로 은대보에서 서열 이위 아닌가. 감히 서열 이위인 자신을 면전에 놓고 비웃을 수 있는 자가 있다는 것에 감정이 상한 것이다.

"뭐 하는 놈이냐고 물었다. 소속을 말해라."

이혈능이 나직이 물었다.

"날 모르겠나?"

구운생이 멈칫했다.

목소리를 분명 어딘가에서 들은 기억이 있었다. 하나 도무지 기억이 나지 않는다. 얼굴이라도 확인해 보려 눈을 크게 떠보았지만 역광과 죽립에 가려 알 수가 없다.

스윽!

이혈능이 왼 손가락으로 죽립의 챙을 밀어 올렸다.

순간 이혈능의 얼굴이 반쯤 드러났다. 하나 수염이 덥수룩해 과거의 모습은 많이 사라져 있어 구운생은 여전히 알아보지 못했다.

"모르겠나, 내가 누군지?"

그러면서 이혈능이 좀 더 챙을 밀어 올렸다.

뚫어져라 이혈능을 쳐다보던 구운생이 자신도 모르게 뒤로 한 걸음 물러나며 말했다.

“가, 가만 너 혹시?”

“이제 기억나나?”

“이혈능?”

“맞다.”

“어, 어떻게 네가 여길……?”

“훗훗!”

네 사내들 또한 눈을 휘둥그레 떴다. 조금 전 구운생의 입을 통해 이혈능이란 말을 듣고 본능적으로 몸을 움츠렸다.

이혈능이란 석 자의 이름은 이미 제왕성 무사들 사이에서는 전설로 회자되고 있었기 때문이다.

“이거야 원, 도무지 믿을 수가 없군. 죽지 않았단 말이냐?”

“내가 죽기를 바란 모양이군.”

“진짜 이혈능 맞느냐?”

구운생이 정말 믿을 수 없다는 듯 눈을 치켜 뜨며 물었다.

그때 좌측 사내가 조심스럽게 물었다.

“단주님, 이혈능이라고 하면 낙일애로 뛰어내린 그 이혈능 말입니까?”

자신들 또한 도저히 믿을 수 없다는 질문이다.

“그 이혈능이다.”

“뭐라구요?”

“예, 옛?”

사내들이 자지러지듯 놀랐다.

이혈능은 그런 그들을 보며 잔잔한 미소를 머금었다.

"미안하군. 이렇게 살아와서 말이야. 잘 보라구."

이혈능이 왼손으로 죽립을 천천히 걷어 올렸다.

이윽고 죽립을 완전히 벗어버리자 이혈능의 모습이 정확하게 드러났다.

비록 적지 않은 세월이 흘렀고 머리와 수염이 몰라보게 얼굴을 덮고 있었지만 잊을 수 없는 얼굴이었다. 제왕성의 상징인 추룡대를 단신으로 제거했을 뿐만 아니라, 결코 남의 손에 자신의 목숨을 맡길 수 없다는 단호한 자존심으로 스스로 낙일애로 뛰어내렸던 전설적인 사내였다.

"이, 이혈능!"

그래도 설마하다 막상 최악의 현실이 눈앞에 나타나자 네 사내의 입에서 신음 가까운 비명이 터져 나왔다.

이혈능이 말했다.

"내가 왜 여길 찾아왔는지 짐작하겠지?"

"훗훗! 날 죽이러 왔겠지? 난 네가 잊을 수 없을 만큼 못살게 괴롭혔으니까. 누구라도 밟힌 것에 대한 복수는 당연한 것 아니겠나? 하나 잘못 들어왔다. 아무리 상가라고 하지만 너 하나쯤은 얼마든지 시체로 보낼 수 있는 곳이다. 제왕성이 죽이지 못했다고 해서 나까지 널 어쩌지 못할 것이라고 생각한다면 오산이다."

그리고 오른손을 쳐들었다.

순간 천장과 복도 좌우 벽에 은신하고 있던 사내들이 모습을 드러냈는데 모두 열둘이었다.

이혈능은 피식 웃었다.

이미 그들의 존재를 알고 있었기 때문이다. 존재를 알고서도 무시하듯 외면했다는 것은 그들을 전혀 경계할 필요가 없다는 자신감이 아니면 취하기 어려운 행동.

"날 너무 소인배로 보았군. 너 하나 따위를 죽이기 위해 내가 이렇게 손수 이곳을 찾아온 줄 아나?"

"그럼 뭐지?"

"내가 여길 찾아온 목적은 제왕성의 돈줄인 은대보를 없애기 위해서다. 은대보만 사라지면 제왕성은 크게 흔들릴 테니까. 패업천하에서 자금은 생명줄 아니던가?"

"으핫핫! 여전히 자신감 넘치는구나. 감히 너 혼자서 본 보를 몰락시키겠다고? 건방진 놈."

구운생의 얼굴에 조소가 떠올랐다.

"뭣들 하느냐? 놈을 베어버려랏!"

구운생이 뒤로 한 걸음 빠지며 부하들을 향해 외쳤다. 부하들이 일거에 앞뒤로 이혈능을 에워쌌다. 절반은 복도를 막았고, 절반은 계단 아래에 진을 쳤다.

이혈능이 자신을 에워싸고 있는 사내들을 휘둘러보았다.

"열여섯."

나직이 혼잣말을 흘린 이혈능이 서서히 기세를 일으켰다.

위지설은 이혈능의 뒤에 바짝 달라붙어 있었다. 그녀 역시 함께 손을 돕겠다는 듯 양손에 내력을 단단히 집어 넣고 있었는데 이혈능이 웃으며 말했다.

"어설픈 짓 말고 얌전히 있도록."

"같이 손을 쓴다면 훨씬 편하잖아요."

"나 혼자서도 충분해. 괜히 돕는다고 나섰다가 부상이나 당하지 말고, 가만히 있는 게 날 돕는 거야."

위지설이 눈을 치켜떴는데 불쾌한 표정이 역력했다.

"날 뭘로 보고!"

이혈능은 자신의 실력을 철저히 무시하고 있을 뿐 아니라 완전히 어린아이 취급 하고 있었다.

"이 자식이!"

"죽어랏!"

그때 두 사내가 달려들어 왔다. 커다란 검을 무지막지하게 휘두르며 압도적인 기세를 보였는데 이혈능이 좌측으로 미끄러지며 칼을 뽑아 후려쳤다.

콰앙!

강력한 도기에 두 사내가 쏟아낸 검기는 눈처럼 흩어져 버렸고 밀려난 두 사내를 쫓아가며 이혈능의 칼이 연이어 떨어졌다.

쉬악!

두 사내의 눈이 커졌다. 숨 돌림 촌각의 여유도 주지 않는 연결 공격에 어떻게 해볼 방법이 없었으므로 두 사내의 얼굴에 죽음의 빛이 내려앉았다.

바로 그때 절체절명의 상황에서 좌측에 있던 동료가 끼어들었다.

"꺼져!"

순간 두 사내를 향해 떨어지던 이혈능의 칼이 직선으로 돌변하며 좌측 사내에게로 파고들었다.

끄극!

도기와 검기가 충돌하며 섬뜩한 소리가 흘러나왔고 강한 충격에 좌측 사내가 뒤로 휘청 밀렸다. 그 순간 이혈능의 칼이 빠르게 떨어져 내렸다.

번쩍!

"컥!"

좌측 사내가 앞가슴을 부여잡고 계단으로 굴러 떨어졌다.

이혈능의 칼은 무자비하게 폭발했다.

마치 태풍이 휘몰아치듯 에워싸고 있는 사내들을 일거에 쓸어가 버렸다.

콰아아아! 파파팍!

사내들이 온 힘을 다해 맞섰지만 이혈능의 칼은 수많은 검기를 모조리 베고 잘라 버렸다.

"크악!"

"악! 커커컥!"

가을바람에 떨어지는 낙엽처럼 흑의사내들이 시신으로 나뒹굴었고 십 초가 채 지나지 않았을 뿐인데 생존자는 세 명으로 줄어들었다. 불과 열세 명이 잠깐 사이에 제거된 것이다.

뚝뚝!

늘어뜨린 이혈능의 칼끝을 타고 검붉은 피가 떨어졌다.

남은 세 사내의 얼굴에 공포의 그림자가 맺혔다. 실로 눈을 뜨고서도 믿을 수 없는 광경이 아닐 수 없었다.

'이건 악몽이다.'

사내들이 주춤거리며 잔뜩 두려움에 떨 때 이혈능의 칼이 다시 비상했다.

쐐애액!

칼은 가냘픈 토끼를 향해 날아가는 대호의 맹렬한 발길질과 다름없었다.

퍼퍼퍽!

세 사내가 혼신을 다해 맞섰지만 힘없이 나동그라졌다.

털썩! 투툭!

정적이 감돌았고 구운생의 표정이 하얗게 변해 있었다. 예전에도 강했지만 그때와는 더욱 비교가 안 되는 막강한 힘을 이혈능은 갖고 있었다.

언젠가 이혈능과의 싸움에서 패한 이후 유운단은 다시 재편성되었다. 나름대로 한가락한다는 솜씨있는 자들로 엄선하였고 이제는 추룡대나 혈리오반의 무사들에 비해 결코 떨어지지 않는다고 자부했다. 한데 그런 자부심이 지금 송두리째 몰락해 버렸다.

"지금이라도 늦지 않았다. 은대보가 제왕성과 모든 인연을 끊으면 이대로 돌아가겠다."

이혈능이 구운생을 향해 말했다.

"비록 너와 개인적인 감정이 적지 않지만 장부로서 그 까짓 정도는 얼마든지 넘어갈 수 있다. 하지만 제왕성과 손을 잡고 있는 것만큼은 묵과할 수 없다."

"그것은 불가하네."

바로 그때 누군가 구운생 대신 말을 받았다.

이혈능이 고개를 쳐들었다.

복도 저편에 한 사람이 서 있었다. 그다지 큰 체격은 아니었는데 무척 날카로운 눈을 갖고 있었다. 대략 육십가량 되어 보였는데, 천천히 걸음을 옮겨 다가오고 있었다.

이혈능은 한눈에 상대가 구운생의 부친인 구운룡이라는 것을 알아보았다.

구운룡은 빠르지도 않고 느리지도 않는 걸음으로 다가왔다.

이혈능과 적당한 거리를 두고 걸음을 세웠는데 눈빛이 아주 부드러웠다. 마침내 강남제일의 거상이 모습을 드러낸 것이다.

"지금 제왕성와 인연을 끊는 것이 어렵다고 했소?"

"그렇네. 자네가 내 목을 베어도 제왕성과 손을 뗄 수가 없는 형국이 작금의 상황일세. 이미 본 보는 제왕성에 모든 것을 걸었네. 그래서 모든 재산을 쏟아 붓고 있지. 한데 이제 와서 손을 떼라는 것이 말이 되는가?"

"목숨을 잃게 될 것이오."

"이건 죽고 사는 것과는 별개의 문제일세. 세상일이란 흐름이라는 것이 있고 운명이라는 것이 있네. 기호지세라고 했네. 내가 지금 그렇다네. 여기서 손을 뗄 수가 없다는 얘기지. 이제 난 제왕성과 흥망을 함께할 수밖에 없네."

"욕심을 그럴듯한 궤변으로 포장하시는군요."

"난 장사꾼일세. 중간에 잔뜩 손해만 보고 그만둘 것 같았으면 애초부터 손을 잡지 않았네."

그리고 오른손을 쳐들었다.

순간 갑자기 복도에 흑백의 연기가 휘몰아쳤다.

이혈능은 갑자기 이 무슨 괴변인가 하는 시선으로 안개를 쳐다보더니 나직이 중얼거렸다.

"사람이다."

안개가 갑자기 소용돌이를 일으키더니 흑백의 두 노인이 모습을 드러냈다.

"흐흐! 부르셨소이까, 보주?"

"뭘 도와드릴까요? 말씀만 하십시오."

흑백의 두 노인은 무척 자신감에 차 있었다.

구운룡이 느긋한 얼굴로 말했다.

"이 두 분을 아는가? 들어보았는지 모르겠군. 흑백쌍마라고 말일세."

이혈능이 눈살을 찌푸렸다.

순간 구운룡의 입가에 미소가 떠올랐다. 이혈능이 겁을 먹었다고 생각한 것이고, 그래서 몹시 자랑스럽게 말했다.

"알고 있다면 자세한 설명은 필요없겠지. 자네의 솜씨가 뛰어나긴 하지만 여기 두 분에 비하면 많이 떨어진다고 생각하네. 물론 자네는 그렇게 생각하지 않겠지만."

문득 이혈능의 입가에 작은 미소가 물렸다.

흑백쌍마(黑白雙魔).

강호쌍괴와 동시대의 인물들이다.

강호쌍과와는 비교하기에 무리가 있지만 분명히 한 시대를 좌지우지했던 마도의 인물들이었다.

"아이야, 한데 너 왜 아까부터 자꾸 기분 나쁘게 우리 두 늙은이를 보고 그렇게 웃는 것이냐?"

백마가 말하는데 기분 나쁘다는 기색이 역력했다.

이혈능이 웃으며 말했다.

"갑자기 두 분께서 불쌍하다는 생각이 들어 자꾸 웃음이 나오는구려."

"부, 불쌍? 우리가?"

"너 지금 말 다 했냐?"

이혈능이 비릿한 표정을 지으며 말했다.

"그 나이 먹도록 남의 밑에서 빌어먹고 있는 두 분의 처지가 무척 딱하오이다."

"뭐, 뭐, 뭐⋯⋯?"

"나, 남의 밑에서 빌어먹어?"

너무 기가 막힌 듯 두 사람은 말을 잇지 못했다.

"이런 귓불에 물기도 안 마른 놈이 감히 우릴 갖고 놀아도 유분수지. 죽여 버리겠다!"

슈아악!

백의를 걸친 백마가 그대로 날아와 주먹을 뻗었다.

얼마나 분노했는지 가공할 권기가 태산처럼 밀려왔다. 하나 이혈능은 전혀 두려워하거나 당황하지 않고 들고 있던 칼을 들어 정확히 상하로 내려 베었다.

콰악!

강한 도기와 권기가 정면으로 부딪쳤다.

쿠쿠쿵!

강한 도기와 권기의 충돌에 건물이 걷잡을 수 없이 흔들렸다.

일초의 공격에도 아무런 우위를 점하지 못하자 백마의 눈은 더욱 부릅떠졌다.

"이런 개 같은 경우가!"

전혀 우위를 확보하지 못한 상황을 보며 어이가 없다는 듯 백마의 눈이 커졌다. 그러면서 곧바로 연속 삼 권을 뻗어내었다.

부— 부부북!

강력한 권기가 전신을 집어삼킬 듯했다.

이혈능은 여전히 냉정함을 잃지 않으며 칼을 빠르게 뻗어갔다.

콰콰콰!

강렬한 도광이 실내를 훤히 비추며 밀려오는 백마의 권기를 세차게 후려쳤다.

파파팟!

순간 백마의 권기가 산산이 부서지며 흩어졌다.

"으헉!"

권기를 쪼개며 파고드는 이혈능의 칼을 보며 백마가 혼비백산하여 뒤로 물러섰다.

"어딜 가시오!"

이혈능의 칼이 재차 번득였다.

콰아!

빗살과 같은 붉은 섬광이 일직선으로 뻗어갔다.

혈영인도류.

등천쇄심도법 후일식으로 이미 극성에 이른 혈영인도류의 빠름은 가히 전광석화와 같아 붉은 빛이 번쩍였다고 느낀 순간 백마의 앞가슴을 파고들었다.

“아아!”

자신도 모르게 신음을 터뜨린 백마와 더불어 번쩍! 하며 갑자기 눈앞으로 흑영이 나타났다.

콰아앙!

뒤이어 커다란 굉음이 터지며 자신의 앞을 막았던 흑영이 뒤로 한 걸음 밀려 나왔다. 자신을 위기에서 구출해 준 사람은 백년지기 흑마였다.

하나 흑마의 옷자락은 걸레조각처럼 찢겨져 있었고 걸음을 세우고 나서도 한동안 상체를 흔들거리는 것이 거센 충격파에 휩쓸린 듯했다.

“우우!”

흑마의 안색이 잿빛으로 변했다.

입은 내상보다는 자신이 밀려났다는 믿을 수 없는 현실이 더욱 놀라운 것이었다.

천하제일고수라 생각해 본 적은 없었다. 그 자리는 너무도 위대하고 막강하여 하늘이 내린 사람만이 누릴 수 있는 지고무상한 자리이기 때문이다. 하나 천하에서 두 번째 고수는 된다고 자부해 왔기 때문에 흑마의 충격은 더욱 컸다.

“이, 이건 사술이다.”

사술이 아니고서는 있을 수 없는 일이었다.

아무리 봐도 자신을 일도에 밀어낼 만큼 강한 구석이라고는 없었다. 오히려 유약해 보이기까지 한 이혈능을 보며 흑마는 연신 혼잣말을 중얼거렸다.

"이런 일이 어찌 일어날 수 있단 말인가?"

그때 등 뒤에서 있던 백마가 무거운 목소리로 물어왔다.

"다친 데는 없는가?"

백마의 목소리 또한 처음과 달리 완전히 꺾여 있었다. 이미 이혈능의 무공이 자신들로서도 함부로 대할 수 없을 만큼 강하다는 것을 절감한 결과였다.

"후회는 아무리 빨라도 늦다는 말이 있소. 난 당신에게 분명히 기회를 주었소. 한데 거절을 했으니 오늘 은대보를 강호의 지도에서 지워 드리지."

이혈능이 구운룡을 보며 차갑게 말을 이었다.

"제왕성과 손을 잡은 것이 실수요."

콰아!

이혈능의 몸이 앞서 있는 흑마를 향해 날아갔다.

이윽고 그의 칼이 맹렬하게 흑마의 앞가슴을 파고들었다.

"헛!"

흑마가 다급성을 터뜨리며 발작적으로 쌍권을 내뻗었다. 그와 동시에 백마 역시 두 주먹을 뻗으며 싸움에 가세했다.

콰콰쾅!

세 사람의 권과 도가 부딪치자 전각이 기우뚱거렸다. 그러다 끝내 좌측 복도의 담벼락에 금이 가더니 무너져 내리기 시작했다.

우직끈! 쿠르르!

거대한 용마루와 기와지붕이 통째 무너지자 구운룡과 구운생, 위지설은 신속히 밖으로 몸을 날렸다. 하나 세 사람의 몸 주위로 떨어지던 기왓장과 벽돌들이 호신강기에 부딪쳐 튕겨 나갔다.

쿠쿠쿵!

거대한 전각이 무너진 곳에 세 사람은 우뚝 서 있었다.

"간닷!"

"이노옴!"

흑마와 백마가 거대한 노호를 터뜨리며 달려들었다.

촤촤촤! 쿠우우!

두 사람의 주먹이 강한 기세로 뻗어왔다.

콰아!

이혈능의 칼 또한 정면으로 짓쳐들어 갔고, 서로의 기세가 중간에서 거센 충돌을 일으켰다.

쿠콱콱! 쩌억!

팽팽하게 맞서던 한순간 이혈능의 칼이 두 사람의 권기를 뚫고 들어갔다.

"우우웁!"

두 사람이 더욱 힘을 쏟아 찔러 들어오는 칼을 막으려 했지만 소용이 없었다. 칼은 엄청난 기세로 파고들어 왔고, 두 사람이 위기를 느끼고 중도에서 권기를 회수하여 뒤로 물러났다.

하나 그것은 두 사람을 더욱 위기에 빠뜨렸다. 팽팽한 대치에서 밀리더라도 끝까지 버텨야지 열세라고 하여 함부로 힘을 회수해 버리면 더욱 일방적으로 밀리는 법.

그 사실을 모르지 않는 두 사람이었지만 버티기에는 너무 벅찼기 때문에 어쩔 수가 없었다.

슉!

이혈능의 칼이 허공을 날았다.

뒤로 물러선 두 사람은 부랴부랴 재차 힘을 끌어올려 맞섰지만 이혈능의 공격이 워낙 빨랐기에 완전한 힘을 떨쳐 내지 못했다.

파팍!

그 바람에 이혈능의 도기에 부딪친 권기가 순식간에 허물어져 버렸고 싸악! 하는 소릴 내며 칼이 앞가슴을 횡으로 그었다.

“허억!”

찌익!

빠르게 떨어진 칼이 흑마의 앞가슴을 가르며 지나갔고 뒤따라오던 백마의 옷자락이 길게 잘라졌다.

흑마의 앞가슴이 순식간에 피로 물들었고 두어 번 상체를 휘청하더니 그대로 엎어졌다.

퍼억!

흑마의 죽음에 백마의 두 눈에 핏발이 섰다.

"널 죽여 버리겠다!"

휘이이!

백마의 백의가 부풀어 올랐다. 두 눈이 벌겋게 달아올랐고 양 볼이 쉴 사이 없이 실룩거리는 것이 분노가 극에 이른 모습이었다.

"너를 갈아 마셔 버리겠다!"

백년지기다.

친구였지만 형제처럼 가까웠고 한 핏줄이나 다름없었다. 몸은 둘이었지만 항상 마음은 하나로 일치되었고 두 사람은 빛과 그림자처럼 함께 움직였다. 평생 단 한 번 말다툼을 벌인 적이 없었고 끝없이 서로를 챙겨주며 아껴왔던 친구가 눈앞에서 죽은 것이다.

취익!

두 개의 주먹이 뻗어왔다.

팟!

그러더니 중간에 강렬한 폭발을 일으키며 주먹은 네 개로 바뀌었다.

쿠콰콰콰!

네 개의 주먹이 전신을 노리고 무자비하게 파고들었다.

번쩍!

하나의 벼락이 터졌다.

그리고 공중에서 불꽃처럼 폭발하더니 엄청난 칼의 비가 내리기 시작했다.

콰라라라!

이혈능이 쏟아낸 수많은 도기는 자신의 몸을 파고들던 백마의 사 권(四拳)을 순식간에 베어버리고 그의 몸으로 파고들었다.

파파팟!

폭우와 같은 도기가 백마의 전신을 파고들었다.

"커러럭!"

힘겨운 신음을 흘리며 백마가 비틀거렸는데 전신 의복이 갈기갈기 찢어져 있었고 그 사이로 시뻘건 피가 모습을 드러냈다.

"뭐, 뭐냐?"

이혈능이 조용히 대꾸했다.

"도행야유사."

"카, 칼의 행동에는 사악한 어둠이 있어야 한다는 건가? 멋진 초식이로군."

스윽!

마지막 온 힘을 다해 주먹을 끌어 모으더니 이혈능을 향해 힘껏 뻗었다.

부우웅!

하나 주먹에 힘이라고는 한 점 없었고, 이혈능은 좌측으로 일 보를 움직여 가볍게 피했다. 이윽고 휘청거리는 백마의 사타구니를 오른발로 빠르게 걷어차 올렸다.

빠악!

"끄악!"

양손으로 사타구니를 감싸며 그대로 주저앉았다.

털썩!

이혈능이 다가서며 말했다.

"연배가 있으시니 편히 보내 드리겠습니다."

빠악!

이혈능의 오른발이 재차 사타구니를 걷어찼다.

부르르!

백마가 벼락을 맞은 사람처럼 세차게 몸을 떨면서도 쓰러지지 않았다.

빠악!

세 번째 발길질이 사타구니에 가해졌다.

"끄으응! 이… 이것이 편히 보내주는 것… 이… 냐."

그 말을 남기고 천천히 앞으로 고꾸라졌다.

그때 엎어진 백마를 잠시 쳐다보던 이혈능의 귓가로 구운생의 음산한 목소리가 울려 퍼졌다.

"놈, 이 계집을 살리고 싶으면 꼼짝 마라."

이혈능이 천천히 몸을 돌렸다.

구운생이 어느 틈엔가 위지설의 머리채를 휘어잡고 서 있었다.

"흐흐! 이 계집을 죽이고 싶지 않다면 얌전히 내가 시키는 대로 해라."

이혈능이 풀썩 웃었다.

"위 낭자를 볼모로 날 협박하려는 것이냐?"

"흐흐! 우선 손에 쥔 칼을 버리고 한 걸음 앞으로 다가서라."

이혈능이 매서운 눈으로 쏘아보았다.

"뭐 하느냐? 속히 시키는 대로 해라!"

그러면서 손에 들고 있던 검을 위지설의 목에 바짝 들이댔다.

위지설이 소리쳤다.

"안 돼요! 절대 이자의 말을 듣지 말아요!"

"시끄럽다, 계집!"

"아악!"

구운생이 세차게 머리를 잡아당기자 위지설이 비명을 질렀다.

"좋다. 시키는 대로 하겠다. 그러니 그 여자를 놓아줘라."

"칼을 버려."

툭!

이혈능은 지체없이 칼을 떨어뜨렸다.

"앞으로 한 걸음 나서라."

이혈능은 다시 시키는 대로 앞으로 한 걸음 걸어 칼에서 거리를 멀리했다.

순간 구운생이 좌수를 뻗어 이혈능의 마혈을 제압했다.

파팟!

그제야 구운생이 위지설을 한쪽으로 밀어버리곤, 이미 마혈이 제압당해 있던 그녀 역시 바닥에 밀어 넘어뜨렸다.

"크흐흐! 결국 승자는 나다. 감히 네까짓 놈이 날 상대하려 들다니."

구운생이 누런 이를 드러내며 다가왔다.

"개자식아, 널 한 번에 죽이진 않겠다. 포박하여 두고두고 온갖 고통을 맛보게 한 다음 천천히 피를 말려 죽이겠다. 제왕성에서도 말했지만 난 처음부터 네놈이 영 마음에 들지 않았다."

"공자님!"

바닥에 넘어져 쓰러진 위지설이 이혈능을 돌아보며 안타깝게 불렀다.

"나 같은 계집이 뭐라고 그런 바보 같은 짓을 하셨어요. 난 죽어도 괜찮은데… 흑흑!"

위지설이 급기야 눈물을 흘렸고 구운생이 비아냥거리며 말했다.

"호호호! 이거야말로 눈물나는 모습이로군. 오냐, 원한다면 너희 두 연놈을 함께 저승으로 보내주마."

구운생은 검을 검집에 꽂아 넣고 무너진 건물 잔해 더미에서 몽둥이 하나를 거머쥐었다.

"흐흐흐! 본 보를 중원 지도에서 지우겠다고 했더냐? 감히 네놈 주제에?"

구운생이 들고 있던 몽둥이로 이혈능의 머리를 그대로 내려쳤다.

휘익! 딱!

한데 이혈능이 오른손을 들어 몽둥이를 거머쥐었다.

"으헉!"

마혈이 제압되어 꼼짝 못해야 할 이혈능이 몽둥이를 가로막자 구운생이 깜짝 놀라며 비명을 질렀다.

"놔랏!"

그리고 몽둥이를 잡아당겼지만 꼼짝도 하지 않았다.

"이… 이게 어떻게……!"

휘익!

이혈능이 몽둥이를 세차게 잡아당겼고 구운생이 휘청거리다 끌려가지 않기 위해 손을 놓아버렸다. 졸지에 몽둥이를 빼앗긴 구운생이 뒤로 한 걸음 물러나며 놀라 물었다.

"마, 마혈이 제압되지 않았더냐?"

씨익!

이혈능이 가볍게 웃으며 목을 좌우로 한 바퀴 돌렸다.

우드득!

이혈능이 목을 자유자재로 움직이는 것을 보며 떨리는 목소리로 말했다.

"서… 설마 폐경이혈."

"제법 아는 것이 많군."

"맙소사!"

구운생이 기겁하며 또 한 걸음 뒤로 물러났다.

폐경이혈(廢經移穴).

경락을 닫고 혈을 옮기는 것을 말한다. 즉, 혈도를 임시로 옮기거나 폐하여 외부로부터 어떤 자극에 반응하지 않도록 만들어 버리는 것을 말한다. 폐경이혈은 워낙 상승의 기예이기 때문에 아무나 시전할 수 없다. 일대종사의 경지에 들어서 내공이 반박귀진의 경지에 오른 사람만이 가능하다. 혈도의 위치를 바꿔 버리므로 상대가 혈도를 제압해도 전혀 먹히지 않는다.

휘익!

구운생이 벼락처럼 몸을 날렸다.

위지설을 재차 사로잡아 인질로 삼겠다는 행동이었다.

번쩍!

하나 채 두 걸음을 내딛기도 전에 어느새 이혈능이 위지설 곁에 내려서 있었다.

티틱!

그리고 이혈능이 위지설의 마혈을 풀어주었다.

벌떡!

자리에서 일어선 위지설이 구운생을 보며 이를 부드득 갈았다.

"비열한 자식, 무림에 금기로 되어 있는 아녀자를 인질로 삼다니."

휘익!

하나 구운생은 위지설의 말에 대꾸를 않고 곧바로 몸을 돌려 솟구쳤다.

도망치려는 계산이다.

第四章 몰락(沒落)의 서(序)

시련의 연속 끝에 마침내 웅크렸던 몸을 일으켜 창비한다!…

복수를 위해 제왕성에 뛰어든 소년에게 닥친 엄청난 고난과

신비하며 때로는 악마의 모습을 갖춘 소년삼십칠철방의 등장!

험난하고 고독하며 위력적이고 놀라운 곳, 그곳의 문이 열린다!

『소림삼십칠철방(少林三十七房)』

하나 어느새 이혈능이 도주로를 차단하고 섰다.

'이토록 빠른 신법이라니.'

이미 자신에게는 하늘과 같은 흑백쌍마를 죽인 이혈능의 무위를 보며 싸울 엄두를 내지 못했기 때문에 위지설을 인질로 잡았다. 한데 이혈능의 무예는 볼수록 더욱 높았다.

콱!

이혈능이 조금 전 구운생이 쥐고 있던 몽둥이를 주워 들었다.

"좀 맞아라."

휘익!

몽둥이가 허공을 갈랐다.

순간 구운생이 벼락같이 쌍장을 날려 맞받아쳤다.

빠아악!

쌍장과 몽둥이가 충돌하며 거센 파열음이 일어났고, 구운
생이 주춤거리며 뒷걸음쳤다. 도무지 힘에서 상대가 되지 않
는 것이다.

이혈능이 한 걸음 다가서자 구운생이 뒤로 한 걸음 물러났
는데 안색이 흙빛으로 변해 있었다.

'저, 전력을 다 했는데도 도무지 상대가 되지 않는구나.'

구운생은 완전히 전의를 상실하고 말았다.

쉬익!

그때 이혈능의 몽둥이가 다시 날아왔고 구운생이 재차 쌍
장으로 응수했다.

쩌억!

하나 이번은 조금 전과 달랐다. 구운생의 장력이 몽둥이에
의해 정확히 반으로 갈라졌다.

"어억!"

구운생이 화들짝 놀라며 뒤로 물러났지만 몽둥이가 더 빨
랐다

빡!

왼쪽 어깨에 정통으로 일격을 맞은 구운생이 휘청거렸고
그 틈을 놓치지 않고 이혈능의 몽둥이가 재차 떨어졌다.

딱!

"컥!"

맞은 왼쪽 어깨에 또다시 몽둥이가 떨어지며 엄청난 고통
이 밀려왔다.

휘이이!

몽둥이가 다시 떨어졌다.

구운생은 휘청거리며 세 번째 몽둥이질을 피하기 위해 혼
신의 힘을 다했으나 소용이 없었다. 또다시 왼쪽 어깨에 몽둥
이가 떨어지면서 구운생은 그만 비틀거리다 땅바닥에 털썩
주저앉고 말았다. 하나 다시 몸을 일으켜 세우려는 구운생의
어깨로 이혈능의 몽둥이는 차갑게 떨어지고 있었다.

빠바바— 박!

구운생은 피하기 위해 안간힘을 다했지만 소용이 없었다.

구운생의 왼쪽 어깨는 이혈능의 몽둥이에 의해 완전히 무
너져 내렸다. 구운생은 똑바로 서지 못하고 자꾸 왼쪽으로 쓰
러지려고 했는데 어깨가 부서진 데서 오는 중심 이탈이었다.

척!

급기야 무너진 건물 담벼락 한쪽을 오른손으로 부여잡고
몸을 바로 세웠는데 왼쪽 어깨에서 피가 흘러내리고 있었다.

"사… 살려줘."

구운생의 얼굴에 공포의 기색이 가득 떠올랐다.

"목숨만?"

이혈능이 피와 살점으로 범벅된 몽둥이를 더욱 힘차게 거머쥐며 말했다.

"그냥 죽어라!"

파악!

이혈능의 몽둥이가 벼락같이 휘둘러졌다.

구운생이 본능적으로 움찔하며 왼쪽 어깨를 돌렸는데 이번에는 오른쪽 어깨였다.

꽉!

"크아악!"

빠바바박!

또다시 오른쪽 어깨에 몽둥이가 소나기처럼 떨어져 내렸다.

"끄으으으!"

구운생이 양쪽 어깨가 완전히 무너진 처참한 몸으로 바닥을 기었다. 아무리 몸을 일으켜 세우려 해도 어깨뼈와 함께 갈비뼈까지 무너지면서 몸을 똑바로 세울 수가 없었다.

"혀, 혈능아, 날 살려다오. 우리 재산의 전부를 주겠다."

히죽!

이혈능이 웃었다.

"살려달라고?"

"그래, 살려만 주면……!"

빠악!

구운생은 채 말을 끝내지 못했다. 이혈능의 몽둥이가 머리 위로 떨어졌기 때문이다.

정통으로 몽둥이가 머리에 격중되면서 허연 뇌수가 사방으로 흘러내렸다.

"개… 개 자식, 나쁜 놈… 벼… 벼락을 맞아… 뒈… 져… 랏!"

구운생이 힘껏 저주를 퍼부으며 천천히 무너져 내렸다.

이혈능이 몽둥이를 들고 돌아섰다.

부르르르!

두 눈을 뜨고 자식이 죽어가는 모습을 본 구운룡이 세차게 몸을 떨었는데 얼굴에 공포의 그림자가 가득했다.

"이… 이보게."

구운룡이 품에서 잽싸게 푸른색 주머니 한 개를 꺼내 던졌다.

탁!

이혈능이 낚아챘는데 제법 묵직했다.

"내 전 재산이 보관되어 있는 비밀 보고(寶庫)의 지도일세. 그것을 줄 테니 날 살려주게."

"훗훗! 감사히 받겠소."

이혈능이 주머니를 품에 갈무리하고 입을 열어 말했다.

"사람에게는 시기와 때라는 것이 있소. 당신은 내가 충분히 생명을 보전할 수 있는 기회를 주었지만 스스로 외면했소.

뿐만 아니라 제왕성이 당신이 지원한 자금으로 일으킨 혈사
는 씻을 수 없을 만큼 크오.”

이혈능이 몽둥이를 들어 올렸다.

그걸 보며 구운룡이 더욱 발악했다.

“이… 이 공자!”

휙!

몽둥이가 구운룡의 몸을 덮어버렸다.

빠아아!

비명도 없었다. 뚱뚱한 구운룡의 덩치가 서서히 앞으로 넘
어지고 있었다.

퍼억!

이미 주위로는 수많은 은대보 사람들이 몰려와 있었다. 보
주의 거처가 무너진데다 주인과 아들이 함께 죽자 모두들 공
포에 젖은 시선으로 이혈능을 쳐다보았다. 개중에는 무사들
도 적지 않았지만 흑백쌍마의 시신을 보고서는 누구도 달려
들 기색을 보이지 않았다.

“내 말을 잘 들으시오!”

이혈능의 내공을 실은 중후한 목소리가 울려 퍼졌다.

“여러분도 알겠지만 그동안 은대보는 제왕성에 막대한 자
금을 지원하며 천하를 피로 씻는 데 적지 않은 역할을 했소.
오늘 보주와 그 일족이 내 손에 숨을 거둔 것은 그들이 저지
른 잘못에 대한 하늘이 내린 징계요.”

모두들 숨을 죽이며 쳐다보았다.

이혈능의 음성이 계속 울려 퍼졌다.

"제왕성은 은대보로부터 지원받은 자금을 이용해 엄청난 피바람을 중원에 일으켰고 여러분들 또한 그 책임에서 완전히 벗어날 수는 없소이다."

책임을 벗어날 수 없다는 말에 사람들의 안색이 급변했다.

혹자는 이혈능의 보복이 닥칠 것을 두려워하는 듯 슬금슬금 뒷걸음으로 도망치기까지 했다.

"하나 난 여러분에게까지 그 죄를 추궁하고 싶지 않소이다. 여러분은 그저 구 보주 부자가 시키는 대로 했을 뿐이오."

그리고 품속에서 조금 전 구운룡으로부터 받았던 주머니를 꺼내 들었다.

"이것은 구운룡 일가가 평생 모아놓은 재산이 숨겨진 보고의 위치를 알려주는 지도요."

순간 사람들의 얼굴에 탐욕의 빛이 떠올랐고 모두가 눈을 벌겋게 상기시켰다.

"난 이것을 여러분에도 돌려주겠소. 그건 곧 보고에 보관된 구운룡 일가의 재산을 여러분 모두가 공평하게 나눠 가지라는 뜻이오."

"정말입니까?"

"우리가 나눠 가져도 됩니까?"

이혈능이 큰 소리로 말했다.

"물론이오!"

그리고 힘껏 그들을 향해 주머니를 던졌다.

순간 사람들이 우르르 달려들어 주머니를 낚아챘다. 그 안에서는 거대한 장보도 한 장이 나왔다.

"이 지도가 가리키는 곳은 청옥산 용바위골이다!"

"맞다. 용바위골이다."

"용바위골로 가자. 그곳에 보물 창고가 있다."

모든 사내들이 일제히 한곳을 향해 몰려가기 시작했다.

순식간에 인산인해를 이루고 있던 사람들이 종적을 감추었고 장내에는 이혈능과 위지설만 남아 있었다.

"잘하셨어요."

위지설이 빙긋 웃으며 말했다.

"보나마나 그들은 열심히 일만 했을 뿐 제대로 보상을 받지도 못했을 거예요. 아주 좋은 보상을 해준 거예요."

이혈능이 고개를 끄덕였다.

이윽고 두 사람이 어깨를 나란히 하고 돌아섰다. 조금 전까지 강남제일의 상가로 천하를 호령하던 은대보는 순식간에 개미새끼 한 마리 없는 텅 빈 무덤으로 바뀌고 말았다.

*　　　*　　　*

패왕모철을 모두 녹여 한곳에 모으는 데 보름이 걸렸다. 녹여낸 패왕모철은 모두 열두 근.

정확히 중도(重刀) 한 자루의 무게였다.

북! 부북!

공야도는 제자 양오악과 함께 사흘째 흑정마토를 개고 있었다. 흑정마토는 지상에서 가장 부드러우면서도 가장 강한 흙이다. 태목혈을 만들기 위해서는 먼저 녹여낸 패왕모철을 칼 형태의 틀에 부어 모양을 만들어야 한다. 그러자면 틀을 만들 흙이 필요한데, 바로 흑정마토가 제격이었다. 다른 어떤 흙도 녹아 있는 패왕모철을 부으면 타버린다.

북부북!

발로 비비고 손으로 개면서 조금씩 두 사람은 한 개의 칼 모양의 틀을 만들어가고 있었다.

이혈능은 그 모습을 숨 죽여 지켜보고 있었다. 희대의 명도가 탄생하고 있는 귀한 순간을 놓칠 수가 없었다. 더구나 태목혈이 만들어지면 자신이 주인이 될 것이므로 더욱 관심과 흥미가 일어났다.

흑정마토를 개기 시작한 지 닷새째, 마침내 한 자루 칼 모양의 틀이 만들어졌다.

자신이 계산했던 무게와 크기에서 조금도 빗나가지 않게 태목혈을 만들려면 틀의 형태와 크기가 생명을 좌우한다.

한참 틀을 노려보고 살피던 공야도의 고개가 끄덕여졌고

계속 화송목으로 불을 피워 녹이고 있던 패왕모철을 틀에 부을 것을 양오악에게 지시했다.

"부어라!"

공야도의 명령이 떨어지자마자 양오악이 녹여놓은 패왕모철을 흑정마토로 된 칼 모양의 틀에 부었다.

쉬이이익!

거친 연기가 뿜어지며 뜨거운 열기가 대장간을 녹일 듯 달아올랐다. 순식간에 틀 안에 붉게 녹아 있는 패왕모철이 흘러들어 갔다. 그것은 마치 화산이 폭발하며 흘러내리는 용암과 같았다.

"덮어라!"

녹인 패왕모철을 부은 틀 위로 양오악이 검은 모래를 끼얹기 시작했다.

촤악!

치이이!

검은 모래가 덮어지고 그 위로 연기가 자욱하게 흘러나왔다. 이렇게 해서 완전하게 칼 형태로 굳어지는 데 보름 정도 걸린다. 이제야말로 시간과의 싸움만이 남았을 뿐이다.

보름 후부터 굳어진 태목혈을 꺼내 불에 달궜다 두들기는 담금질이 시작된다. 마침내 태목혈을 만들기 위한 최후의 장정이 시작된 것이다.

　　　　　*　　　　　*　　　　　*

코끝으로 음식 냄새가 잡혔다. 그리고 잠시 후 발자국 소리
가 가까워지더니 철문 앞에서 멈췄다.

"식사 왔습니다."

구덕기 옥장을 대신해 새로운 옥장이 된 마석규가 철문 틈
사이로 주먹 밥 한 개를 내밀었다. 죄수인데도 한때 대장로였
다고 꼭 식사만큼은 부하를 시키지 않고 옥장인 자신이 직접
가지고 온다.

마승은 감고 있던 눈을 떴다.

그리고 마석규가 내민 주먹밥 덩이를 쳐다보았다. 다른 죄
수들은 시커먼 보리밥을 소금에 절인 것인데 자신의 것은 보
기에도 식욕이 솟구칠 만큼 흰쌀로 단단하게 뭉쳐진 주먹밥
이었다. 이 또한 자신을 향한 마석규의 배려라는 것을 모르지
않았다.

"잘 먹겠네."

마승은 손을 뻗어 주먹밥을 거머쥐었다. 주먹밥의 따스한
온기가 손바닥에 전해졌다.

이곳에 갇힌 뒤부터 이상하게도 식욕이 좋아졌다. 한참 때
처럼 밥을 먹고 돌아서면 또다시 배가 고팠고, 그래서 항시
마석규가 나타나길 손꼽아 기다리는 것이 하루의 일과가 되
었다.

마승은 대장로의 체면이고 뭐고 다 때려치우고 정신없이 주먹밥을 베어 삼켰다.

"천천히 드십시오. 그러다 체하십니다."

마석규가 황급히 먹는 마승의 모습이 안타까웠는지 조용히 한마디 일렀다.

히죽!

그런 마석규를 향해 미소를 지어 보인 마승은 다시 열심히 주먹밥을 먹기 시작했다.

"물 여기 있습니다."

급히 먹느라 밥이 목에 걸려 힘겹게 침을 삼키는 것을 본 마석규가 옆구리에 차고 있던 호리병을 내밀었다.

"고맙네!"

마승은 마석규로부터 건네받은 물병을 받아 한 모금 마셨다.

꿀꺽! 우걱우걱!

마승이 다시 주먹밥을 씹으며 물었다.

"마 옥장!"

"말씀하소서."

"자네에게 한 가지 물어봐도 되겠는가?"

"뭐든지 궁금한 것이 있으시면 그냥 편히 물으십시오, 대장로님."

"고맙군. 다름이 아니라 지금 무림 정세가 어떻게 돌아가고 있는지 궁금해서 말일세. 아는 데까지 말해줄 수 있겠는가?"

마석규가 멈칫했다.

그러더니 주위를 재빨리 날카로운 시선으로 한 번 훑어보고 나서 목소리를 낮춰 말했다.

"별로 좋은 상황 같아 보이지는 않습니다. 정확하지는 않지만 또다시 실패했다고 합니다."

"실패했다니? 소림 침공을 또다시 성공시키지 못했단 말인가?"

"무려 이백여 명의 목숨만 잃고 퇴각했다 하옵니다. 소림을 에워싸고 있는 괴진법을 여전히 뚫지 못하고 있는 듯하옵니다."

"벌써 몇 번째 실패인가?"

"일곱 번째이옵니다."

"쯧쯧! 무사들의 사기도 형편없이 떨어졌겠구먼?"

마석규가 주위를 다시 한 번 훑어보더니 더욱 낮은 목소리로 말했다.

"일부 무사들 사이에서는 소림 침공은 자살 공격이라는 말까지 나돈다고 합니다. 그만큼 승산없는 싸움이라는 것을 말단의 무사들까지 알고 있다는 뜻 아니겠습니까?"

마승이 고개를 끄덕였다.

"잘 알겠네. 그만 가보게."

"그럼 편히 쉬십시오."

마석규가 고개를 숙여 보이고 물러났다.

사라지는 마석규를 잠시 쳐다보던 마승이 두 눈을 지그시 감으며 속으로 불호를 되뇌었다.

'아미타불. 하늘이 아직은 소림을 버리지 않았구나.'

그때 또다시 발자국 소리가 울려왔으므로 마승은 감았던 눈을 떴다.

저벅저벅!

천천히 다가오는 발자국 소리를 듣던 마승의 눈이 예리한 빛을 뿌렸다.

그리고 잠시 후 철장 앞에 흑포를 걸친 늙은 노인 한 명이 모습을 드러냈다.

"헛헛헛! 어디서 많이 듣던 발자국 소리라 했더니 역시 네 놈이었구나."

다가와 철창 앞에 우뚝 선 사람은 탈혼도백이었다.

탈혼도백이 가부좌를 틀고 앉아 있는 마승을 들여다보며 말했다.

"몸은 어떠냐? 아픈 곳은 없느냐?"

"보다시피 건강하다."

"어리석은 놈!"

탈혼도백의 느닷없는 욕설에 마승이 눈을 치켜떴다.

"어리석다니? 내가 뭘 어리석단 말이냐?"

탈혼도백이 입꼬리를 뒤틀며 말했다.

"난 다 알고 있다. 사람들은 네놈이 대공자에게 패해 혈애에 투옥된 줄 알고 있지만 속사정은 결코 그렇지 않다는 것을."

"무, 무슨 말이냐?"

"네놈이 이제 친구인 나까지 속이려 드는구나. 좋다. 네놈이 자꾸 시치미를 떼니 내 입으로 말해주마. 넌 일부러 대공자에게 패했다. 그리고 무공 또한 스스로 폐했다."

"……"

"아무리 대공자가 자질이 뛰어나고 무공의 신동 소리를 듣고 성장했지만 결코 널 이길 수는 없다. 물론 너 또한 대공자를 이기지는 못할 것이다. 하나 결코 패할 수준은 아니다. 한데 넌 대공자에게 패했고 무공을 폐지당했다. 더구나 넌 폐경이혈의 수법을 알고 있었다. 그런데도 넌 대공자가 무공을 폐하는데도 전혀 폐경이혈의 수법을 운용하지 않고 순순히 무공 폐지를 그대로 받아들였다. 내 말이 틀리느냐?"

마승의 표정이 굳었다.

"왜 그랬느냐? 왜 패배를 자초했고 무공 폐지에 저항하지 않고 순응했느냐?"

마승이 탈혼도백을 뚫어져라 쳐다보더니 길게 한숨을 내쉬었다.

그리고 조용히 입을 열어 말했다.

“난 제왕성의 인물이다. 다시 말해 대공자의 부하지. 그런데 배신을 했다.”

“배신?”

“이혈능이 북사의 동생이라는 사실을 알고서도 모른 체 가르치고 뒷바라지를 했다. 북사는 제왕성 최대의 적인데 그의 동생을 끌어안았다는 것이야말로 최대의 배신 아니겠느냐?”

“왜 배신을 했느냐?”

“내가 제왕성 사람이기 이전에 소림에 몸을 담았다는 것을 너도 알 것이다. 과거의 인연은 어려움에 처한 소림을 외면할 수가 없도록 만들더구나. 이혈능은 북사의 뒤를 이은 소림삽십칠방의 오대호법 중 한 명이다. 북사가 오대호법 중 한 명이니 그 또한 그 뒤를 잇는 게 소림삼십칠방의 율법이지. 그런 이혈능이야말로 어려움에 처한 소림과 천하를 구할 유일한 그릇으로 난 확신했다. 그래서 암암리에 그를 도운 것이지.”

“그래서 양심의 가책을 느끼고 대공자가 내린 징계를 스스로 받아들였단 말이냐?”

“양심의 가책은 아니었다. 단지 수하로서 주인의 뜻을 거역했으니 의당 처벌을 받아야 한다고 생각했던 것뿐이다.”

“그래, 너 잘났다. 아무리 그래도 그렇지, 무공을 폐지하다니.”

탈혼도백이 눈을 흘겼다.

“그건 그렇고 내가 왜 널 면회 왔는지 아느냐?”

“마치 어딜 출타하는 복장이구나.”

“제대로 보았다. 그렇다. 난 지금 사냥을 떠나려는 참이다. 사냥감이 누군지 궁금하지 않느냐?”

“누구냐?”

“이혈능이다.”

흠칫!

마승의 안색이 급변했다.

“이혈능이라고? 그 아이가 살아 있단 말이냐?”

“아직 정확하지는 않은데 살아 있을 가능성이 크다. 사실은 북궁량을 뒤쫓던 청랑반 무사들이 태호산에서 몰살당한 사건이 생겼고 그 사건을 추적한 혈리대 조사반들의 말을 빌리면 흉수가 등천쇄심도법을 능숙하게 구사했다는구나. 본성에서 등천쇄심도법을 가장 잘 구사하는 인물이 누구더냐? 도접이란 아이와 도군자, 그리고 이혈능 아니더냐? 한데 도군자는 죽었고 도접은 아니니 당연히 유일한 가능성은 이혈능밖에 없지 않느냐?”

“정말이냐? 진짜로 이혈능이 살아 있단 말이냐?”

“현장에 가봐야 알겠지만 지금으로서는 그의 짓일 확률이 높다는 것이다. 그것뿐이 아니다. 본 성의 자금줄이었던 은대보가 무너졌다. 그로 인해 소림을 공격하기 위해 출동한 예하부대에 지원되어야 할 식량과 군수물자의 보급이 중단돼 많은 혼란이 일어나고 있다."

마승의 두 눈이 강렬히 빛났다.

살아오면서 한 사람에게 그토록 열정을 쏟아보긴 이혈능이 처음이자 마지막일 것이다. 그래서 그의 죽음은 더욱 충격이었고 절망이었는데 그가 다시 생존해 돌아왔다는 것에 마승은 가슴 떨리고 있었다.

하나 환희도 잠시뿐 마승의 표정이 굳어졌다.

"만약 그 모든 것이 그 아이의 짓이 확실하다면 어쩔 셈이냐?"

"대공자로부터 명령을 받았다. 이혈능일 가능성이 크니 반드시 그 아이를 죽이라는구나."

"그 아이를 죽일 테냐?"

탈혼도백이 무거운 표정으로 말했다.

"날더러 너처럼 배신을 하라는 얘기냐?"

"……."

"이해해라."

마승이 두 눈을 다시 감았다.

탈혼도백이 나선다면 이혈능이 생존할 가능성은 낙일애에서 살아 돌아온 것보다 더욱 희박했다.

그렇다고 말릴 수도 없고, 더더욱 이혈능이 죽는 것을 지켜볼 수는 없는 진퇴양난의 곤란한 처지에 마승은 한동안 눈을 뜨지 못하고 있었다.

“다녀오마.”

탈혼도백이 돌아섰다.

마승이 걸어가는 탈혼도백을 향해 조용히 말했다.

“손속에 사정을 조금 두라는 말밖에 할 말이 없구나.”

“기억해 두마.”

탈혼도백이 눈앞에서 사라졌고 마승은 연신 불호를 되뇌었다.

*　　　*　　　*

아끼는 찻잔을 그만 떨어뜨리고 말았다. 찻잔은 방바닥에 부딪치며 산산조각났다.

찻잔은 그에게 받은 유일한 선물이었다. 그래서 더욱 애지중지 아꼈는데 그만 손에서 미끄러져 떨어뜨리고 만 것이다.

‘이를 어째……!’

원래는 차를 싫어했다.

가만히 앉아 노닥거리며 차를 마시는 꼬락서니라는 것이 자신의 체질에 영 맞지 않았다. 차는 자고로 팔자 좋은 한량들이나 마시는 사치품이라고 폄훼하면서 멀리했는데 어느 날 그가 두 개의 찻잔을 품에 안고 찾아왔다.

금방이라도 톡 쏘는 향기를 내뿜을 것 같은 생동감 넘치는 모란 무늬 선명한 찻잔을 내밀며 그는 말했다. 사람을 죽이는 일에 작작 매달리고 앞으로 차를 좀 가까이 해보라고, 차를 가까이 하면 세상을 보는 눈이 달라질 것이라고 말하며 씨익 웃었다.

처음에는 웃기는 소리라고 치부했지만 어느 날 우연히 그가 가져온 찻잔에 차를 따라 마시면서 그의 말이 헛소리가 아니란 걸 느꼈다. 차는 사람의 마음을 편케 해줬을 뿐만 아니라 자신의 칼에도 막대한 영향을 끼쳤다. 그것은 놀라운 발견이자 깨달음이었기에 이후 틈만 나며 차를 가까이 했다.

그런데다 그가 죽은 이후 유일한 유품이라는 생각에 더욱 아끼고 조심스럽게 다뤘는데 그만 깨뜨리고 말았다.

'…….'

도접은 한참 동안 깨진 찻잔을 내려다보았다.

그러던 한순간 갑자기 찔끔 눈물이 흘러내리려고 했다. 왠지 그의 마음을 송두리째 깨버린 것 같은 죄책감이 가슴 깊이 파고든 것이다.

'미안하다. 하지만 내가 일부러 깨뜨린 게 아냐.'

마음속으로 이혈능에게 사죄를 했다. 그렇게라도 하지 않으면 이혈능이 너무 섭섭해할 것 같았기 때문이다.

도접은 바닥에 떨어져 산산조각이 나버린 찻잔 조각을 하나하나 주웠다. 깨알만 한 조각까지 빠뜨리지 않고 주워 조그만 종이에 가지런히 쌓았다.

이윽고 종이를 둘둘 말아 자신의 애장품을 넣어놓는 서랍

속에 담아놓을 때 발자국 소리가 들리더니 문이 열리고 곽무가 들어서며 깍듯이 허리를 숙여 예를 취했다.

"곽 부대주 아닌가요?"

곽무는 추룡대 부대주가 되었다.

도군자를 포함한 추룡대 전원이 이혈능에게 몰살당할 때 유일하게 목숨을 건진 생존자.

이후 그의 뛰어난 전투력이 인정되어 일약 부대주로 진급한 것이다.

"대주님, 묘한 소문이 돌고 있습니다."

곽무가 눈빛을 고치며 말했다.

도접이 표정을 굳히며 물었다.

"묘한 소문이라뇨?"

곽무가 침을 삼키며 말했다.

"이혈능에 대한 소문이 나돌고 있습니다."

도접의 눈이 확 커졌다.

이어 마른침을 삼키더니 한 걸음 다가서며 물었다.

"무슨 소문이 어떻게 돌고 있다는 건가요?"

"그가 살아있다는 소문이 있습니다."

그러면서 청랑반 무사들이 몰살을 당했는데 흉수의 도법이 등천쇄심도법이었다는 것을 말해주자 도접이 두 눈에서 무시무시한 안광을 폭사했다.

"확실한 애긴가요?"

"청랑반 무사들이 등천쇄심도법의 달인에게 몰살당한 것은 사실로 밝혀졌습니다."

도접의 눈이 반짝거렸다.

그리고 제왕성 내에서 등천쇄심도법을 가장 잘 쓰는 인물들의 면면이 머릿속을 채우기 시작했다. 한순간 도접의 주먹이 불끈 쥐어졌다. 도군자는 죽었고 자신은 아니므로 흉수가 될 만한 사람은 이혈능 말고는 없었기 때문이다.

*　　　*　　　*

화송목이 불에 타고 있었다. 하나 놀랍게도 불빛이라고는 일체 보이지 않았다. 분명히 나무는 검게 타고 있는데 불빛은 없었고 엄청난 열기가 대장간을 가득 메웠다.

태목혈이 점점 달궈지고 있는 것을 보면 불이 타오르고 있음은 분명해 보였다.

아직은 제대로 담금질되지 않아 울퉁불퉁한 도신을 드러내 앙상하기까지 했지만 향후 쉬임없이 담금질이 반복되면 서서히 그 진면목이 드러날 것이다.

화라라!

투명한 불꽃에 의해 태목혈이 벌겋게 달궈지자 지켜보던 공야도가 빠르게 말했다.

"꺼내거라."

순간 양오악이 기다렸다는 듯 달궈진 태목혈을 꺼내자 곧
바로 선반 위에 놓고 망치질을 시작했다.

캉! 카캉!

두 사람이 한 번씩 박자를 맞춰가며 두드렸는데 그럴 때마
다 태목혈은 예리한 광채를 발산하기 시작했다.

카캉!

한참을 두들겨 날을 대충 잡은 후 찬물에 담갔다가 다시 불
에 넣고 또다시 달궈진 태목혈을 꺼내 두들기기를 쉼없이 반
복했다. 조용하던 송덕장에 망치 소리가 울려 퍼졌는데 그것
은 어떤 흐름을 타고 있었다. 길었다 짧아지더니 높았다가 가
늘어졌고 파괴적이었다가 피리 소리처럼 늘어지기를 반복하
며 듣는 사람으로 하여금 절로 흥이 돋게 하였다.

이혈능은 숨을 죽이며 칼이 만들어지는 과정을 지켜보았
다.

'칼은 자신이 태어날 때 곁에 있어준 사람을 평생 주인으
로 알고 충성을 다하지.'

처음 공야도가 그와 같은 말을 했을 때 이혈능은 믿어지지
가 않아 그냥 웃고 말았다.

한데 공야도의 부연 설명을 듣고 나서는 생각을 바꾸었다.
칼은 결코 단순한 쇠붙이가 아니라고 했다. 살아서 숨을 쉬는
생명체로 명도(名刀)일수록 주인과 호흡을 함께하고 생각의
일치를 이루며 뜻을 같이한다고 했다.

그러면서 전설의 칼 초건유패도(初虔有佩刀)에 대해 말해주었다.

초건유패도는 패왕(覇王)의 칼로 여건이라는 사람이 주인이었다. 여건은 초건유패도가 만들어질 때 칼의 탄생 과정을 지켜보고 마음을 다하여 명도가 되길 빌었다. 그리고 마침내 초건유패도가 만들어졌는데, 이상하게 여건에게 불행한 일이 생기면 칼이 울음을 터뜨려 미리 경계를 했고, 위험이 닥치면 스스로 방어를 하였다. 그러던 어느 날 여건이 잠시 칼을 벗어놓은 틈을 타 친구인 장량이 칼을 훔쳐 달아났다. 하나 놀랍게도 칼은 풀 한 포기, 나무 한 그루 베지 못하는 폐도(廢刀)가 되어버린 것이다. 아무리 애를 써도 칼은 풀 잎 하나, 나무 한 그루 베지 못했고 결국 여건의 칼을 훔쳐 간 친구는 다시 주인에게 돌려주었는데 그토록 폐도로 변해 버린 칼이 여건에게 돌아오자 금강석을 단숨에 잘라 버리는 명도로 바뀌었다.

공야도는 말했다.

명도일수록 주인을 섬기는 충성심이 강하고 한 번 받으면 죽을 때까지 주인의 뜻을 받든다고 했다. 그러니 태목혈의 진정한 주인이 되고 싶으면 완성되는 날까지 곁을 떠나지 말라고 했다.

그래서 이혈능은 잠도 대장간 귀퉁이에 짚단을 깔아놓고 새우잠을 자며 태목혈이 만들어지는 과정을 지켜보고 있었던 것이다.

카카캉!

칼은 날이 갈수록 날을 세웠다.

숯덩이 같던 도신도 점점 은빛 광채를 내뿜었고 예리한 냉기가 사방으로 폭사돼 갔다.

'춥다.'

아직 완성도 되지 않았을 뿐인데 엄청난 냉기가 풍겨져 나오자 이혈능은 자신도 모르게 어깨를 움츠렸다.

카캉!

공야도와 양오악의 이마에 땀방울이 빗방울처럼 매달렸고 두 사람의 팔뚝에 새끼줄 같은 힘줄이 튀어나왔다. 하나 두 사람의 망치질은 그칠 줄 몰랐다. 그렇게 두 사람은 명도를 탄생시키기 위한 수고는 끊임없이 계속되었다.

그리고 두 사람이 망치질을 한 지 사십 일째 되던 날, 마침내 한 자루 칼이 그 모습을 드러냈다. 그것은 칼이라기보다는 끝이 뭉텅하여 언뜻 곤(棍)처럼 보이기도 했다. 길이는 사 척으로 일반 칼보다 조금 길었고 도신의 폭은 반 자 가까이 되었다. 무게는 열두 근으로 일반 칼에 비해 두 배쯤 무거웠다. 햇빛도 없는데 칼은 눈을 뜨고 바라볼 수 없을 만큼 강렬한 광채를 뿜었고 격자창을 타고 들어온 바람이 칼날에 산산이 베어졌다.

"뭐 하는가? 어서 잡아보게."

공야도가 검은 탁자 위에 가만히 누워 있는 태목혈을 가리키며 이혈능을 재촉했다.

"후웁!"

이혈능은 길게 심호흡을 했다.

자신도 모르게 가슴이 뛰며 손바닥에 땀이 배어 나왔다.

이혈능은 칼이 올려진 탁자 앞으로 다가갔다. 살을 엘 것 같은 강한 냉기가 온 전신을 파고들었다.

움찔!

이혈능은 가볍게 몸을 한 번 떨며 천천히 손잡이로 손을 가져갔다. 혈궐(血鱖)의 가죽을 칭칭 감아 맨 손잡이를 거머쥔 이혈능은 칼을 느릿하게 들어 올렸다.

번쩍! 파앗!

단순히 들어 올렸을 뿐인데 칼끝에서 한줄기 냉기가 뻗어 나가 문설주에 거대한 구멍을 만들어 버렸다.

'상상을 초월하는 살기다.'

힘을 전혀 주입하지도 않았는데 칼이 갖고 있는 고유의 살기가 폭발한 것이다.

이혈능은 다시 한 번 심호흡을 한 후 칼에 진기를 주입했다.

지지지징!

순간 칼이 울었다. 칼에서 선명하고도 장중한 음향이 울려 퍼졌는데 언뜻 뇌성을 닮아 있었다.

‘섬뜩한 도명(刀鳴)이다.’

이혈능은 칼에 힘껏 진기를 주입했다.

끄… 그그긍!

엄청난 살기가 뻗어 나왔다. 금방이라도 대장간을 산산조
각 낼 것 같은 살인적인 도기에 이혈능은 잽싸게 진기를 거두
어들였다. 그것은 실로 믿을 수 없는 기경이었고 상상을 초월
하는 기세였다.

‘태목혈!’

이혈능은 흥분을 감추지 못하며 나직이 칼의 이름을 불러
보았다. 마침내 미증유의 칼이 그 모습을 드러낸 것이다. 칼
은 금방이라도 창천을 횡단하고 황천을 누빌 듯 가공할 살기
를 줄기줄기 폭사하기 시작했다.

“어떤가? 마음에 드는가?”

공야도가 만족스런 표정을 지으며 물었다.

이혈능은 입가에 미소를 지으며 대답했다.

“누군가의 목을 한 번쯤 베어보고 싶군요.”

“누군가의 목을 베어보고 싶다. 으핫핫핫! 됐네. 그것이 바
로 태목혈일세. 누군가의 목을 베어보고 싶은 칼 말일세.”

공야도의 웃음소리가 대장간을 울렸다.

그것은 천하제일의 명도를 탄생시킨 늙은 장인의 자부심
가득한 광소였다.

그로부터 사흘 뒤 한 대의 마차가 송덕장에 들어섰다.

말은 잡털 하나 섞이지 않은 다섯 마리의 백마가 끌고 있었는데 일견키에도 꽤 지체 높은 사람이 탄 마차라는 것을 알 수가 있었다.

도옥이 마차의 휘장을 걷어주었고 마차 안에서 구도악이 모습을 드러냈다.

"어서 오십시오."

미리 연락을 받은 공야도가 허리를 구부리며 예를 취했다.

구도악이 거만한 시선으로 마차에서 내려 주위를 돌아보았다.

"헛헛! 언제 봐도 아름다운 곳이오. 이곳 송덕장 말이오."

"아, 예!"

구도악이 다시 한 번 주위 송림을 둘러보며 말했다.

"그만 들어갑시다."

"이쪽으로!"

공야도가 앞장을 서 구도악을 안내했다.

"차를 준비했습니다."

"아니오. 우선 태목혈부터 봅시다."

"그러지요."

공야도가 좌측 길로 꺾어졌다. 곧장 바로 가면 안채가 나오고 대장간은 좌측 길로 접어들어야 했다.

길을 따라 반 각쯤 이동하자 멀리 대장간의 낡은 지붕이 보였다.

대장간에서는 양오악이 힘껏 망치질을 하고 있었는데 구도악이 다가오자 잽싸게 망치질을 멈추고 나와 허리를 구부려 예를 취했다.

"어서 오십시오, 보주님!"

"고생이 많구려."

그러면서 대장간 안으로 들어서더니 양오악이 두들기고 있던 늘씬한 한 자루 도를 지켜보며 눈을 빛냈다.

"역시 명도는 다르구려. 벌써 느낌이 오고 있소이다."

공야도가 웃으며 말했다.

"그렇습니까?"

"이 정도면 어느 정도 완성된 상태요?"

"절반 조금 지났습니다. 앞으로 두 달 정도 지나면 완성될 것입니다."

"두 달?"

구도악이 조금 못마땅한 표정을 지었다.

공야도가 말을 이었다.

"최선을 다해 시간을 당겨보겠지만 빨라야 이삼 일 앞당겨질 것입니다."

"제왕성의 총공세가 머잖아 있을 것이라는 정보요. 어떻게 해서라도 그 이전에 칼을 완성해야 하오."

"최선을 다해보겠습니다."

콱!

구도악이 아직 손잡이가 제대로 틀을 갖추지 않고 있는 칼의 손잡이를 힘껏 거머쥐었다.

시키먼 도신을 쳐다보는 두 눈에서 매서운 불길이 치솟았는데 그것은 가공할 야욕이었다. 뭐든지 집어삼키고 불태울 뜨거운 야망의 혼불이었다.

두두두!

구도악이 타고 온 마차가 송덕장을 떠나고 있었다. 차 한잔하고 가라는 공야도의 청도 마다한 채 구도악은 바쁘게 떠나갔다. 제왕성의 최후 공격을 대비하여 할 일이 부지기수라는 것이 차를 거절한 구도악의 이유였다.

마주 앉은 도옥이 무거운 표정으로 뭔가 생각에 잠긴 듯 고개를 떨구고 있었는데 구도악이 물었다.

"아까부터 자네 표정이 왜 그러나? 무슨 고민이라도 있나?"

도옥이 고개를 쳐들고 구도악을 마주 보았다.

"그게……."

"뭔데 그러나?"

"칼 말입니다, 태목혈."

"그게 어때서?"

"왜 그럴까요? 속하의 눈에는 너무도 평범한 칼로 보입니다. 최소한 세상을 깜짝 놀라게 할 명도라면 느낌부터가 좀 달라야 하는데 너무 밋밋하더군요."

구도악이 빙긋 웃음을 지었다.

"진정한 명병일수록 평범함 속에 위력을 감추고 있다는 말도 모르나? 난 이미 느꼈네. 그 칼에서 엄청난 살기와 천하를 짓누르고도 남을 위세를 말일세."

구도악의 미소가 더욱 짙어졌다.

"뭐랄까, 태산을 쪼개고 장강을 가를 웅혼한 힘을 말일세. 핫핫핫!"

구도악이 큰 소리로 웃음을 지었다.

하나 도옥의 표정은 좀체 펴지지 않았고 뭔가 의심스럽다는 시선을 거두지 않았다.

"이제 머잖아 천하는 나 구도악의 발아래 엎드리게 되어 있네. 이 얼마나 흥분되고 기쁜 일인가. 그렇지 않는가?"

마차에 등을 기대고 편히 앉은 구도악의 두 눈이 야욕으로 타올랐다. 하나 도옥의 표정은 여전히 펴질 줄 몰랐다.

한편 구도악의 마차를 떠나 보낸 공야도와 양오악은 가슴을 쓸어내렸다. 다행히 구도악이 눈치를 채지 못한 것에 안도하며 양오악이 말했다.

"구 보주는 몰라도 도옥이란 자의 시선은 평범하지 않았습니다."

"나도 느꼈다. 하나 그리 걱정 할 것 없다. 최소한 겉모습만 봐가지고는 진위를 전혀 알지 못한다. 아무튼 중요한 건 우리가 아니라 이 공자다. 지금이야말로 그의 행보에 천하의 안위가 달려 있다고 해도 과언이 아니지."

두 사람의 시선이 부딪혔다.

그 시선엔 어떤 간절한 바람을 담고 있었다.

＊　　　＊　　　＊

비가 오려는지 자꾸 어깨가 결렸다. 무릎도 쑤시며 재작년 가을에 장작을 패다 다친 허리까지 시큰거렸다. 세월 앞에 장사 없다지만 이제 비만 오려면 온몸이 안 아픈 구석이 없다.

원공 선사는 몸을 일으켰다.

가만 앉아 있으려니 온몸이 바늘로 쑤신 듯 아파왔기 때문이다. 이럴 땐 차라리 산책하는 것이 낫다.

덜컹!

원공 선사는 낡은 방문을 열고 신발을 신었다. 신발은 닳고 닳아 금방이라도 조각날 듯 헐렁해 보였다.

휘이이!

한줄기 바람이 불어왔다.

눅눅한 습기가 잔뜩 묻어 있는 것이 한바탕 비가 오긴 올 듯싶다.

원공 선사는 천천히 달마원을 지나 뒷산자락을 오르는 오솔길로 접어들었다. 키 작은 해송이 우거진 오솔길은 짙은 솔 내음으로 가득했다.

뚝!

해송이 우거진 오솔길을 반쯤 걸어 올라가던 원공 선사의 발걸음이 멈췄다.

딱! 따악!

이십여 장쯤 되는 전방에 뭉텅한 바위가 한 개 있었다. 일명 말[馬]바위라고 부르는 곳에 두 사람이 앉아 바둑을 두고 있었다. 마치 말 등에 올라타고 앉아 바둑을 두고 있는 형국이었다.

원공 선사의 눈살이 찌푸려졌다.

처음 보는 낯선 사람들이다. 지금 소림 외곽에는 누구도 침입할 수 없는 진법이 설치되어 있었다. 그 진법은 평범하지 않았고 제왕성이 무려 일곱 차례나 침공을 했지만 번번이 무릎을 꿇게 만들 만큼 튼튼하고 무서운 진법이었다.

천하에서 내로라하는 진법의 대가들이 모인 제왕성도 어쩌지 못했는데 저 두 사람이 어떻게 하여 소림 안으로 들어올 수 있었단 말인가.

미리 들어와 있는 무외산장과 구천상보의 무사들을 제외하고는 누구도 출입이 불가능했다.

'어떻게…….'

아무리 생각해도 믿을 수가 없었다.

더구나 이곳은 자신의 거처인 방장실 영역으로, 한마디로 소림의 최고 심장부인 것이다.

원공 선사는 너무 충격을 받아 한동안 걸음을 옮기지 못했다.

하나 이내 일세를 풍미한 노승답게 마음을 안정하고 찬찬히 두 사람을 살피기 시작했다.

멈칫!

두 사람 중 왼쪽에 앉아 있는 죽립의 사내를 바라보던 원공 선사의 눈이 예리한 광채를 발했다. 비록 죽립이 얼굴을 상당 부분 가려 용모를 알 수 없었지만 풍겨 나오는 기세는 범상치가 않았다.

'놀랍다!'

기세는 태산이라고 해도 좋을 만큼 압도적이었다.

숨이 턱 막힐 만큼 위압적인 기세를 보며 원공 선사를 나직이 중얼거렸다.

'가히 일세를 풍미할 기상이로고.'

반면 그 맞은편에 앉아 백돌을 쥐고 있는 사람은 보잘것없었다. 다만 바둑판을 쳐다보는 시선이 별빛처럼 반짝이는 것이 상당한 지혜를 지녔음을 알 수 있었다. 대저 눈이 작고 초롱초롱하면 잔꾀에 능했는데 흑의노인이 그랬다.

"아미타불."

　원공 선사는 바둑판에 집중된 두 사람의 시선을 일깨우기 위해서 나직이 불호를 중얼거렸다.

　두 사람의 고개가 동시에 이쪽을 향해 돌아섰다.

　두 사람은 원공 선사를 발견하고도 별로 놀라거나 당황한 기색이 없었는데, 흑의노인이 말했다.

　"원공 선사 되시오?"

　"아미타불! 노납이 원공이외다. 한데 두 분께서는 뉘시오이까? 어떻게 본 사를 찾아오셨소?"

　흑의노인이 히죽 웃었다.

　"제왕성도 뚫지 못한 강력한 진법이 가로막고 있는데 어떻게 들어올 수 있었느냐고 묻는 것이오?"

　"실로 놀랍소이다. 도대체 두 분이 뉘시기에?"

　흑의노인이 담담한 목소리로 말했다.

　"제왕성에서는 어려운 일이겠지만 내겐 별로 힘든 일도 아니오."

　"시주의 존함이?"

　"헛헛! 북궁량이라 하오."

　"헉! 북궁량! 시주께서 북궁세가의 유일한 후인이시란 말이오?"

　"그렇소이다. 내가 바로 북궁량이자 소림과 제왕성에서 혈안이 되어 찾고 있는 장본인이외다."

　원공 선사의 얼굴이 굳어졌다.

　소림은 제왕성의 추적으로부터 북궁량을 보호하기 위해 찾았고 제왕성은 그에게 소림의 외곽에 설치된 진법을 파해시키기 위해 필사의 추적을 벌였다.

第五章 의기투합

시련의 연속 끝에 마침내 웅크렸던 몸을 일으켜 창비한다!
복수를 위해 제왕성에 뛰어든 소년에게 닥친 엄청난 고난과
신비하며 때로는 악마의 모습을 갖춘 소림삼십칠방의 등장!
험난하고 고독하며 위력적이고 놀라운 곳, 그곳의 문이 열린다!
『소림삼십칠방(少林三十七房)』

그런데 양측에서 그토록 목숨을 걸고 추적했던 인물이 눈앞에 있었다. 그것도 소림의 심장부인 장문 방장실의 성역에 들어와 한가롭게 바둑을 두고 있는 것이다.

그때 옆에 있던 흑의사내가 몸을 일으키더니 원공 선사를 향해 포권의 예를 취했다.

"소생은 이혈능이라고 합니다."

원공 선사가 깜짝 놀란 표정으로 물었다.

"이혈능이라고 했소이까?"

"그렇습니다. 알고 계시겠지만 북사를 형님으로 두고 있지요."

"아미타불! 죽었다고 들었는데 이 소협이 살아 있다니…
정녕 이혈능 공자이시오?"

이혈능이 잔잔한 미소를 지었다.

"낙일애에 떨어져 죽지 않았느냐고 물으시는군요. 떨어졌
지만 이렇게 살아 돌아왔습니다."

원공 선사가 긴가민가하는 표정으로 눈을 깜박거렸다. 그
모습을 보며 북궁량이 너털웃음을 흘렸다.

"언제까지 이렇게 세워둘 참입니까? 소림의 방장 스님이
드시는 차 맛이 무척 훌륭하다고 들었습니다만."

원공이 깜짝 놀라며 말했다.

"아미타불! 두 분께 차 한잔 대접 못해 드리겠소이까? 어서
노납을 따라오십시오."

원공 선사가 황급히 돌아섰다. 둘 모두 소림의 미래를 좌우
할 무게 강한 사람들이다. 아니, 어쩌면 소림의 흥망성쇠를
짊어지고 있다고 해도 과언이 아닌 두 사람의 방문은 원공 선
사에게는 분명한 기연이랄 수 있었다.

사실 작금의 소림은 제왕성에 의해 완벽하게 포위되어 있
었다. 지금 추세로 나간다면 버티는 것도 한계가 있었다. 아
무리 튼튼한 진법으로 제왕성의 침입을 막고 있지만 장기전
으로 나간다면 위험했다. 특히 제왕성에서 외부와 철저히 모
든 것을 단절시켜 버린다면 소림은 자연 고사하고 말 것이다.

물론 진법의 생로를 통해 극비리에 일부가 드나들긴 하지

만 그건 어디까지나 비밀스런 행동일 뿐 소림의 수많은 생명을 살리기 위한 식량 따위의 물건을 운반하다가는 금방 발각되고 말 것이다.

유일한 희망은 태목혈에 의한 반격이었지만 그 또한 완전하게 장담할 수 없는 팻감이었다. 한데 그토록 아쉬워했고 필요로 하고 있던 두 사람이 동시에 제 발로 찾아왔으니 어찌 차 한잔 대접 못하겠는가. 마음 같아서는 곡차라도 마다하지 않고 싶은 심정이었다.

세 사람은 뜨거운 김이 피어나는 찻잔을 놓고 마주 앉았다.

북궁량이 열기 가득한 차를 조심스럽게 한 모금 마시며 나직한 음성으로 말했다.

"헛헛! 나 같은 늙은이가 당대제일의 신승에게 차 대접을 받을 줄이야… 정말 영광이오이다."

"아미타불! 당치 않으신 말씀입니다. 오히려 북궁가주에게 차 대접을 하게 되어 이 노납이 영광이오이다."

북궁량이 이혈능을 보며 말했다.

"뭐 하는가? 어서 한 모금 마셔보게. 아주 죽이누만."

"아, 예!"

이혈능이 천천히 찻잔을 들어 올렸다.

그런 이혈능은 원공 선사가 깊숙한 시선으로 쳐다보더니 조용히 입을 열어 말했다.

"형님 일은 정말 가슴 아픈 일이오."

이혈능이 고개를 들어 원공 선사를 쳐다보았다.

원공 선사가 나직이 한숨을 내쉬며 말을 이었다.

"노납이 소림의 장문이기도 하지만 소림의 비밀 결사 조직인 소림삼십칠방의 방주이기도 하오이다. 그건 곧 어쩔 수 없이 강호의 평화를 책임지고 있다는 뜻이기도 하오. 소림삼십칠방은 강호의 평화를 유지하는 데 존재의 가치가 있기 때문이오."

이혈능은 조용히 차를 마셨다.

원공 선사는 눈을 가만 내려 감으며 말했다.

"사람들은 모르오. 얼마나 많은 의협지사들과 정도무문이 제왕성에 의해 암중으로 사라지고 죽어갔는지 말이오. 제왕성은 모든 범죄를 물밑에서 저지르오. 그래서 사람들은 그들의 패악한 행위를 크게 실감하지 못하고 있지요."

원공 선사의 말처럼 제왕성의 무림 정벌은 치밀하고 은밀했다.

겉으로는 무림 평화를 위해 애쓰고 있는 듯 보였지만 그들은 뒤에서 소리없이 반대 세력을 제거하고 회유했다.

"결국 노납은 더 이상 지켜볼 수가 없었소. 정면으로 부딪치기에는 우리의 힘이 약했고, 그래서 하는 수 없이 한 사람을 동원하여 장차 밀어닥칠 미증유의 피바람을 막아보려고 했소이다."

북궁량이 무거운 표정으로 말했다.

"그가 바로 북사군요."

"그렇소이다. 그는 가장 신뢰할 수 있는 인물이자 뛰어난 자질을 갖고 있는 소림삼십칠방의 일원이었소. 하나 가슴 아프게도 하늘은 그를 외면했고 끝내 실패하고 말았소이다. 이 공자."

이혈능이 찻잔을 내리며 대답했다.

"말씀하십시오."

"진심으로 면목없소이다. 내가 너무 이 공자에게 큰 고통을 주었지요?"

"개인의 영달을 위해서가 아니라 강호의 안녕과 질서를 위해 형님은 한 몸 던지셨습니다. 전 결코 형님의 죽음이 잘못되었다고 생각하지 않습니다. 누군가는 천하의 안위를 위해 한 몸 희생해야 하고 형님께서 그런 일을 했다는 것에 전 자부심을 갖고 있습니다."

"고맙소이다. 그렇게 깊은 이해를 해주시니 노납의 마음이 한결 편해지는구려."

그러다 문득 이혈능의 등 뒤에 있는 붉은 손잡이 달린 칼을 보며 더니 고개를 갸웃거렸다.

"선사님, 왜 그러십니까?"

북궁량이 물었다.

원공 선사가 찻잔을 내려놓고 정색하여 말했다.

“등 뒤에 메고 있는 그 칼 말이오, 풍겨 나오는 기세가 범상치 않은 것을 보니 예사로운 칼 같지는 않구려?”

이혈능이 잔을 내리고 웃었다.

“역시 선사님의 눈은 속일 수 없군요. 맞습니다. 보통의 칼이 아닙니다. 바로 소림이 목메고 기다리고 있는 태목혈입니다.”

“뭣이, 태목혈?”

원공 선사가 크게 놀라 외쳤다.

“사실이오? 그 칼이 정녕 태목혈이란 말이오?”

이혈능이 고개를 끄덕였다.

“맞습니다. 이 칼은 태목혈입니다. 한번 보시겠습니까?”

불끈!

이혈능은 혈궐 가죽으로 둘둘 감긴 손잡이를 거머쥐었다. 이윽고 천천히 칼을 뽑아 들었다.

스르르릉!

칼이 뽑혀 나오는데 마치 용이 우는 듯한 소리가 흘러나왔다.

약간 어두침침한 실내가 도신에서 뻗어 나온 은빛 섬광에 의해 대낮처럼 환해졌다.

금방이라도 누군가의 목을 향해 달려들 것 같은 냉혹한 냉기를 발산하는 칼을 보며 원공 선사가 경탄해 마지않았다.

“노납의 생애에 이토록 뛰어나 보도(寶刀)는 처음이로고!

실로 가공할 기세로다.”

파파팟!

이혈능이 칼을 비스듬히 돌리자 도신에서 맹렬한 냉기가 사방으로 폭사되었는데, 원공 선사는 끝없이 신음 가까운 감탄을 흘러냈다.

철컥!

이혈능이 다시 칼을 도집에 찔러 넣었다.

순간 방 안을 지배하고 있던 혹독한 냉기가 일시에 사그러지고 조용한 침묵이 내려앉았다.

“이 공자께서 이렇게 태목혈을 휴대하고 노납을 찾아온 데에는 나름대로 이유가 있을 것 같구려.”

“그렇습니다.”

이혈능은 차를 한 모금 마신 후 애길 꺼냈다.

가장 먼저 구도악으로부터 공격을 받았던 애길 했다. 순간 원공 선사의 안색이 백지장처럼 하얗게 변했다.

“도, 도악 그 아이가?”

이혈능의 얘기가 거듭됨에 따라 원공 선사의 낯빛은 수차례 변화했다. 도저히 믿을 수 없다는 듯 혀를 찼다가 신음을 흘렸다가를 반복했다. 그리고 구도악이 태목혈이 주인이 되어 천하를 제패하려고 한다는 말에 원공 선사의 얼굴은 절망으로 우그러졌다.

“아, 아미타불!”

"형님인 북사에 의해 나에게까지 밀려 태목혈의 주인에서 멀어지자 그는 더 이상 참지 못하고 음모를 꾸민 것이죠. 뿐만 아니라 제가 알기로 장로원에 막대한 금품을 뿌렸고 회유와 협박으로 자신이 태목혈의 주인이 되도록 꾸몄으며 태목혈의 경쟁자가 될 만한 뛰어난 인물들을 온갖 음모와 죄를 뒤집어씌워 죽였습니다."

어지간해서는 결코 감정의 기복을 드러내 보이지 않는 원공 선사의 오른손이 불끈 쥐어졌다. 가냘픈 손등으로 불거진 힘줄이 금방이라도 터질 듯 부풀었다.

"다행히 그는 아직 태목혈이 완성된 줄 모르고 있습니다. 공야 가주께서 가짜를 만들어놓고 적지 않은 시간을 벌어주고 계십니다. 이때 놈의 추종 세력을 일망타진해야 합니다."

"그렇소이다. 그사이에 우린 놈의 손발을 쳐야 합니다. 가급적 빠를수록 좋습니다."

원공 선사의 표정이 처절히 우그러졌다.

그건 곧 자신은 지금까지 허수아비였다는 뜻이었기 때문이다.

부르르!

원공 선사의 노구가 사시나무처럼 떨렸다. 분노를 참느라 이를 악물었는데 기다랗게 한숨을 내쉬더니 마음을 가다듬고 물어 말했다.

"어떡하면 좋겠소? 좋은 방법 있소?"

이혈능이 눈을 빛내며 말했다.

"제왕성은 차후 문젭니다. 우선은 집안 정리부터 제대로 해야 합니다. 그렇지 못할 경우 제왕성과의 싸움은 해보나마나입니다."

"모두 죽여야 한단 말이오?"

"가급적 회유를 하겠습니다. 하나 이번 기회에 소림은 청소가 한 번 되어야 합니다."

"이 공자?"

"소생은 이유야 어쨌든 형님의 뒤를 이어 소림삼십칠방의 무사입니다. 명령만 주십시오, 방주님!"

"좋소이다. 모든 것을 이 공자에게 맡기겠소. 전권을 일임할 테니 해결하시오."

"좋습니다. 그럼 가급적 조용히 처리하지요."

그리고 북궁량을 쳐다보았다.

"내가 소림을 청소하는 동안 가주께서는 소림 주위에 처져 있는 진법을 손 좀 봐야 할 것입니다."

"물론일세. 아무리 진법이 튼튼하다고 해도 제왕성의 잇따른 공격에 상당히 파괴되고 무너졌을 것일세. 내가 당장 손을 봐놓지."

"수고 좀 해주십시오."

"수고랄 게 뭐 있는가. 헛헛! 쇠뿔도 단김에 빼랬는데 어서 움직이세. 시간이 그렇게 넉넉하지 않네."

　두 사람은 곧바로 일어나 밖으로 나갔다. 텅 빈 방 안에 홀로 앉은 원공 선사의 표정은 돌덩이처럼 굳어졌고 연신 염주를 굴리며 불호를 되뇌었다.

　원표 선사가 염주를 굴리며 묵상에 잠겨 있었다.
　사대금강 중 수좌이자 장문인 원공 선사의 사제인 그의 이마가 깊게 찌푸려져 있는 것이 뭔가 깊은 고뇌에 싸인 듯했다.
　"아미타불……."
　입 밖으로 무거운 불호를 되뇌며 염주를 굴리기 시작했다.
　'왜 이렇게 두근거리는가?'
　알 수 없이 가슴이 쿵쾅거렸다. 불가에 귀의한 지 올해로 칠십 년째지만 이토록 마음의 평정을 찾지 못하기는 처음이었으므로 원표는 계속 아미타불을 되뇌며 염주를 굴릴 뿐이었다.
　하나 마음이 쉬이 가라앉지 않았고 뭔가 쫓기는 사람처럼 계속 두근거렸다.
　'허어! 이 무슨 괴이한 징조란 말인가?'
　그때 문득 눈앞으로 구도악의 얼굴이 떠올랐다.
　태목혈의 주인은 곧 천하제일고수를 뜻했다. 아무리 뛰어난 자질을 우선으로 태목혈의 주인을 선발한다고 했지만 적지 않은 사람들이 주인이 되기를 욕심내는 것은 자명했다.

그래서 명문의 수많은 자제들과 후예들이 태목혈의 주인이 되기 위해 소림에 은밀한 청원과 청탁을 아끼지 않았다. 그중 가장 왕성한 청탁을 했던 선두 주자는 구도악이었다.

그는 구천상보란 막강한 자금력을 이용해 엄청난 돈을 뿌렸다.

그것도 부족해 태목혈의 경쟁 상대인 이혈능을 직접 나서서 죽이기까지 했다. 비록 낙일애로 이혈능이 몸을 던졌지만 뛰어내리도록 만든 것은 구도악이었다.

그는 그것으로 그치지 않았다. 소림사 내부에 매우 뛰어난 자질을 갖고 있는 두 명의 사형과 한 명의 사제를 은밀히 제왕성의 솜씨로 위장해 죽이기까지 했다. 또한 정도무림에서 태목혈의 주인으로 거론될 만한 그릇이다 싶은 인물들은 가차없이 없애 버렸다.

거기에다 자신이 태목혈의 주인이 되도록 장로원의 결정을 이끌어내 준다면 엄청난 돈과 함께 평생 자신의 소원인 장문인의 자리를 약속까지 했다.

"사숙님."

원표 선사가 한참 구도악과 있었던 거래를 생각하고 있을 때 문밖에서부터 사질 능오 대사의 목소리가 들려왔다.

"들어오너라."

잠시 후 문이 열리고 이십 후반가량의 젊은 승려가 들어왔는데 손에 조그만 봉서 한 개를 들고 있었다.

"그게 무어냐?"

"어느 분이 이것을 사숙께 전해주라고 하면서 저에게 건네
주더군요."

"어느 분?"

"죽립을 눌러썼는데 보나마나 무외산장 아니면 구천상보
사람이겠지요."

워낙 많은 양쪽 사람들이 들어와 있기 때문에 일일이 그들
의 얼굴을 기억한다는 것은 힘들었다.

쫙!

원표는 봉서를 찢어 반으로 접힌 서찰을 펼쳐 들었다.

멈칫!

서찰을 펼쳐 읽던 원표 선사가 깜짝 놀란 표정을 지었다.

소실봉에서 기다리겠소.

서찰은 보낸 사람은 이름도 적혀 있지 않은 아주 짧은 내용
이었다.

"누가 주었다고 했느냐?"

"죽립을 눌러쓰고 있어서 얼굴을 확인할 수는 없었습니다.
단지 목소리로 보아 조금 젊은 사람 같았습니다."

원표 선사는 다시 한 번 서찰을 읽었다. 자신을 이토록 은
밀히 불러낼 사람은 구도악뿐이었으므로 아무런 의심 없이

곧바로 처소를 빠져나와 소실봉을 향해 몸을 날렸다.

소실봉은 태실봉 반대편 서쪽에 있는 커다란 봉우리이다.

숭산십이경 중 한 곳으로 태실봉보다 조금 낮으며 북쪽 기슭에 소림사가 있다.

처소를 출발한 지 일각쯤 지나 원표 선사는 태실봉에 날아내렸다.

"엇!"

땅에 내려서자마자 원표 선사의 입에서 놀람성이 터져 나왔다.

자신보다 먼저 도착해 있는 사람들이 있었는데 놀랍게도 모두 자신과 절친한 장로들이었다. 물론 이들 역시 구도악 편에 서서 태목혈의 주인으로 그를 결정하도록 표를 던졌고 그 대가로 많은 액수의 돈과 제왕성과 건곤일척의 승부 이후 소림이 재편될 때 큰 자리 하나씩을 약속받은 사람들이었다.

"자네들이 여긴 웬일인가?"

"사형께서는 어쩐 일이십니까?"

원표 선사가 손에서 서찰을 꺼내 들며 말했다.

"이걸 받았네."

"사형께서도 서찰을 받으셨군요. 우리도 서찰을 받고 여기에 온 것입니다."

그들 또한 모두 품에서 서찰을 꺼내 들었다.

자신과 하나도 틀리지 않은 크기의 서찰이었다.

"우린 당연히 구 보주께서 보낸 서찰로 알고 달려왔습니다만?"

그때 일행의 귓가를 파고드는 발자국 소리가 있었다. 순간 사람들이 일제히 발자국 소리가 들려온 곳을 향해 고개를 돌렸다. 소실봉 동쪽 끝에서 한 사람이 다가오고 있었다.

그자는 불어오는 바람에 흑의를 표표히 날리며 다가왔는데 검은 죽립을 깊숙이 눌러쓰고 있었다.

사질 능오의 말에 의하면 죽립을 깊숙이 눌러썼다고 했는데 동일인이 분명했다. 그리고 또 한 가지, 원표 선사는 자신이 잘못 생각하고 있었음을 깨달았다. 자신은 구도악이 보냈다고 생각했는데 다가오는 인물은 결코 그가 아니었다.

체격은 구도악처럼 컸지만 기세가 달랐다.

마치 태산이 살아서 걸어오는 착각을 일으키게 할 만큼 당당했다.

'누구지?'

모든 사람들의 시선이 다가오는 흑의죽립인에게 가 닿았다. 그들도 다가오는 흑의죽립인의 기세에 압도된 듯 긴장의 표정이 역력해 보였다.

척!

적당한 거리를 두고 흑의죽립인이 발걸음을 세웠다.

그리고 자신들을 세어보듯 살피더니 입꼬리를 올리며 말했다.

"한 분도 빠짐없이 오셨구려."

가장 연장자이자 제일 높은 신분인 원표 선사가 앞으로 나섰다.

"아미타불! 노납은 원표라고 하오. 시주께서는 뉘시오? 언뜻 보아하니 무외산장이나 구천상보의 인물 같아 보이지는 않소이다만?"

"그렇습니다. 난 그 두 곳과는 무관하지요."

"왜 우릴 불러냈소? 그리고 그 두 곳과 무관하다면 제삼의 인물이라는 뜻인데, 어떻게 본 사에 들어올 수가 있었단 말이오?"

"난 장문인이 보내서 온 사람이오."

순간 사람들이 일제히 놀라는 소리를 했다.

"자, 장문인!"

"엇!"

모두가 당황할 수밖에 없는 것이 이곳에 모인 사람들은 하나같이 현 장문인인 원공 선사에게 적대적인 생각을 갖고 있는 사람들이었기 때문이다.

"내가 말하지 않아도 대충 짐작하실 것이오. 여러분은 평소 장문인에게 적지 않은 불만을 갖고 있는 사람들이오. 사사건건 장문인의 운영 방식에 트집을 잡고 문제를 제기했으며, 심지어는 장문인이 밉다는 이유로 소림에 적대적인 행위까지 서슴지 않았지요. 그래서 더 큰 화근이 되기 전에 모두 죽여 없애 버리자고 했소. 하지만 장문인께서는 개전의 정을 보이면 용서하라고 했소이다. 묻겠소이다. 지금이라도 구도악의 꼬임에 빠진 자신의 어리석음을 인정하고 속죄의 길로 나설 의향이 있는 분은 이쪽으로 건너오시오.”

사람들은 누구도 움직이지 않았다.

그것은 구도악이 태목혈의 주인으로 낙점이 되었고 그것은 머잖아 곧 천하의 주인이 될 것을 믿어 의심치 않았기 때문이었다.

이혈능은 힘주어 말했다.

“당신들은 아직도 구도악이 태목혈의 주인이 될 것이라고 보시오?”

이혈능은 가차없이 등 뒤에 메고 있던 칼을 뽑아 들었다.

차아앙!

거센 용 울음소리를 흘리며 뽑혀 나온 태목혈의 도기가 소실봉을 지배했다.

“도대체!”

“무슨 칼이기에 이렇게 으스스하단 말인가?”

일세를 풍미한 고승들답게 이혈능의 손에 쥐어진 칼이 범상치 않다는 것을 알아보았다.

“이것이 바로 그토록 꿈에도 그리고 원하던 태목혈이오.”

“뭣이, 태목혈?”

“정말이오? 한데 어떻게 그 칼이 당신 손에 있단 말이오?”

“난 이혈능이오.”

이혈능이 정체를 밝히자 사람들이 깜짝 놀라며 외쳤다.

“북사의 동생!”

“구도악에 앞서 태목혈의 주인으로 점지했던 인물 아닌가?”

사람들의 표정이 굳어졌다.

그건 곧 이미 구도악의 뜻이 물 건너갔다는 것을 반증하고 있었기 때문이다.

“구도악은 태목혈의 주인이 되기 위해 너무나 많은 생명들을 죽였소이다. 아무튼 장문인께서 과거는 불문에 부치라고 하셨소. 그러니 지금이라도 늦지 않았소이다.”

“아미타불! 노납은 부끄럽소. 잠시 황금과 욕심에 눈이 멀어 구 보주를 감싸도 돌았음을 반성하오.”

“노납 또한 이번에 지은 죄를 반성하는 의미에서 나 스스로 면벽 십 년을 선포하오.”

“나도 앞으로 십 년 동안 달마동에서 나오지 않겠소.”

모두가 앞다투어 자신의 잘못을 반성하며 걸어왔고 스스로의 부끄러움을 고백하고 이혈능을 향해 용서를 청했다.

“헛헛!”

문득 원표 선사가 허탈한 웃음을 지었다.

“잠시 내가 악몽을 꾸었구나. 나 원표가 세속의 욕망에 빠져 돌이킬 수 없는 죄를 지었구나!”

혼잣말처럼 하늘을 우러러 외쳐 말하더니 오른손을 들어 올렸다.

이혈능이 놀라며 말했다.

"뭐 하는 짓이오?"

전력을 향해 날아갔지만 한발 늦고 말았다.

퍼억!

원표가 오른손으로 자신의 천령개를 내려치고 만 것이다.

"사형!"

"원표 사형!"

장로들이 몰려들었다.

순식간에 벌건 피가 원표 선사의 얼굴을 뒤덮었고 그의 동체가 서서히 앞으로 무너져 내렸다.

쿵!

"마, 맙소사!"

"아미타불!"

모두가 아연실색한 표정이 되었다.

이혈능 또한 어처구니없는 표정으로 원표 선사의 시신을 내려다보았다. 그것은 참혹한 자기 반성이었다. 장내에 있는 사람들 누구도 한동안 말을 잇지 못한 채 죽은 원표 선사를 물끄러미 내려다보기만 했다.

*   *   *

무외산장은 제불각에 묵고 있고 구천상보의 식솔과 무사들은 팔대호원에 묵고 있었다.

오시(午時) 무렵 일단의 승려들이 팔대호원에 몰려들었다. 한두 명씩 몰려들었기 때문에 누구도 그들을 의심하거나 주의해 보지 않은 채 각자 할 일을 했다.

이윽고 반 각이 채 지나지 않아 팔대호원은 승려들의 포위망에 갇혔는데, 모두 백팔 명이었다.

"지금 무어라고 했느냐?"

점심 식사를 끝내고 느긋하게 앉아 차를 마시고 있던 총관 공손기가 깜짝 놀라며 말했다.

"다시 말해보거라. 뭐가 어쨌다고?"

"백팔나한이 지금 팔대호원 건물은 완전히 에워싸 버렸습니다."

도저히 믿을 수가 없었으므로 공손기는 찻잔을 내려놓고서 다시 물었다.

"왜 백팔나한이 우릴 포위한단 말이냐? 그들이 미쳤단 말이냐?"

핏빛 부채를 들고 다니는 공손기의 호위무사이자 오른팔인 혈선서생이 다급히 말했다.

"저도 그 이유를 알지 못하겠습니다."

그때 다급한 발자국 소리가 들리더니 부하 한 명이 뛰어들어 와 급하게 보고했다.

"원공 선사께서 오셨습니다!"

"장문인께서?"

공손기가 자리에서 벌떡 일어났고 그와 때를 맞추어 입구에 원공 선사와 이혈능이 모습을 드러냈다.

두 사람은 곧바로 깍듯하게 허릴 숙여 예를 취했다.

"장문인을 뵈오이다."

원공 선사도 마주 합장을 했는데 표정은 싸늘하게 굳어 있었다.

"궁금할 걸세, 왜 우리가 이러는지."

"……?"

"도악 그 아이는 어디 있는가?"

"변장을 하고 산을 내려갔사옵니다. 그런데 왜 우릴 포위하신 겁니까?"

원공 선사가 옆에 서 있는 이혈능을 불렀다.

"이 공자."

"예, 선사님."

"구천상보의 모든 무사들을 지금 즉시 무장해제시키게."

"그렇게 하지요."

막 돌아서는 이혈능을 보며 공손기가 놀란 표정을 지었다.

"자네, 혹시?"

이혈능이 반쯤 돌렸던 몸을 다시 돌려세우며 죽립의 챙을
왼 손가락으로 스윽 밀어 올렸다. 그러자 그의 얼굴이 드러났
고 공손기와 혈선서생이 동시에 놀라 외쳤다.

"이, 이혈능!"

이혈능이 가벼운 미소를 지었다.

"이제 왜 소림이 구천상보를 포위하는지 이해될 것입니다.
그럼."

몸을 돌려 걸어가는 이혈능을 보며 공손기가 중얼거렸다.

"아아! 공자님의 모든 계책이 막판에 틀어지는구나."

공손기의 입에서 하염없는 탄식이 흘러나왔다.

그것은 절망의 탄식이었고 돌이킬 수 없는 흐느낌이었다.

*   *   *

자송계곡을 통해 소림사로 들어가던 구도악의 발걸음이
멈춰 섰다. 구도악의 좌측으로 도옥이 따르고 있었는데 전방
의 좁은 소롯길을 한 사람이 가로막고 있었다.

자송계곡은 소림을 에워싼 채 설치되어 있는 목서매괴발
로육진의 유일한 생로로 하루에 딱 두 번 열린다.

아침 묘시와 저녁 유시쯤에 차 한 잔 마실 정도 열렸다가
닫히는데, 그때를 이용해 외부와 은밀히 통행한다. 그때를
놓치면 절대 누구도 출입할 수 없는 것이 목서매괴발로육진

이다.

그런데 유일한 생로인 출입구를 흑의사내가 가로막고 있었으므로 구도악의 눈썹이 찌푸려졌다.

흑의사내는 죽립을 눌러쓰고 뒷짐을 진 채 유유자적 주위를 구경하고 있었다. 첫눈에 범상한 사내가 아니라는 것을 간파한 구도악과 도옥의 안색이 긴장으로 굳어졌다.

적당한 거리까지 다가온 두 사람은 걸음을 세웠다. 흑의사내는 그때까지 돌아서지 않고 있었는데 이미 풀섶에 스치는 발자국 소리를 듣지 못한 것은 아닐 것이다. 한데도 여전히 모른 체하는 것은 자신들을 긴장시키려는 의도가 분명했다.

구도악의 눈썹이 꿈틀 모아졌다.

자신이 지나치게 긴장하고 있음에 화가 난 것이다. 그래서 냉큼 날카로운 목소리로 물었다.

"날 기다리고 있소?"

그제야 흑의사내가 돌아섰다.

죽립 아래로 던지는 시선이 평범했다. 그냥 보통 사람과 같은 시선이었는데도 구도악은 멈칫했다. 평범함 속에 상상을 벗어나는 예기가 담겨 있음을 읽어낸 것이다.

"정체를 밝히시오!"

이혈능이 짧은 웃음을 머금더니 천천히 죽립을 벗어버렸다.

얼굴이 완전하게 드러나자 구도악이 자신도 모르게 놀라

소리쳤다.

"너, 너는?"

"우웃!"

뒤따라오던 도옥까지 기겁했다.

"어, 어떻게?"

"어떻게 살아 있을 수 있냐는 뜻인가? 네놈을 놔두고 죽을 수가 없어서 신에게 넉넉잡고 일 년만 더 살게 해달라고 부탁했다."

"푸핫핫핫!"

당황함도 잠시뿐 구도악이 고개를 쳐들고 앙천광소를 터뜨렸다.

그것은 얼마든지 이혈능을 제압할 수 있다는 자신감에서 생긴 웃음이었다. 태목혈의 주인으로 낙점되면서 저 유명한 소림의 개정대법으로 자신은 탈태환골했다. 그뿐 아니라 소림이 자랑하는 사자모니인을 터득하여 더 이상 천하에 적수란 제왕성주 말고는 없다고 자부하고 있었기 때문에 큰 소리로 웃음을 터뜨린 것이다.

현재 자신의 내공은 예전에 비해 두 배는 상승해 있었다. 결코 누구도 겁이 나지 않은 것이다.

"힘겹게 살아났으면 꼭꼭 숨어 목숨을 연명할 일이지, 스스로 지옥을 찾아들다니, 어리석은 놈."

언제 당황했느냐 할 만큼 구도악의 몸에서는 여유가 흘

렀다.

“그래서 날 죽이기 위해 여기서 기다리고 있느냐?”

“소림 안에서는 피를 흘리기가 싫었다. 원공 선사께서는 개의치 않는다고 하셨지만 대가람에서 너 같은 쓰레기들의 피를 흘린다는 것은 법도가 아닌 것 같아 이렇게 밖에서 기다리고 있다.”

구도악의 눈이 좁혀졌다.

“원공 선사라니? 내 사부님께서 모든 것을 알고 계신단 말이냐?”

“난 누군가 했더니 자네였군.”

바로 그때 갑자기 탁한 목소리가 울리더니 북궁량이 모습을 드러냈다.

이혈능이 놀라며 물었다.

“가주께서 어찌 여기에?”

“훗훗! 멀지 않은 곳에서 진법을 수리하고 있던 중일세. 한데 갑자기 자네 목소리가 들리기에 무슨 일인가 싶어 와봤지. 그런데 저자가 바로 구도악이란 놈인가 보지?”

이혈능이 고개를 끄덕였다.

“맞습니다.”

“얘기해 주었는가? 지놈 부하들이 지금 전부 무장해제당했다는 사실을 말일세.”

구도악의 눈이 커졌다.

“내, 내 부하들이 모두 무장해제당했다고?”

이혈능이 대답했다.

“그렇다. 뿐만 아니라 돈을 받고 널 태목혈의 주인이 될 수 있도록 도왔던 장로들 전부가 자신들의 죄를 인정하고 스스로 면벽 십 년에 들어갔다.”

구도악이 소스라칠 듯 놀랐다.

그건 도무지 믿을 수 없는 일이었다. 자신이 그동안 심혈을 기울여 이룩해 놓은 모든 것이 한순간에 무너졌다니 이해가 되지 않았다. 자신의 계획에는 한 치의 오차도 없었다. 그래서 더욱 실패하리라고는 생각하지 않았기에 구도악이 받은 충격은 컸다. 한데 충격은 거기서 끝나지 않았다.

문득 이혈능이 등 뒤에 메고 있던 태목혈을 뽑아 들었다.

치이잉!

용틀임 같은 소리에 구도악의 눈이 빛을 뿌렸다. 범상한 칼이 아니란 걸 고수답게 알아본 것이다.

“그 칼은?”

구도악의 눈이 빛을 뿌렸다.

영리한 그답게 불길한 생각을 본능적으로 떠올린 것이다. 하나 이내 자신이 직접 탄생 중인 태목혈을 보고 왔다는 것을 생각하며 어느 정도 마음의 안정을 되찾았지만 그래도 석연찮은 구석이 남아 있어 슬쩍 물었다.

“보도로구나. 이름을 물어봐도 되겠느냐?”

“태목혈이다.”

“뭐, 뭐!”

도옥이 기겁하며 추궁하듯 물었다.

“태, 태목혈! 공야 가주가 제작하고 있는 그 태목혈이란 말이냐?”

그때 북궁량이 비아냥댔다.

“바보, 아직도 그 칼을 진짜로 알고 있다니. 이미 태목혈은 완성되어 이렇게 이 공자 손에 있거늘.”

“그럼 우리가 보고 왔던 게 가짜란 말이냐?”

이혈능이 미소를 지으며 말했다.

“너의 힘은 적지 않다. 구천상보 내의 무사들 말고도 소림에서 널 추종하는 고승들이 적지 않지. 그런데 만약 태목혈이 만들어졌고 주인이 네가 아닌 나로 결정되었다는 사실이 드러나면 네가 가만있겠느냐? 필시 넌 분노를 견디지 못해 들고 일어설 것이고, 그렇게 될 경우 제왕성이라는 가뜩이나 벅찬 적을 앞에 두고 소림은 거친 내란에 휩싸이게 될 것은 뻔하다.”

“그래서 소림에 있는 내 추종자들과 본 보의 무사들을 완전히 제압할 때까지 가짜 칼로 날 안심시켰단 말이구나.”

이혈능이 웃음을 지었다.

“그렇다.”

구도악의 장포가 펄럭거렸다.

그것은 분노로 인해 거센 기세가 폭발하여 나부끼는 것이
었는데, 금방이라도 이혈능을 향해 달려들 것 같았다.

부드득!

구도악이 이를 갈았다.

온몸을 떨면서 두 눈은 붉은 혈기에 뒤덮였다. 지난 수년
동안 치밀하고 완벽하게 준비해 온 자신의 모든 계획과 꿈이
일순간에 사라졌다는 것에 그의 분노는 하늘을 덮을 만큼 치
솟고 있었다.

"너, 널 죽이겠다! 아니, 갈아 마셔 버리겠다!"

"좋을 대로."

파파팡!

장포가 찢어질 듯 펄럭거렸고 주위 나무들이 태풍을 만난
듯 휘청거렸다.

'단지 기세만으로 저 정도라니.'

이혈능은 구도악의 무위가 생각보다 더욱 높은 곳에 있다
는 걸 알았다. 하긴 개정대법에 대환단까지 복용했으니 어쩌
면 이미 인간의 경지를 떠나 있을지도 모를 일이었다.

"크핫핫핫!"

구도악이 앙천광소를 흘렸다. 그것은 웃음이라기보다는
처절한 절규였다.

구도악의 웃음은 한참 동안 계속되었다. 가슴에 맺힌 분노
를 일시에 털어내듯 미친 듯 웃더니 갑자기 그쳤다.

그리고 한 자 한 자 씹어뱉듯 말했다.

"개자식!"

쉬이악!

구도악의 신형이 날아왔다.

이미 준비를 하고 있었기에 이혈능은 곧바로 응수에 나섰다. 정면으로 마주 쏘아가며 태목혈을 들어 올렸다.

번쩍!

태목혈이 강한 섬광을 터뜨렸다.

강렬한 일도가 구도악의 몸을 덮쳐 갔고 '쿠악!' 하는 굉음에 이어 붉은 빛이 터져 나왔다.

그것은 구도악의 쌍장이었는데 핏빛처럼 붉었다.

그리고 날아오는 쌍장의 기세가 가히 산악을 방불케 했다.

콰아앙!

장과 도가 부딪치며 주위 계곡이 흔들거렸다.

두 사람은 똑같이 한 걸음씩 물러났는데, 이혈능의 표정은 굳어 있었다. 자신은 태목혈을 갖고 있는데도 조금도 우위를 확보하지 못했다. 물론 본격적인 살기를 내보이지 않았지만 어쨌든 구도악의 내공이 그만큼 심후하다는 뜻이었다.

"나의 진수를 보여주마."

갈고리처럼 곧추선 쌍장을 가슴 앞까지 끌어올리던 구도악이 핑! 하는 소리를 내며 날아와 힘껏 앞으로 쭈욱 내밀었다.

그으으!

바다가 밀려왔다.

그 어떤 것도 쓸어버리고 파괴하며 도도히 흘러가는 장력의 바다였다.

이혈능은 길게 심호흡을 하고 태목혈에 진기를 주입했다.

지지징!

폭포가 쏟아지는 것 같은 검음이 울리며 태목혈에서 하얀 광채가 뿜어 나오기 시작했다. 내력이 주입되면서 도광이 뿜어져 나오기 시작한 것이다.

좌아악!

밀려오는 구도악의 장력을 힘껏 내려쳤다.

뻐어억!

두 가닥 기세가 부딪치자 둔탁한 소리가 흘러나왔고 반탄지기에 의해 주위는 쑥밭이 되어버렸다. 하늘 높이 솟구쳐 오른 나무와 풀포기들이 가라앉았고 장내의 상황은 여전히 어느 한쪽으로 기울어짐도 없이 팽팽했다. 둘 모두 처음과 같은 자세에서 흔들림없이 서로를 쳐다보고 있었다.

'강하구나. 예상을 훨씬 뛰어넘는다.'

이혈능은 구도악이 예상보다 두 배는 뛰어난 고수라고 판단했다.

하나 더 놀라고 있는 사람은 구도악이었다. 자신은 지금 혼신의 힘을 다하고 있었다. 아무리 태목혈이 불세의 명도라고 하지만 자신이 최선을 다하면 우위를 확보하리라 자신했다. 한데 삼 갑자 가까운 자신의 모든 내공을 쏟아 부은 공격에도 절대 우위를 점하지 못하고 있었다. 오히려 가슴이 답답하면서 내상의 징조까지 나타나고 있었다.

'낙일애에서 어떤 기연이 있었구나.'

낙일애로 추락하기 전의 이혈능의 무공은 강하긴 했지만 자신을 꺾을 정도는 결코 되지 못했었다. 그런데 자신이 벅차다고 느낄 만큼 이혈능의 힘이 위력적인 것은 낙일애에서 상당한 발전을 이루었다고 봐야 했다.

사실 흑옥천과 매 끼니 때마다 식사 대용으로 먹었던 천지음실은 이혈능의 내공을 일 갑자쯤 더 상승시켜 주었다. 거기다 무정도법과 등천쇄심도법의 후육식을 깨우쳐 이혈능의 무공은 지금 반박귀진을 넘어서고 있었다.

쉬잉!

구도악이 날아왔다.

이혈능 또한 피하지 않고 정면으로 부딪쳐 갔다. 고수들끼리의 싸움에서는 결코 피하는 법이 없다. 오히려 피함은 불리한 효과를 낳음으로 절대 피하지 않는 것이 정석이다. 그리고 변칙이 통하지 않는다. 변칙은 하수들의 싸움에서나 통용될 뿐 고수들은 오로지 정통이고 정면충돌 말고는 다른 수를 쓰지 않는다.

퍼석!

도기와 장기가 부딪치며 돌 깨지는 소리가 들려왔다.

두 사람의 상체가 기우뚱거렸고 이혈능은 한 걸음 물러나는데 비해 구도악은 두 걸음을 물러났다.

이로써 힘의 우열이 확연히 드러난 것이다.

구도악의 입술이 물렸다. 시간을 끌수록 자신이 손해이다. 태목혈을 들지 않았다고 해도 쉬운 승부를 할 상대가 아닌데 희대의 칼까지 지녔으므로 속전속결하는 것이 여러모로 이득이었다.

부우웅!

구도악의 공세가 바뀌었다.

모든 주위의 공기가 그의 쌍수로 빨려 들어가는 듯했다. 나뭇가지와 풀들이 구도악을 중심으로 휩쓸리며 흔들거렸다.

'무슨 무공을 펼치려는가?'

이혈능의 두 눈이 잔뜩 경계의 빛을 띠었다. 그러면서 조용히 육합범천혈심결을 운기했다.

슈유유!

칼이 꿈틀거렸다. 가뜩이나 차갑고 살기 짙은 칼에 무정도법을 펼칠 내기를 운용하자 더욱 주위 공기가 차가워졌다.

촤르룽!

구도악이 날아왔다.

바람도 없고 형체도 없다. 한데 숨을 쉴 수가 없었다. 엄청난 압력이 전신을 짓눌러 버린 것이다.

‘숨을 쉬어야 한다.’

이혈능은 있는 힘을 끌어올려 호흡을 내뱉었다. 가까스로 호흡을 내뱉은 이혈능의 입에서 커다란 외침이 터져 나왔다.

“무… 정… 천!”

그 순간 기다렸다는 듯 구도악의 입에서도 천둥 같은 소리가 흘러나왔다.

“사… 자… 모… 니… 인!”

구도악의 손에서 또 하나의 손이 나왔다.

그것은 장강이었다.

빠아— 악!

칼과 손이 정면으로 맞부딪쳤다.

둔탁한 소음이 울렸고 두 사람은 전혀 움직이지 않았다. 단지 서로가 상체만 좌우로 흔들거렸을 뿐이다. 삼 장의 거리를 두고 그렇게 서로를 마주 보고 서 있던 두 사람을 북궁량과 도옥은 눈을 크게 뜨고 살피기 시작했다.

서로의 마음에 각자 자신이 응원하는 사람이 이기길 간절히 바라면서 살폈지만 외형상으로는 누가 우위를 확보했는지 구별할 수가 없었다. 둘 모두 최후의 승부수를 던졌기 때문에 이겼든 졌든 상당한 부상은 피하지 못했을 것이라는 것만이 둘의 공통된 생각이었다.

찌지직!

갑자기 구도악의 옷이 찢어졌다.

　그리고 거미줄처럼 그의 몸이 갈라지기 시작했다. 갈라진 틈을 비집고 검붉은 핏물이 흘러나왔는데, 구도악의 입가에 가느다란 미소가 걸렸다.

　"지, 지금 그 도법이 바로 북사의 무정천이로구나."

　구도악의 몸은 완전히 핏물로 변했다.

　그때 북궁량의 입은 찢어지듯 벌려져 있었다.

　지금까지 이혈능 곁에서 수많은 혈전을 지켜보았고, 특히 추룡대와의 싸움은 두 번 다시 떠올리기 싫은 악몽과도 같은 전투였다. 하나 지금 두 사람의 싸움에 비하면 아무것도 아니었다. 시간상으로는 아주 짧았지만 파괴력과 살기 면에서는 자신이 봐왔던 어떤 싸움보다 강렬했다.

　북궁량은 인간들의 싸움이 아니었다고 생각했다.

　"푸훗! 졌다. 나 구도악의 꿈이 이렇게 무너지는구나."

　구도악이 자조의 미소를 지으며 비틀거렸는데 넘어지지는 않았다.

　그는 이미 혈인으로 변해 있었는데, 한마디 한마디 더듬거리며 말했다.

　"부, 북사가 죽어 이제 태목혈은 내 차지가 되었다고 좋아했는데 네가… 나타나 가로막다니, 결국은 이렇게 무릎을 꿇게 되는구나……."

　처억!

　구도악은 쓰러지지 않으려고 발버둥 쳤다. 붉게 물든 몸이 휘청거리는 모습은 보는 사람으로 하여금 소름 끼치게 만들었다.

하지만 버티지 못했다. 두 발자국을 더 이혈능에게 가까이 다가가더니 끝내 좌측으로 쓰러지고 말았다.

푸우욱!

"보주!"

도옥이 쓰러진 구도악을 일깨웠다.

하나 시뻘건 피에 젖은 구도악의 감긴 두 눈은 더 이상 뜨이지 않았다.

"으웩!"

이혈능 역시 피를 토했다.

내상이 얕지 않았다. 구도악의 무공은 상상을 초월했고 최선을 다했지만 상당히 깊은 상처를 입었다. 서둘러 요상하고자 굽혔던 허리를 세우는데 북궁량의 벼락 같은 외침이 터져 나왔다.

"위험하네! 피하게!"

이혈능이 쳐든 고개를 쳐들었다.

도옥의 검이 날아오고 있었다. 자신의 부상을 노려 죽이려는 악독한 수법이었다.

이혈능의 눈살이 찌푸려졌다. 그러더니 어느새 빙긋 입가에 미소를 물었다. 대호는 아무리 심한 부상을 입어도 함부로 쓰러지지 않는다.

“놈!”

이혈능이 이 사이로 냉갈했다.

상대의 위기를 틈타 노리는 수법은 하오문의 잡배들에게서도 볼 수 없는 용서할 수 없는 비열한 행위.

이혈능은 내력을 모조리 끌어올렸다. 비록 평소에 비해 칠할 이상이 소모되어 얼마 되지 않았지만 끌어올린 내력을 태목혈에 주입했다.

부우우웅!

칼이 울면서 섬광이 터졌다.

“도, 도강!”

도옥이 기절초풍할 듯 놀랐다.

칼 속에서 또 하나의 칼이 튀어나왔기 때문이다.

푸욱!

자신의 검기가 힘없이 뚫렸다. 그리고 이혈능의 도강이 뚫고 들어와 자신의 어깨 일부를 베어버렸다.

싹!

“큭!”

도옥의 왼쪽 어깨에서 피가 흘렀다.

“가만두지 않겠다!”

이혈능이 바람처럼 달려들며 칼을 후려쳤다.

휘익!

도옥 또한 전력을 다해 검을 휘둘렀다.

카캉!

칼과 검이 충돌하며 불꽃이 튕겨 일어났다.

적벽천하(的壁天下).

사부 검야의 성명절기 추서십육섬 중 제오초였다.

"우읍!"

도옥의 꽉 다문 입술을 비집고 신음이 흘러나왔다.

충돌 순간 팔이 떨어져 나가는 것 같았다. 구도악과 대결로 인해 상당한 내공의 소모가 있었을 텐데도 어마어마한 힘이었다.

파아아!

이혈능의 칼은 숨 돌림 틈을 주지 않고 파고들었다.

파팍!

도옥이 뒷걸음을 치며 가까스로 막고 있었지만 위태로워 보였다.

"난 그래도 네놈을 괜찮게 보았다. 왜냐하면 제왕성에 잠입하여 오랫동안 완벽하게 세작의 임무를 수행했을 뿐 아니라 추룡대를 몰살시키는 결정적인 역할을 했으니까. 하나 뭐니 뭐니 해도 내가 널 좋아했던 것은 네놈이 우리 형님과 같은 소림삼십칠방의 인물이라는 것 때문이었다. 같은 편이라는 건 무조건 우호적일 수밖에 없는 것이니까. 또한 언젠가 기회가 닿는다면 너를 통해 형님에 대한 좋은 추억을 물어야 겠다고 마음을 먹어보기까지 했지. 그만큼 너에 대한 나의 감정은 나쁘지 않았다."

콰악!

이혈능의 칼이 수평으로 찔렀고 도옥 역시 마구 찔렀다.

꾸국!

도기와 검기가 부딪치며 주위로 거센 회오리바람이 일어 났다.

팍!

하나 오래가지 못하고 도옥의 검기가 밀려났다. 이혈능의 힘에 견디지 못한 것이다.

터엉! 소리와 함께 도옥의 검이 도기에 밀려 옆으로 튕겨 밀렸고, 그 틈을 노리며 이혈능의 칼이 수직으로 떨어졌다.

쏴!

도옥이 번개처럼 보법을 이용해 몸을 이동시켰지만 한발 늦었다.

팍!

도옥이 옆구리에 일도를 맞고 휘청거렸다.

"그뿐이 아니다. 네가 구도악과 손을 잡고 태목혈의 주인 이 될 가능성 있는 후보들을 암살한 것도 정히 이해 못할 것 도 없다. 장부라면 그 정도 야심을 가질 필요가 있으니까. 하 나 내가 화가 나는 것은 남이 부상을 입었을 때를 틈타 공격 하는 행위다. 그것은 강호의 조무래기들도 피하는 양심이자 무사의 마지막 도(道)이지. 그런데 넌 그것마저 팽개치고 부

상당한 날 죽이려 했다. 내가 제일 싫어하는 자가 어떤 자인
지 아나? 남의 약점을 물고 늘어지는 작자들이다. 바로 너 같
은 놈!"

파파팍!

휘청거리는 도옥의 전신으로 연속 삼 도가 떨어졌다.

콰아앙!

분노에 휩싸인 이혈능의 맹렬한 공격에 도옥의 손발이 어
지러워졌다.

第六章 만월(滿月)의 몰(歿)

시련의 연속 끝에 마침내 웅크렸던 몸을 일으켜 창비한다!

복수를 위해 제왕성에 뛰어든 소년에게 닥친 엄청난 고난과

신비하며 때로는 악마의 모습을 갖춘 소림삼십칠방의 등장!

험난하고 고독하며 위력적이고 놀라운 곳, 그곳의 문이 열린다!

『소림삼십칠방(少林三十七房)』

"죽일 놈!"

이혈능의 강력한 일도가 도옥의 검기를 산산조각 내며 허벅지를 찍었다.

콱!

"꺼어억!"

휘청!

중심을 잃고 비틀거리는 도옥의 몸에 재차 칼이 떨어졌다.

"크윽!"

도옥이 나동그라졌다.

이혈능이 빠르게 다가가 허리를 펴고 일어나는 도옥의 면상을 발로 걷어찼다.

빠— 악!

도옥의 고개가 홱 뒤로 젖혀지며 입에서 피가 터져 나왔다.

뻐억!

오른발이 다시 작렬했고 도옥이 뒤로 날아가 나동그라졌다. 하나 도옥은 본능적으로 상체를 일으켰고 다가온 이혈능의 오른발에 또다시 맞았다.

쿵!

"으허헉!"

도옥의 얼굴은 완전히 피로 물들었다. 하나 이혈능의 발길질은 멈춰지지 않았다.

뻑! 빠아악!

"개새끼이!"

퍼어억!

이혈능의 발길질이 정확히 인중에 틀어박혔다.

"커어억!"

가래 끓는 소리를 내며 나동그라진 도옥의 호흡이 거칠어졌다.

"하학! 사, 살려… 줘."

"살고 싶나?"

도옥이 상체를 반쯤 일으킨 상태에서 고개를 끄덕였다.

이혈능이 얼굴을 알아볼 수 없을 만큼 우그러진 도옥의 얼굴을 보며 숨을 들이마셨다.

　스윽!

　이윽고 칼을 들어 올렸다. 하나 들어 올려 진 칼은 곧바로 떨어지지 않고 잠시 허공에 멈춰 서더니 이내 한쪽으로 떨어졌다.

　“너 같은 놈은 목숨을 빼앗을 가치도 없다.”

　이혈능은 곧바로 등을 돌렸다.

　바로 그 순간 도옥이 오른쪽 소매 춤에서 한 자루 비수가 튀어나왔고, 그대로 이혈능의 등을 파고들었다.

　빙글!

　“개자식, 내 그럴 줄 알았다!”

　이혈능이 몸을 돌리며 그대로 태목혈로 도옥을 후려쳤다.

　빠악!

　“크아악!”

　도옥이 바닥에 큰대 자로 나동그라지며 비명을 질렀다.

　“씨발놈!”

　이혈능이 쓰러진 도옥에게로 다가가 태목혈을 쳐들어 올릴 때 한 소리 외침이 터져 나왔다.

　“이보게, 제발 목숨만 살려주게!”

　빠악!

　하나 태목혈은 이미 도옥의 가슴을 뚫고 사라진 뒤였다.

　“크윽!”

도옥이 가슴을 감싸 쥐며 뒤로 물러났다.

툭!

그리고 손에 들린 비수가 떨어짐과 동시에 뚫린 가슴에서 시뻘건 피가 솟아 나왔다.

헐떡거리는 도옥의 곁에 어느새 한 중년인이 나타나 서 있었다.

그는 바로 무외산장의 장주 검야 노막천이었는데, 도옥이 더듬거리며 말했다.

"사… 사부님!"

"오, 옥아."

"죄… 죄송해요!"

도옥이 파리해진 입술을 달싹거렸다.

휘청!

도옥이 허리를 세우려 하자 노막천이 잽싸게 부축했다.

노막천이 끌어안은 도옥을 만감이 교차하는 시선으로 내려다보았다.

파르르!

도옥의 눈꺼풀이 심한 떨림을 보였고 얼굴이 검게 변하고 있었다. 죽음이 찾아든 것이다.

"요… 용서해 주십시오."

"아무 말 하지 말거라."

"으으음! 저… 제가 잘못…했습니다……."

툭!

그 말을 끝으로 도옥의 목이 꺾였다.

노막천이 두 눈을 지그시 감았다. 그리고 그의 볼 위로 두 줄기 뜨거운 눈물이 흘러내렸다.

노막천은 죽은 도옥을 끌어안은 채 한동안 움직일 줄을 몰랐다. 볼에 눈물을 매달고 제자를 끌어안은 채 그렇게 석상이 되어버린 듯했다.

한참을 그렇게 끌어안고 있던 노막천의 입술이 떨리며 열렸다.

"녀석은 천재였네."

두 눈을 뜨고 있는 도옥을 내려다보며 말했다.

"하나를 가르치면 열을 깨우쳤지. 그래서 이 아이에 대한 내 기대도 컸네. 그런데 너무 뛰어남이 병이었어. 뛰어난 머리를 올바른 데 사용하지 않고 자꾸 샛길로 돌렸네. 소림삼십칠방의 무사는 머리만 깎지 않았을 뿐 출가인과 다르지 않는데 이 아이의 가슴속에는 커다란 야망이 꿈틀거리고 있었네."

주르륵!

또다시 노막천의 뺨을 타고 눈물이 흘러내렸다.

그리고 눈물 젖은 시선으로 이혈능을 보며 말했다.

"그러던 중 구도악을 만났네. 야망이 일치한 두 사람은 곧바로 의기투합했고 음모를 꾸몄지. 구도악이 명령을 내리면

이 아이는 실행에 옮겼네. 두 사람은 태목혈의 경쟁자가 될 만한 정도무림의 뛰어난 후기지수들을 가차없이 제거했지. 어쩌면 모든 죄는 나에게 있네. 난 그 사실을 알면서도 이 아이의 자질이 워낙 탐이 났기에 모른 체 눈을 감아버렸으니까."

잠시 말을 멈춘 노막천이 길게 한숨을 내쉬었다.

그리고 우울한 얼굴로 다시 말을 이었다.

"세상에 모든 사부는 뛰어난 제자가 뒤를 잇기를 바라네. 그러다 보니 어지간한 제자의 잘못엔 눈을 감아버리지. 그것이 더 큰 후환을 만든다는 사실을 간과한 채 말일세. 이 아이 또한 그랬네. 어쩌면 내가 이 아이를 그렇게 만든 것이지."

이혈능은 묵묵히 노막천의 얘길 듣고 있었다.

노막천의 말속에는 제자에 대한 각별한 사랑이 넘쳐 나고 있었다. 자신은 아직 제자를 거두어보지는 않았지만 세상의 모든 사부는 뛰어난 제자를 남기고 싶어한다는 말이 충분히 공감이 되었다.

스윽!

노막천이 도옥의 눈을 손으로 감겨주었다.

도옥의 몸에서 흘러나온 피가 자신의 옷에 묻는데도 아랑곳하지 않고 노막천은 힘껏 얼싸안았다.

"자네에게 부탁이 있네."

노막천의 두 눈은 깊은 슬픔에 젖어 있었다.

사내의 눈에 맺힌 물방울은 그 어떤 아픔보다 절절해 보였
다.

이혈능은 길게 한숨을 내쉬었다.

"이 아이를 내 손으로 묻어주고 싶네. 허락하겠는가?"

이혈능은 아무 말도 하지 않았다. 제자를 직접 묻어주겠다
는데 자신이 허락하고 말고 할 성질의 것이 아니라고 생각했
기 때문이다.

"고맙네."

이혈능이 고개를 끄덕이자 노막천이 도옥을 끌어안고 떠
나갔다.

이혈능은 할 말이 없었다. 죽은 제자를 안고 떠나가는 사부
의 뒷모습은 너무도 쓸쓸했다.

어쩌면 노막천은 자신이 손에 사정을 두어 최소한 목숨만
은 살려주기를 바랐을지도 모른다.

사실 자신과 도옥은 그다지 큰 원한은 없었다. 암호명 만월
로 추룡대를 몰살시켰지만 엄밀히 따지만 죽은 추룡대 모두
제왕성 소속의 무사들이기 때문에 자신과는 무관하다고 할
수 있었다. 오히려 복수의 대상인 제왕성 인물들을 죽였으니
잘된 일인지도 몰랐다. 단지 그에 대한 감정이라고는 그가 구
도악과 손을 잡고 천하패권의 꿈을 올바르게 꾸지 않았다는
것과 조금 전 자신을 암습하려 했다는 것이 전부였다.

"난 노 장주의 기분을 이해할 것 같네. 똑똑한 제자 한 명,

열 명문 안 부럽거든."

북궁량이 노막천이 사라진 곳을 보며 말했다.

"나 또한 북궁세가의 후인으로 만들 재목을 찾기 위해 나름대로 노력을 했지만 쉽게 찾을 수가 없었네. 지금이라도 나타난다면 난 내 목숨을 다 바쳐 그를 아껴줄 텐데."

"아미타불!"

그때 불호 소리가 울려 퍼지더니 원공 선사가 장내에 모습을 드러냈다. 두 사람은 가벼운 예를 취했고 원공 선사가 품속에서 한 권의 고서를 꺼내 들었다.

책은 무척 얇았는데 아주 낡아 있었다.

원공 선사는 책은 이혈능에게 내밀었다.

"무슨 책이옵니까?"

원공 선사가 말했다.

"보시게."

이혈능이 책을 받아 제목을 살폈다.

광마천중도법(狂魔天中刀法).

흠칫!

이혈능이 놀라며 쳐다보았다.

원공 선사가 말했다.

"말 그대로 미친 도법일세."

"미친 도법?"

"얘기를 들어보려는가? 이 미친 도법에 얽힌 가혹한 혈사를 말일세."

삼백 년 전 강호는 피의 소용돌이에 휩싸여 있었다.

이름하여 마교(魔敎)의 혈란(血亂)으로 불리는 참혹한 피바람이 대륙을 휩쓸었다. 마교의 공세는 거침이 없었고, 그들은 정사마를 통틀어 무려 이천팔백 문을 짓밟았다. 그리고 그들은 모든 힘을 모아 유일한 성역으로 남아 있던 소림을 향한 총공세에 나섰다.

소림과 마교는 무려 백 일 동안을 중원의 패권을 놓고 치열한 싸움을 벌였다.

당시 마교의 교주는 사상 최고의 고수로 평가받는 광마(狂魔)였고 소림은 달마 이후 최고의 고수를 존중받았던 무산 선사였다. 두 사람은 수많은 부하들의 희생을 보다 못해 단둘이서 천하대륙을 놓고 건곤일척의 승부를 벌였다.

"하면 이 광마천중도법이 당시 마교 교주가 사용하던 무공이란 말이군요?"

"그렇지 않네. 마교의 교주였던 광마의 무공임은 분명하지만 그는 이 무공을 사용하지 않았네."

"그게 무슨 말씀인지요?"

"광마는 엄청난 두뇌의 소유자였네. 당시 마교의 무공 중 내로라하는 위력적인 것은 모두 광마가 창안한 것들이라고 하면 그의 머리가 얼마만큼 뛰어났는지 짐작하고 남을 걸세.”

“…….”

“광마천중도법은 만들어지긴 했지만 빛을 보지 못했네. 그 이유는 이걸 펼치려면 엄청난 칼이 있어야 하는데 전설적인 보도들까지도 결코 일 초를 소화하지 못하고 부러지거나 폭발해 버렸다네.”

이혈능의 눈이 휘둥그레졌다.

도대체 얼마만큼 강한 위력의 도법이기에 일 초를 소화해 내지 못한단 말인가.

이따금 칼이나 검이 초식을 소화하지 못하고 부러졌다는 말은 들어보았지만 단 일 초도 버티지 못하다니 실로 놀라운 얘기였다.

“만약 광마가 이 도법을 소화해 낼 수 있는 칼이 있어 펼쳤더라면 역사가 바뀌었을 걸세. 하나 그는 만들어만 놓았을 뿐 끝내 써보지 못하고 본 사의 무산 선사께 패하고 말았네.”

원공 선사는 잠시 길게 심호흡을 한 후 계속 말을 이었다.

“태목혈은 오로지 광마천중도법을 노리고 만들어졌네. 일반 도법은 태목혈로 펼쳐 봤자 그다지 위력적이지 못하지. 어떤 면에서는 오히려 위력을 약화시키기까지 하네.”

“하면 이것을 건네준 건 설마 소생더러 광마천중도법을 터득하라는 말씀입니까?”

"광마천중도법을 터득하는 데는 두 가지 조건이 반드시 필요하네. 첫째, 엄청난 파괴력을 감당할 수 있는 칼과 폭발적인 자질이지. 그런 면에서 자넨 아주 훌륭한 조건을 갖고 있네."

"과찬이십니다."

"우리가 파악한 제왕성주 단우천의 무공은 이미 입신의 경지에 이르렀네. 그러니 그를 상대하기 위해서는 반드시 광마천중도법을 익혀야만 하네. 서둘러야 하네. 시간이 없네."

이혈능은 책으로 시선을 돌렸다.

무려 삼백 년을 묵은 도법이었다. 광마가 천하를 얻기 위해 만든 사상 최강의 도법인 것이다.

갑자기 가슴이 뛰었다. 최고의 도법을 배우게 됐다는 흥분이 조금씩 밀려들기 시작한 것이다.

강함은 무인에게 최고의 행복이다. 강해지기 위해 오늘도 수많은 무사들이 자신과의 싸움을 벌이고 있고 한 자루 검에 운명을 걸고 천하를 떠돌고 있다. 한때 언젠가 형을 잃고 자신의 운명을 한탄해 본 적도 있었다. 하지만 돌이켜 보건대 자신의 삶이야말로 선택받은 행복한 것이었다.

"쇄벽동의 문을 열어놨네."

쇄벽동은 장문인만이 들어가 수련할 수 있는 비밀 연무장이다. 원공 선사가 그런 곳을 자신에게 내어주었다는 것은 그만큼 자신의 두 어깨에 천하의 흥망을 걸고 있다는 뜻이었다.

이혈능은 천천히 쇄벽동을 향해 걸음을 옮겼다.

*　　　*　　　*

이른 아침 등봉현으로 한 대의 마차가 들어왔다. 모두가 잠에서 아직 깨어나지 않은 이른 시각에 마차는 등봉현 최고의 번화가인 제백루를 미끄러지듯 달려 삼층 목조 건물 앞에 도착해 멈췄다. 목조 건물 앞에는 십여 명의 기골이 장대한 무사가 도열해 있었는데, 마차가 다가오자 일제히 허리를 구부렸다.

이윽고 마차가 멈추고 한 사내가 신속히 마차 뒤로 뛰어가 휘장을 걷었다.

잠시 후 마차에서 단우황이 그 모습을 드러냈고 뒤를 따라 꼽추노인 한 명이 내렸다. 꼽추노인은 새끼줄을 칭칭 동여맨 듯 얼굴에 주름살이 가득했고 특히 양쪽 귀가 어깨를 덮을 만큼 컸다.

"대공자님을 뵈옵니다."

삼층 목조 건물은 소림을 공격하기 위해 등봉현에 모여 있는 제왕성 무사들을 총지휘하고 있는 대본영이었다.

사내들의 안내를 받으며 단우황은 건물 안으로 들어섰다. 건물 안에는 둥근 탁자가 놓인 넓은 회의실이 마련되어 있었는데, 맨 상석에 있는 태사의에 단우황이 앉고 그 좌측으로 꼽추노인이 좌정했다. 이윽고 모든 사내들이 뒤따라 자리를 잡고 앉자 곧바로 단우황이 입을 열어 말했다.

"오 가주."

맞은편에 앉은 오충이 대답했다.

"말씀하소서."

"말해보시오. 진법 파괴는 어느 정도 진행되어 가고 있소?"

"아직 채 삼 할을 부수지 못했습니다."

"침공이 가능하기 위해서는 최소 사 할은 파괴되어야 하는 것 아니오?"

오충이 더듬거리며 대답했다.

"그, 그렇습니다. 앞으로 한 달만 시간을 더 주시면 충분히 뚫고 들어갈 통로를 확보하겠습니다."

단우황이 좌측에 앉아 있는 꼽추노인을 향해 고개를 돌렸다.

"누군지 궁금할 것이오. 혹시 천문파를 아시오?"

"천하제일 두뇌 집단 천문파!"

사내들이 경악했다.

단우황이 흡족한 웃음을 지으며 말했다.

"그렇소. 여기에 앉아 계시는 분이 바로 신의 두뇌를 가졌다는 천문파의 장문인 귀영자이시오."

"세상에!"

"천문파가 진짜로 존재하다니!"

사람들이 놀라는 가운데 귀영자가 다 빠지고 몇 개 남지 않은 이빨을 드러내며 웃음을 지었다.

천문파(天文派).

그들은 오로지 하늘과만 교류한다고 했다. 누구도 적수로 인정하지 않고 오직 하늘의 뜻을 파헤친다는 전설적인 집단으로, 그 존재 자체가 정확히 알려지지 않은 비밀 집단이다.

제왕성이 소림에 설치된 목서매괴발로육진을 파해하기 위해 천하를 뒤졌고, 마침내 북해의 오지에서 자신들의 성역을 건설한 채 살아가고 있는 천문파를 찾아내 데리고 온 것이다.

귀영자가 자리에서 일어났다.

"갑시다. 빨리 진법을 파괴시켜 주고 급히 돌아가 봐야겠소. 마누라가 열일곱 번째 아이를 가졌는데 오늘내일하거든."

단우황이 말했다.

"오 가주가 직접 모시기 바라오."

"존명!"

오충이 일어나 허리를 구부렸다.

"따라오십시오. 제가 모시겠소이다."

"가봅시다."

오충을 따라 귀영자가 나가자 단우황의 입가에 만족스런 표정의 미소가 떠올랐다. 마침내 일 년 가까이 버텨온 소림의 장벽을 무너뜨릴 수 있게 된 것이다.

*   *   *

날씨도 맑은데 천둥소리가 울렸다. 초저녁 예불 때 서쪽 하늘에 떠 있는 붉은 별을 분명히 보았다. 한데 금방이라도 폭우가 쏟아질 것 같은 뇌성이 울려왔다.

덜컹!

원공 선사는 좌측 벽에 붙은 격자 창문을 열어젖히고 하늘을 올려다보았다.

하늘은 맑았다. 은빛 가루를 뿌려놓은 듯 수많은 별들이 주렁주렁 매달려 있었다.

구르릉!

또다시 뇌성이 들려온다.

'무슨 일인가.'

이렇게 맑은 밤하늘이건만 뇌성벽력은 어디서 오는 소리란 말인가.

그때 문밖으로부터 급한 발걸음 소리가 들려왔으므로 원공 선사는 고개를 들어 문을 보았다.

"사형, 원상입니다."

원상 선사는 이번에 천령개를 내려쳐 자결한 원표의 뒤를 이어 사대금강의 수장에 올라섰는데, 목소리에 다급함이 서려 있었다.

"무슨 일인가, 이 밤에?"

"큰일 났습니다! 진이 깨졌사옵니다. 지금 제왕성의 무사들이 물밀듯이 밀려들고 있습니다."

쾅!

자리에 앉아 염주를 굴리고 있던 원공 선사가 문을 박차고 나갔다.

문밖에 원상이 다급한 표정으로 서 있었다.

"어찌 진이 깨졌단 말인가? 어찌?"

원상이 빠르게 말을 이었다.

"자세한 내막은 알지 못합니다. 다만 동서남북 네 방위로 제왕성의 무사들이 엄청나게 몰려오고 있습니다. 제자들이 맞서 싸우고는 있지만 워낙 예상치 못한 사태이기 때문에 계속 밀리고 있사옵니다."

"어서 가보세."

두 사람은 곧바로 거처를 나섰다.

그들이 나가자 이미 사방에선 시끄러운 발자국 소리가 가득했다. 천둥 같은 고함 소리가 터졌고 단말마의 비명이 어둠을 갈랐다.

"죽여랏!"

"크하하하! 한 놈도 살려두지 마라!"

이미 적은 중심부까지 뚫고 들어와 있었다. 무외산장의 무사들까지 힘을 합쳐 대적하고 있었지만 눈에 띄게 밀리고 있었다.

"선사님!"

두 사람이 서쪽에 있는 조사전 쪽으로 부지런히 몸을 날리고 있을 때 한 사람이 앞을 막아섰다. 두 사람은 본능적으로 방어 자세를 취했다가 상대를 확인하고 경계를 풀었다.

앞을 막아선 사람은 무외산장의 장주 노막천이었다.

그는 이미 어디서 치열한 싸움을 벌이고 온 듯 옷자락에 피가 흥건히 묻어 있었다.

"전황은 어떠한가?"

노막천이 빠르게 말을 했다.

"불리합니다. 도무지 상대가 되지 않습니다."

원공 선사의 낯빛이 굳어졌다.

나름대로 오늘 같은 날을 대비해 왔다. 모든 제자들에게 무예 수련을 게을리 하지 않도록 명령했으며 원로원의 고승들까지 팔을 붙이고 나서서 제자들의 무공을 지도했다.

제왕성과 전면전을 대비해 충실히 준비를 해왔지만 상대가 안 된다는 것은 그만큼 그들의 위력이 가공하다는 뜻이었다.

"크악!"

"컥!"

비명이 점차 가까이에서 들려왔다.

원공 선사는 빠르게 말했다.

"물러서면 안 된다. 무슨 일이 있더라도 막아야 한다."

"알겠습니다. 그럼 전 이만 가보겠습니다."

노막천이 피 묻은 검을 쥐고 날아갔고 두 사람은 조사전 쪽으로 몸을 날렸다. 조사전은 역대 소림 장문인들에 대한 모든 기록과 유물이 보관되어 있는 소림제일의 성지(聖地)이다.

두 사람이 조사전 앞마당에 도착했을 땐 이미 치열한 싸움이 벌어지고 있었다. 땅바닥에는 적지 않은 시신들이 나동그라져 있었는데 약 칠 대 삼 정도로 소림 제자들이 많았다.

"죽여랏!"

"큭큭! 이 땡초 녀석들 모조리 쓸어주마."

십여 명의 승려가 피투성이가 되어 조사전 입구를 가로막고 제왕성 무사들을 제지하고 있었다.

멈칫!

원공 선사의 눈이 빛을 뿌렸다.

"왜 그러시옵니까?"

원상 선사가 옆으로 다가오는 제왕성 무사를 장력으로 날려 버리며 물었다.

"저길 보게. 저 여자!"

원공 선사가 가리키는 쪽으로 원상 선사가 고개를 돌렸다. 조사전을 침입하려는 제왕성 무사들 중 선두에 선 한 명의 노파가 원상 선사의 시선을 사로잡았다.

“저 여자는?”

원상 선사의 눈이 커졌다.

“마녀가 틀림없습니다!”

마녀의 지팡이가 한 번씩 허공을 날아갈 때마다 소림사 제자들이 비명을 지르며 나가떨어졌다.

“아미타불!”

원공 선사가 내력을 실어 거대한 불호를 외웠다.

일순 사람들이 일제히 싸움을 멈췄고, 모든 시선이 원공 선사를 바라보았다.

마녀 역시 원공 선사를 발견하고 거칠게 웃음을 지었다.

“껄껄껄! 아니, 이게 누구야? 원공이로구나?”

마녀가 한달음에 날아왔다.

“힛힛! 하나도 늙지 않았구나. 하긴 하는 일 없이 허구한 날 방구석에 처박혀 염주만 굴리고 있는데 늙은 이유가 없지. 난 폭삭 늙었는데 부럽다.”

그러면서 자신의 주름진 뺨을 왼손으로 어루만졌다.

원공 선사가 무거운 표정으로 말했다.

“오랜만이구려.”

“소림답지 않았다. 아무리 제왕성이 무서워도 그렇지, 어떻게 진법 따위에 숨어 그렇게 버티기 작전으로 나온단 말이냐?”

“아미타불! 그러는 제왕성은 진법 하나 부수질 못해 그렇게 쩔쩔맸소이까?"

　"아무튼 예전의 소림이 아닌 것만은 분명하구나. 당당하게 나서서 승패를 결(決)하는 것이 소림다운 건데 이 무슨 꼴이냐. 진법 뒤에 숨어서 살살 약이나 올리고."

　"시주."

　"듣고 있다."

　"시주께서 오늘 싸움의 우두머리시오?"

　"아니다. 나 같은 할망구가 어떻게 대제왕성을 대표할 수 있겠느냐? 한데 그건 왜 묻느냐? 혹시 제자들을 물리치고 우리 둘이 승패를 결해 이기는 쪽의 의사를 따르자는 것이냐?"

　"예나 지금이나 여전히 눈치는 빠르시구려. 그렇소이다."

　마녀가 고개를 흔들었다.

　"그건 어렵다. 왜냐하면 아까도 말했다시피 내가 이번 공격의 선봉장이 아니기 때문이다. 내가 모든 것을 책임지고 있다면 모를까 그 제의는 쉽게 받아들일 수가 없구나."

　원공 선사의 표정이 굳었다.

　마녀는 자신과 동시대 인물이자 흑도의 내로라하는 고수다. 전설적인 인물인 것이다. 그런 인물이 제왕성을 대표할 정도가 되지 못한다는 건 그만큼 이번 싸움에 많은 거물들이 참여하고 있다는 뜻이기도 했다.

　"그렇게 하시오."

　돌연 좌중을 울리는 조용한 음성이 들려왔다.

일제히 양쪽 모두 소리난 곳으로 고개를 돌렸는데, 조사전 입구에 단우황이 오족의를 대동하고 다가오고 있었다.

순간 늘어서 있던 제왕성의 무사들이 일제히 단우황을 향해 예를 취해했다.

"대공자님을 뵈옵니다!"

"어서 오세요, 대공자."

마녀가 가까이 다가가 단우황을 맞이했다.

"그렇게 하도록 하시오."

마녀가 허리를 조아렸다.

"감히 나 같은 계집이 어찌 제왕성을 대표할 수가 있단 말입니까? 불가한 일입니다. 철회해 주소서."

"아니오. 난 당신을 믿소. 저 늙은 땡초의 말대로 제왕성을 대표해서 겨루어보시오. 만약에 당신이 패한다면 난 부하들을 이끌고 조용히 물러나겠소."

"대, 대공자!"

"부담 가질 필요 없소. 어서 시작하시오."

마녀의 안색이 굳어졌다.

한편으로는 자신이란 존재를 인정해 주는 단우황의 처사가 황공하기도 했지만 또한 부담이 느껴졌다. 자칫하다간 제왕성이 패퇴하여 물러났다는 오명을 자신으로 인해 뒤집어쓸 위험이 있었기 때문이다.

"뭐 하는 것이오? 어서 나서시오."

마녀의 입술이 물렸다.

비장한 결의를 다지는 듯 침을 한 모금 삼키더니 단우황을 향해 고개를 숙였다.

"하오면 나서보겠나이다. 죽음으로써 명예를 지키겠습니다."

"믿소."

단우황이 고개를 끄덕였다.

마녀가 천천히 앞으로 나섰다. 그녀의 얼굴에 조금 전까지 짙게 드리워졌던 웃음은 찾아보기 힘들었다. 오히려 긴장의 빛까지 감추지 못한 신색이었는데 그만큼 부담을 느끼고 있다는 뜻일 것이다.

쾅!

마녀가 용두괴장을 힘껏 내려쳤다.

퍼억!

지팡이가 한 자 가까이 땅속에 박혔다.

"정식으로 너에게 도전을 청한다. 여기서 진 사람은 이긴 사람의 뜻을 따르기로 하자는 너의 제의를 받아들이겠다."

"아미타불! 청을 들어주어 감사하오이다."

그리고 둘러선 제자들을 향해 원공이 말했다.

"모두 물러서라! 지금부터 여기 있는 시주와 노납이 겨뤄진 쪽이 이긴 쪽의 뜻을 따르기로 했느니라. 설혹 결과가 마음에 들지 않더라도 승복하도록 하라."

"아… 미… 타… 불!"

소림의 제자들이 그렇게 하겠다는 듯 일제히 합장을 했다.

그러자 단우황 또한 제왕성의 무사들을 향해 결과에 승복할 것을 명령했다.

잠시 후 두 사람을 중심으로 자연스럽게 둥근 원진이 만들어졌고 서로를 마주 보며 섰다.

두 사람은 아무런 말도 하지 않았다. 하나 두 눈만큼은 날카롭게 빛나고 있었는데 서로의 자세에서 어떤 빈틈을 찾으려는 의지였다.

"먼저 본 사를 찾아오셨으니 선공을 양보하겠소이다. 시주께서 먼저 공격하시오."

마녀가 씨익 웃었다.

"후회 않겠느냐?"

"염려 말고 공격하시오."

"좋다. 그럼 내가 먼저 공격하겠다. 조심하거라."

마녀가 왼쪽 다리를 조금 넓게 벌리고 섰다.

그리고 손에 들린 용두괴장을 쳐들어 올렸는데 무척 진중했고 끝이 원공 선사의 미간을 겨냥하고 있었다.

부우우!

마녀의 흑포가 조금씩 나부끼기 시작했고 주위로 흙먼지가 일어났다. 내력을 일으키면서 생기는 현상이었는데 잠시 후 마녀의 신형이 완전히 흙먼지 속에 갇혀 버렸다.

휘류류류!

거센 회오리바람이 일어나며 먼지가 그녀를 에워싸 버리자 원공 선사의 두 눈은 매섭게 빛나고 있었다. 비록 다른 사람들의 눈에는 먼지바람에 갇힌 마녀의 모습이 보이지 않지만 원공 선사는 일거수일투족을 낱낱이 보고 있었다.

마녀는 지금 전력을 끌어올리고 있었다.

고수들일수록 싸움을 오래 끌지 않는다. 마녀 역시 단숨에 자신의 모든 것을 쏟아내려 하고 있었다.

좌악!

마녀의 신형이 튕기듯 날아왔다.

가히 전광석화와 같은 빠름이었는데 쿠왁! 하는 소리가 들리며 지팡이가 떨어져 내렸다.

직도황룡.

가장 간단한 초식이지만 가장 위력적이며 상대가 피하기 난감한 공격이다.

좌측으로 피하면 지팡이는 곧바로 좌측으로 방향을 바꿀 것이다. 우측으로 피하면 우측으로 틀어진다. 그렇다고 피하지 않을 수는 없는, 단순하면서도 효과적인 공격이 직도황룡이다. 그래서 고수들은 직도황룡을 무척 신중하게 수련한다. 단순하지만 가장 위력적이고 상대를 옴짝달싹 못하게 묶을 수 있기 때문이다.

스윽!

원공 선사는 우측으로 한 걸음 물러났다.

소림이 자랑하는 불영성하보였다.

휘익!

예상대로 마녀의 지팡이는 곧바로 떨어지다 원공 선사가 이동하는 각도를 따라 우측으로 방향을 틀었다.

따악!

원공 선사가 오른손을 쳐들어 떨어지는 지팡이를 막았다.

강한 장력과 지팡이가 부딪쳤는데 쇳소리가 흘러나왔다. 그만큼 원공 선사의 내공이 심후하다는 뜻이었다.

파악!

곧바로 지팡이는 찌르는 동작으로 바뀌었다.

원공 선사가 몸을 좌측으로 틀며 오른손으로 지팡이를 쳐 냈다.

파팍!

튕겨 나간 지팡이가 작은 원을 그리며 빠르게 종으로 그어 졌다.

쉬익! 콰쾅!

또다시 장력과 지팡이가 부딪쳤고 강한 반탄력에 두 사람 을 에워싸고 있던 양측의 사람들이 뒷걸음을 쳤다. 후폭풍이 지만 그만큼 강렬했고 파괴적이었다.

슈슈숙!

연달아 지팡이가 떨어졌다.

삼 초의 연속 공격인데 일 초처럼 연결 동작이 매끄럽고 빨랐다.

퍼퍼퍽!

원공 선사의 오른손에서 쏟아진 푸른 장력.

그것은 소림의 삼대장법 중 하나인 관음청강수였다.

"크음!"

"윽!"

두 사람의 입에서 짤막한 신음이 터지며 뒤로 한 걸음씩 물러났다.

남들 보기에는 가볍게 주고받은 것처럼 보이지만 양쪽 모두 혼신의 내력을 쏟아 주고받는 공격이기 때문에 살인적인 파괴력이 들어 있었다. 그야말로 스치기만 해도 즉사를 면치 못하는 위력이 들어 있는 것이다.

"역시 소림의 수장답구나."

"시주 또한 대단하오."

"오래 끌지 말자."

"좋은 말씀이오."

쏴악! 휘익!

잠시 멈췄던 두 사람의 몸이 다시 서로를 향해 날아갔다.

슈슈슉! 쐐애액!

지팡이와 푸른 경기에 감싸인 손이 정면으로 충돌했다.

퍼— 어억!

“크욱!”

“헉!”

두 사람이 뒤로 팅기듯 밀려났는데 마녀의 안색이 창백했고 앞가슴 옷자락이 찢어져 펄럭거렸다.

단우황의 눈이 매섭게 빛나고 있었다.

“좋지 않습니다.”

오족의가 전음으로 말했다.

단우황이 고개를 끄덕이더니 역시 전음으로 대꾸했다.

“좀 더 지켜본다.”

쉬릭!

원공 선사가 가사를 펄럭이며 날아갔다.

이어 연달아 오 장을 쳐냈다.

촤촤— 촤악!

눈앞을 가득 메운 푸른 손바닥에 마녀의 안색이 변했다. 하나 그것도 잠시뿐, 있는 힘껏 지팡이를 들어 막았다.

콰— 콰쾅!

마녀의 신형이 뒤로 밀려났다.

힘의 열세를 보이기 시작한 것이다. 원공 선사가 승기를 놓치지 않겠다는 듯 밀려난 마녀를 빠르게 뒤쫓아 또다시 관음청강수를 쏟아 부었다.

슈왁!

순간 마녀는 밀리면서도 본능적으로 지팡이를 휘둘렀다.

휘익! 빠아악!

두 사람의 공격이 부딪치고 마녀의 신형이 휘청거리며 더욱 세차게 튕겨 나갔다.

"아마타불!"

원공 선사가 커다란 불호를 외우며 쩌렁한 외침을 터뜨렸다.

"가랏!"

쉬이이!

푸른 손 한 개가 허공을 날아갔다.

푸른 덩어리에 감싸여 손은 보이지 않았는데 누군가 놀라움의 외침을 터뜨렸다.

"관음청강수의 정화 관강(觀罡)이다!"

마녀 역시 지체 않고 힘찬 외침을 터뜨렸다.

"만경멸장기!"

그녀의 지팡이 또한 무형의 기류에 똘똘 뭉친 채 원공 선사가 내뿜 푸른 강기를 힘껏 내려쳤다.

콰앙!

경천동지할 굉음이 터지고 엄청난 반탄지기가 지팡이를 타고 손목을 거쳐 전신을 압박했다.

"크흐흑!"

마녀의 입에서 신음이 터져 나왔다.

처처척!

휘청거리며 뒷걸음치는 마녀를 향해 원공 선사가 재차 달려들었다.

마녀의 입가에 쓸쓸한 미소가 한줄기 떠올랐다. 지금 자신의 몸으로서는 도저히 막을 수 없었고 그것은 곧 자신에게 마지막이 도래했음을 말해주고 있었다.

바로 그때였다. 단우황의 오른손이 빠르게 뒤집혔다.

스윽!

워낙 빠르고 은밀히 벌어진 일이어서 누구도 알아차리지 못했다.

한편 마녀는 눈을 감아버렸다.

'끝인가, 여기서……'

짧은 순간 숱한 삶의 곡절이 주마등처럼 스친다.

거기엔 인생의 희로애락이 절절이 배어 있었으며 후회는 그다지 기억되지 않는 것을 보면 자신의 삶이 그런대로 성공적이었다는 뜻이다.

마녀가 추잡하지 않게 자신의 인생을 마무리하려 들 때 갑자기 등 뒤 명문혈로부터 뜨거운 진기가 들어왔다.

'으헉!'

마녀는 내심 터져 나오는 비명을 삼켰다.

'이건 전이대법!'

마녀는 내력을 전해준 당사자가 단우황이라는 것을 알아차렸다. 그리고 지체없이 들어오는 진기를 받아 원공 선사의 푸른 장력을 힘껏 후려쳤다.

빠아악!

"크웩!"

조금 전까지 위태로워 보였던 마녀는 멀쩡하고 대신 자신 가득한 모습으로 공격해 가던 원공 선사의 신형이 줄 끊어진 연처럼 뒤로 날아갔다.

"아니, 저럴 수가!"

"장문인께서!"

다행히 꼴사납게 나동그라지진 않았지만 땅에 내려선 원공 선사를 얼른 중심을 잡지 못하고 한참을 비틀거렸다. 뿐만 아니라 입가에는 검붉은 피가 줄줄 흘러내리고 있었다.

원공 선사의 두 눈이 마녀를 쳐다보았다. 거기엔 이해할 수 없다는 빛이 가득 넘쳐흘렀다.

'이게 어찌 된 일인가!'

자신은 분명 승리를 확신했다. 아무리 마녀가 불세출의 여마두라고 하지만 수차례 관음청강수를 맞아 내상을 깊게 입었다. 그래서 승리는 따논 당상이라고 자부했는데 갑자기 상황이 역전된 것이다.

원공 선사가 갑자기 돌변한 상황에 대한 해답을 찾지 못하고 의혹의 표정을 지을 때 마녀의 지팡이가 날아왔다.

슈리릭!

원공 선사를 손을 들어 떨어지는 지팡이를 막았다. 하나 본능적인 행동일 뿐 한 톨의 진기도 끌어올릴 여력이 없었다.

빽!

하는 소리와 함께 팔이 부러져 나가면서 지팡이가 정수리
를 가격했다.

"크어억!"

원공 선사는 뒤로 주르륵 밀려나며 땅에 주저앉았다. 이미
노안에는 정수리에서 흘러내린 피가 범벅이 되어 있었는데
원공 선사는 천천히 몸을 일으켜 세웠다.

"아, 아미타불!"

흔들거리는 몸을 가까스로 바로 세운 원공 선사의 시선이
단우황에게 향해 있었다.

원공 선사의 시선은 물처럼 부드러웠다.

하나 단우황은 그 시선을 제대로 받지 못하고 고개를 돌려
버렸다. 그것은 분명 의심이 가는 행동이었지만 물증이 없었
다. 물증없는 사실을 근거로 승패를 수긍하지 않는다는 것은
소림 장문인으로서는 온당하지 못한 태도이다. 자신의 패배
가 불러올 엄청난 사태를 모르는 건 아니지만 어쩔 수 없었
다.

"이것이 소림의 운명인가?"

원공 선사가 길게 탄식하며 말했다.

"저, 졌소이다."

그 한마디를 끝으로 원공 선사의 신형이 앞으로 고꾸라졌다.

“사형… 사형!”

원상 선사가 쓰러진 원공 선사를 흔들며 깨웠지만 한 번 끊어진 숨을 돌아오지 않았다.

“와아!”

“이겼다. 제왕성 만세!”

제왕성 무사들이 거대한 함성을 질렀다.

마녀가 원상 선사를 향해 말했다.

“이제 여기에 책임자는 원상 너다. 네가 원공의 책임을 이어받아야 한다는 얘기다.”

원상이 원독 가득한 시선으로 쏘아보았다.

“장문인께서는 못 보셨지만 노납은 봤소.”

마녀가 놀라며 물었다.

“뭘 봤단 말이냐?”

“죽어가는 당신에게 내력을 전이해 주는 단우황 공자의 손바닥을 난 놓치지 않았소.”

“닥쳐라! 감히 네놈이 패배를 인정하기 싫어서 억지를 부리는구나!”

마녀가 크게 소리쳤고 단우황 또한 광소를 터뜨렸다.

“으핫핫! 소림이 억지를 쓰는구나.”

“하늘을 두고 맹세하오. 당신은 틀림없이 전이대법으로 마녀에게 진기를 주었소. 솔직히 실토하시오.”

“죽일 놈!”

단우황이 살기를 폭사했다.

"천하의 소림이 치졸하게 억지를 쓰는구나. 뭣들 하느냐? 소림을 쓸어버려라!"

"예옛!"

"비열한 소림을 없애 버리자!"

제왕성 무사들이 일제히 다시 공격을 개시했다.

가뜩이나 힘의 열세인데다 장문인의 죽음으로 사기가 꺾인 소림 제자들은 일방적으로 밀렸다. 하나 원상은 사자후를 토하며 사형제들을 독려했다.

"난 분명히 보았다! 단우황 저자의 손에서 뿜어나간 내공이 마녀에게 주입되는 것을 똑똑히 보았다. 기죽지 말고 당당히 싸워라! 마지막 한 사람까지 소림 제자답게 싸우다 죽도록 하자!"

"아미타불!"

"간악한 무리들로부터 강호의 평화를 되찾자!"

소림의 제자들이 함성을 지르며 달려들었고 싸움은 더욱 처절하게 전개돼 갔다.

第七章

대가람(大伽藍)의 궤멸

시련의 연속 끝에 마침내 웅크렸던 몸을 일으켜 창비한다 !

복수를 위해 제왕성에 뛰어든 소년에게 닥친 엄청난 고난과

신비하며 때로는 악마의 모습을 갖춘 소림삼십칠방의 등장!

험난하고 고독하며 위력적이고 놀라운 곳, 그곳의 문이 열린다!

『소림삼십칠방(少林三十七房)』

운종 선사의 얼굴에 공포의 빛이 떠올랐다. 운종 선사는 운자 항렬로 백팔나한의 수뇌였다. 백팔나한은 소림을 대표하는 무승들이자 무적불패의 신화를 간직한 소림제일의 집단이었다. 특히 백여덟 명이 만들어내는 백팔나한진은 그 어떤 공격에도 깨지지 않고 완벽한 위력을 선보였는데 지금 눈앞에서 그 신화가 무너지고 있었다.

왜 사람들이 그들을 죽음의 청소부라고 부르는지 운종 선사는 두 눈으로 보았다.

그들은 가공할 전사들이었다.

처음에는 백팔나한 쪽으로 전황이 우세하게 흐르는 듯했

지만 얼마 버티지 못하고 균열이 일더니 마침내 무너지고 만 것이다. 한 번 균열이 생기면 어떤 강한 집단도 순식간에 와해되는 법.

백팔나한은 순식간에 지리멸렬하여 죽음의 청소부들에게 도살을 당하기 시작했다.

"크아악!"

"우악!"

백팔나한의 수뇌 운종 역시 피투성이가 되어 쫓겼다.

그것은 살고자 하는 몸부림이라기보다는 위기에 몰린 쥐가 본능적으로 도망치려는 것과 같은 것이었다.

"이 쳐죽일 놈이 어디로 도망갔지? 조금 전 분명히 이곳으로 사라졌는데."

도망치는 운종 선사를 뒤쫓아온 곽무의 눈이 매섭게 타올랐다.

그는 두 주먹을 불끈 쥐고 주위를 살피고 있었지만 조금 전까지 눈앞에 있던 운종 선사의 모습이 사라지고 없었다.

"네 이놈, 소림 중놈답지 않게 숨어 있지 말고 어서 모습을 드러내라!"

소리를 고래고래 질렀지만 아무런 대답이 없었다.

"누굴 찾는데 그러나?"

그때 좌측 숲 속으로부터 도접이 걸어나왔다. 그녀의 칼끝에서는 피가 뚝뚝 떨어지고 있었는데 한눈에 엄청난 소림의 제자들을 도륙했음을 알 수가 있었다.

"아, 글쎄 백팔나한의 대가리 놈이 이곳으로 도망쳤는데 어디로 사라졌는지 보이지 않지 뭡니까?"

"내버려 둬라."

"네엣?"

"살고자 도망친 놈인데 굳이 악착같이 찾아 죽일 필요 있느냐?"

곽무의 눈이 커졌다. 자신이 아는 한 대주는 결코 전쟁에 임함에 있어서 온정이란 없었다. 적에게 관용을 베푸는 만큼 내 목숨이 위태로워진다는 신념하에 가차없이 손을 썼다. 그런 대주의 입에서 살려주라는 말이 나왔으므로 곽무는 눈만 깜박거렸다.

"아, 예!"

곽무는 끌어올렸던 진기를 풀어헤쳤다.

그리고 주위 숲을 노려보며 어딘가 숨어 있는 운종에게 들으라는 듯 한마디 했다.

"이봐, 우두머리 땡초, 운 좋은 줄 알라구!"

하나 대답은 돌아오지 않았다.

잠시 숲 속을 노려보던 곽무는 좌측 숲 속으로 사라지는 도접을 따라 걸음을 옮겼다.

이 마장쯤 전진했을 때 두 사람 앞으로 세 명의 소림 승려가 나타나 앞을 막았다.

곧바로 싸움이 벌어졌고 수적으로는 소림 승려들이 우세했지만 싸움은 오래가지 못했다. 도접의 칼에 두 명이 죽었고 곽무의 주먹에 나머지 한 명이 맞아 죽은 것이다.

두 사람은 또다시 살아 있는 소림의 승려들을 찾아 넓은 절간을 쏘다니기 시작했다.

한편 곽무의 손에서 살아난 운종은 상처가 몹시 심했다. 옆구리와 아랫배에서 피가 흘렀는데 옆구리 상처가 워낙 깊어 숨을 들이쉴 때마다 피가 마구 쏟아졌다. 혈도를 눌러 지혈을 시도했지만 워낙 상처가 커서 소용이 없었다.

'아미타불!'

조금씩 몸에 힘이 빠졌다.

시선이 또렷하게 잡히지 않고 자꾸 흐릿해지는 것이 죽음이 찾아들고 있음을 느낄 수 있었다.

핏덩이 때 현 장문인인 원공 선사에게 발견되어 소림에 들어왔다. 이후 타고난 부지런함으로 백팔나한의 우두머리까지 되었으니 나름대로는 성공한 삶이었다.

원공 선사의 말을 빌리면 소주의 유곽촌 근처에서 핏덩이인 자신을 발견했다고 했으므로 보나마나 어머니는 근처 어느 유곽에서 몸을 파는 여인이었을 것이다. 그러다 뜻하지 않게 아이가 생기자 몰래 낳아 버렸을 것이라는 것이 자신은 물론 원공 선사의 추측이었다.

그런데 지금 갑자기 어머니를 한 번만 봤으면 좋겠다는 생각이 들었다. 여태 자신을 버렸다는 분노에 의해 증오하고 미워했던 어머니였다. 그래서 가급적 잊으려고 노력했는데 그러한 어머니가 느닷없이 보고 싶어졌다.

'어머니는 어떤 여자였을까?'

기억에도 없고 본 적도 없는 어머니를 떠올려 보았다.

커다란 덩치에 어울리지 않게 유난히 깔끔한 자신을 일컬어 아래 사람들은 반들거리는 거울이라고 불렀다. 자신의 그런 깔끔함이 어머니로부터 이어진 것이라면 아주 단정하고 우아한 미인이 아닐까? 아니면 상당수 유곽의 여인들이 그러하듯 아편 중독에 스스로 몸을 학대해 가는 반폐인의 여자일까?

졸음이 밀려왔다. 자면 죽는다는 것을 알면서도 졸음을 물리칠 수가 없었다. 무거워지는 눈꺼풀을 걷어올리기 위해 안간힘을 다하면서 운종은 나직이 뇌까렸다.

'어머니.'

스르륵!

그리고 운종은 깊은 잠에 빠져들었다. 이제 두 번 다시 깨어나지 않을 것이다.

살아 있는 마지막 한 사람까지 제왕성에 항전했지만 전세는 회복되지 않았다. 면벽에 들어간 수많은 장로들까지 자리를 털고 일어나 싸움에 합류했지만 한 번 타오른 제왕성의 불길을 가로막을 수는 없었다.

“얼마 남지 않았다! 모두들 힘을 내라!”

금사충의 외침이 좌중을 울렸다.

혈리대는 지객당을 접수하기 목전에 있었다. 십여 명의 지객당 승려를 포위해 놓고 마지막 공세를 펼치고 있었다.

“크악!”

“으아악!”

지객당은 외부 손님들을 접대하는 기관으로 소속 승려들이 가장 많은 곳이다. 그런 면에서 처음에는 수적인 열세에 적지 않게 고전을 했지만 추룡대와 더불어 제왕성의 정예답게 혈리대는 끝내 승리를 목전에 두고 있었다.

채애앵! 좌르르!

혈리대 무사들의 검이 포위된 소림 승려들을 무차별 도륙해 갔다. 필사의 의지로 저항을 했지만 역부족이었고 반 각이 채 지나지 않아 모두 시체로 변했다.

“으핫핫핫!”

금사충이 피로 범벅이 된 얼굴로 앙천광소를 터뜨렸다.

“우리가 해냈다. 우리 혈리대가 가장 먼저 소림의 지객당을 접수했다. 혈리대 만세!”

“만세!”

“제왕성 만세!”

부하들이 환호하며 외쳤다.

“각자 흩어져 생존자가 있는지 철저히 찾아 말살하라.”

“존명!”

부하들이 사방으로 흩어져 갔다.

혼자 남은 금사충이 시신으로 가득한 주위를 한 번 스윽 훑어보고 있을 때 나직한 음성이 들려왔다.

“어찌 됐는가?”

단우황이 오족의를 데리고 나타났다.

금사충이 허리를 구부려 예를 취하며 큰 소리로 대답했다.

“지객당을 완전히 접수했사옵니다!”

단우황이 고개를 끄덕이며 말했다.

“수고했다.”

그때 발자국 소리가 들리며 도접이 빠르게 다가왔다. 단우황에게 허리를 숙여 예를 표한 후 빠르게 말을 이었다.

“백팔나한을 모두 도륙했습니다.”

“우핫핫핫! 백팔나한을?”

단우황의 표정이 환해졌다.

백팔나한은 말 그대로 소림의 대표적인 공격 부대이다. 그래서 추룡대를 보냈던 것인데 실망시키지 않고 그들을 몰살했다는 말에 확실한 승리를 장담했다.

“보고드립니다. 장로원을 접수했습니다.”

“폭우대 대주 이막곤이 보고드립니다. 양심당을 접수했습니다.”

두 명의 흑의무사가 날아와 단우황에게 또다시 보고했다.

뒤이어 세 명의 무사가 연이어 날아와 보고했다.

"방장실을 점령했습니다."

"감원을 장악했습니다."

"계지원을 지금 막 우리 수중에 넣었습니다."

단우황의 얼굴에 더욱 웃음이 짙어졌다.

마침내 그토록 목메게도 바라던 패업천하가 눈앞에 있었다. 이제야말로 천하의 주인이 되는 것이었다.

"소림은 크다. 아직 안심할 것이 아니다."

"존명!"

"알겠사옵니다!"

사내들이 일제히 몸을 날려 사라져 갔다.

그들은 쳐다보는 단우황의 얼굴에 환한 웃음이 더욱 크게 번졌다.

제왕성은 소림을 봉문하고 일체 강호 출입을 금지시켰다. 마침내 일천 년 중원을 이끌어오던 당대제일의 문파 소림이 제왕성에 의해 몰락한 것이다. 크고 작은 바람에 흔들리기는 했지만 결코 누구에게도 굴하지 않았던 소림의 궤멸 소식은 일파만파가 되어 천하를 경동케 했다.

그리고 제왕성은 천하의 주인 됨을 정식으로 선포했다. 구파일방을 비롯해 수많은 군소문파가 제왕성을 따르고 그들의 명령에 복종할 것을 피로써 맹세했다. 누천년 강호사에 최초로 천하를 일통한 문파가 등장한 것이다.

제왕성은 소림을 감시할 목적으로 혈리대를 상주시켰는데, 혈리오반 중 주작반과 흑사반이었다.

오십 명의 두 반 무사를 이끌고 소림을 관리, 감독하는 총책임자는 관악봉이었다. 그는 혈리대의 부대주이자 금사충의 오른팔로 몹시 위압적인 인물이었다.

심성 또한 사납고 불같이 급한데 문제는 그가 매일 고기를 구워 술을 마신다는 것이었다. 술 정도는 몰래 마신다 쳐도 고기를 구울 때면 냄새가 온 소림사를 진동하여 많은 승려들이 애를 먹어야 했다. 그렇다고 자신들의 생살여탈권을 쥐고 있는 관악봉에게 고기를 굽지 말라고 간섭이라도 했다가는 목이 달아날 판이었으므로 누구도 대놓고 말하지는 못했다.

오늘도 곽악봉은 주작반주 용기만과 흑사반주 동왁과 함께 술판을 벌이고 있었다. 안주는 조금 전 소실봉 중턱에서 잡아온 산토끼였다.

"우걱! 우걱!"

세 사람의 얼굴은 술기운이 올라 벌겋게 상기되어 있었다.

"쩝!"

갑자기 관악봉이 입맛을 다시며 이마를 찌푸렸다.

순간 기다렸다는 듯 눈치 빠른 용기만이 물었다.

"어디 편찮으십니까? 아까부터 자꾸 입맛을 그렇게 다시는지요?"

관악봉이 술잔을 비우며 신경질적으로 말했다.

"재미없군."

"네에?"

"이렇게 남자 셋이 모여 앉아 술만 마시니 재미가 없단 말이다. 좀 더 화끈하고 재미있게 마시는 방법 없겠느냐?"

용기만이 눈알을 좌우로 굴렸다.

뭔가 관악봉이 즐거워할 건수를 찾는 듯 잠시 눈알을 굴리더니 탁! 하며 무릎을 쳤다.

"부대주님! 염려 마십시오. 속하가 즐겁게 해드리겠습니다."

"어떻게? 뭘?"

용기만이 자리에서 몸을 일으켰다.

그러자 우측에 앉아 있던 동왁이 물었다.

"왜 갑자기 일어서나?"

용기만이 관악봉을 보며 말했다.

"넉넉잡고 한 시진만 기다려 주십시오. 속하가 금방 산을 내려가 계집을 데려오겠습니다."

"계집!"

동왁이 놀란 표정을 지었다.

그런 동왁을 보며 용기만이 인상을 쓰며 말했다.

"자식아, 넌 도대체 뭐 하는 놈이냐? 부대주님께서 술맛이 없어 하면 기쁘게 해드릴 생각을 해야지, 그렇게 토끼다리만 뜯고 있으면 뭐 해."

그러면서 동왁이 뜯고 있던 토끼다리를 확 빼앗아 방구석
으로 던져 버렸다.

"나와 같이 가자."

"어딜?"

"어딘 어디야? 등봉현에 내려가서 쭉 빠진 계집으로 한 명
데려와야 할 것 아냐. 어서 가자."

용기만이 문을 열고 나갔고 잠시 관악봉의 눈치를 살피던
동왁이 일어섰다.

"그… 그러지."

관악봉이 자세를 고쳐 앉으며 동왁의 등에 대고 말했다.

"난 가슴 큰 여자가 좋다."

"존명!"

두 사람이 사라지고 관악봉이 천천히 술잔을 비웠다.

"흐흐흐!"

관악봉은 생각만 해도 즐거운 듯 입가로 음산한 미소를 지
었다.

지객당은 방장실과 더불어 소림에서 가장 깊숙한 곳에 위
치해 있었다. 그래서 두 사람은 해가 떨어지기 전에 다녀와야
한다는 생각에 지객당을 나서자마자 곧 바로 몸을 날렸다.

지객당을 나서 조그만 봉우리 한 개를 넘어서면 장생전이
나오고 장생전을 지나 한 개의 봉우리를 더 넘어야 산문이 나

온다. 두 사람이 한 개의 봉우리를 막 넘으려 할 때 갑자기 지축을 울리는 굉음이 들려왔다.

처척!

두 사람은 약속이나 한 듯 땅에 내려섰고 소리가 들려온 곳을 향해 고개를 돌렸다.

이십여 장 높이의 커다란 높이의 절벽이 있었는데 놀랍게도 절벽 중앙이 반으로 갈라지고 있었다.

"어엇!"

"갑자기!"

벌어지는 절벽을 보며 두 사람을 놀라기만 할 뿐 말을 잇지 못했다.

이윽고 절벽 중간에 거대한 동굴 하나가 생기더니 입구에 한 사람이 모습을 드러냈다.

"사, 사람 아닌가?"

두 사람은 취기에 잘못 보았나 싶어 눈을 비비고 다시 쳐다봤지만 절벽 중간에 생긴 동굴 문 앞에 한 사내가 우뚝 서 있었다.

"틀림없는 사람인데… 어떻게 절벽이 갈라지고 그 속에서 사람이 나올 수가 있단 말인가?"

스윽!

흑의사내가 절벽 아래로 그냥 몸을 내던졌다.

한데 그 높은 곳에서 마치 계단을 밟듯 흑의사내는 천천히 걸어 내려오고 있었다.

순간 두 사람의 눈이 부릅떠졌다.

“느, 능공허도!”

“저, 저런!”

두 사람은 마치 꿈을 꾸고 있는 것 같았다.

지금까지 전설과 신화로만 들었던 능공허도가 눈앞에 펼쳐진 것에 두 사람은 한동안 입을 쩌억 벌리고 말을 잇지 못했다.

흑의사내는 천천히 허공을 걸어 두 사람 앞에 내려섰다. 대략 스물 중반쯤으로 보이는 준수한 외모를 가진 사내.

흑의사내는 바로 이혈능이었다. 지금 막 쇄벽동에서 광마천중도법을 연성하고 나오는 길이었다.

멈칫!

이혈능이 눈을 빛냈다. 두 사람의 앞가슴에 문양된 뱀과 봉황은 틀림없는 혈리오반 중 주작반과 흑사반의 문장이기 때문이었다.

‘도대체 왜 소림에 이들이 있단 말인가?

지난 두 달 동안 쇄벽동에서 광마천중도법을 연성한 이혈능으로서는 아직 소림에 일어난 사태를 전혀 모르고 있었다.

“그대들은 주작반과 흑사반 무사들 아닌가?”

“어, 당신이 어떻게 우릴 알지?”

“너 누구야?”

두 사람은 눈을 휘둥그레 떴다.

이혈능이 날카로운 눈으로 두 사람을 보며 물었다.

"어떻게 제왕성의 무사들인 너희가 소림에 들어와 있느냐? 말해보아라."

용기만의 눈살이 찌푸려졌다.

"그런데 너 임마, 언제 우릴 봤다고 말을 놓는 거냐? 네가 누군지 모르지만 우린 소림을 관리 감독하고 있는 사람들이다."

"소림을 관리 감독?"

"허어! 이 자식 이제 보니 아무것도 모르나 본데 도대체 넌 누구냐? 머리가 긴 것을 보면 소림의 땡초 같지는 않은데 어떻게 저곳에서 나올 수가 있지?"

"자세히 말해봐라. 소림이 어찌 됐다는 거지?"

이혈능이 표정을 굳히며 다그치자 두 사람은 더듬거리며 그동안 벌어졌던 일을 말했다. 제왕성에 소림이 넘어갔다는 말에 이혈능의 안색이 굳어졌다.

"정말이냐?"

용기만이 가소롭다는 듯 웃었다.

"이 자식 진짜 웃기는 놈이네. 네놈이 직접 한 번 둘러보면 알 것 아니냐? 그런데 넌 뭐 하는 놈이냐? 소림과는 어떻게 되는 사이냐?"

"나 이혈능이다."

"으허헙!"

"네가 이, 이혈능!"

이혈능에 대해서는 귀가 아프게 들었다. 단신으로 추룡대를 몰살하고 혈리대도 거의 절반을 궤멸시킨 장본인이었다.

"확실히 이혈능이냐?"

"아니었으면 하는가?"

채앵!

두 사람은 동시에 검을 뽑아 들었다.

그것은 본능적인 위기의식의 발로였는데, 이혈능은 다시 물었다.

"소림을 감시하는 책임자는 누구지?"

"관악봉 부대주님이시다."

눈앞으로 관악봉이 떠올랐다. 형을 뒤쫓아 금사충과 함께 쳐들어오던 때의 모습이 아직도 눈에 선했다.

주춤!

이혈능이 한 발 다가서자 두 사람이 뒷걸음을 쳤다. 이혈능이란 이름에 겁을 먹은 것이다. 하나 이내 곧바로 두 사람은 검을 힘껏 말아 쥐더니 달려들었다.

"이놈!"

"간닷!"

두 사람의 검이 찔러 들어왔는데 검끝이 흔들리고 있었다.

이미 능공허도란 가공한 신법에 두 사람은 주눅이 든 데다 이혈능이란 석 자의 이름에 완전히 전의를 상실한 것 같았다.

퍼퍽!

이혈능이 등천일섬을 펼쳤다. 도법을 장(掌)으로 바꾼 것이었는데 두 사람의 검이 장력에 맞아 튕겨 날아가 버렸다.

빠아악!

장력이 두 사람의 가슴을 정통으로 찍었고 커다란 비명을 흘리며 나가떨어졌는데 즉사였다.

멈칫!

이혈능 스스로도 놀랐다. 광마천중도법을 연성함으로 자신의 무공 수위가 두 달 전과는 천양지차로 높아졌다는 것을 짐작은 하고 있었지만 단 일 초에 두 사람이 숨을 거둘 줄은 몰랐다.

'이런!'

잠시 당황한 표정으로 죽은 두 사람을 쳐다보던 이혈능이 빙긋 웃음을 지었다.

강함은 결코 불쾌한 것이 아니기 때문이었다. 이혈능은 가벼운 미소를 지으며 걸음을 옮겼다. 우선 지객당으로 가서 관악봉부터 손을 봐야 했다.

이혈능이 지객당을 들어서자 관악봉은 홀로 술잔을 들이켜고 있었다. 처음에는 자신의 부하인 줄 알았다가 전혀 다른 인물이 들어서자 관악봉이 반쯤 들어 올렸던 잔을 내리며 말했다.

"처음 보는 놈이구나."

관악봉은 별로 당황하거나 놀라지 않았다. 그만큼 여기서
는 자신이 제왕이기 때문에 겁을 먹거나 할 필요가 없었다.

히죽!

이혈능이 웃었다.

그리고 관악봉이 내려놓은 잔을 향해 손을 뻗었다. 순간 잔
이 허공을 날아와 이혈능의 손에 잡혔다.

탁!

자신의 잔에 따라진 술을 마시는 이혈능을 보며 관악봉이
눈을 깜박거렸다. 자신이 술에 취해 뭔가 헛것을 보았다고 생
각했다. 그래서 고개를 세차게 흔들고 다시 쳐다봤지만 분명
자신의 술을 마시고 있다. 그렇다면 조금 전 그 기예는 틀림
없는 허공섭물이었다.

허공섭물.

잎사귀나 나무젓가락 하나 정도를 날리고 당기는 것이 자
신의 수위다. 한데 이혈능은 넘치도록 가득 찬 술잔을 가볍게
끌어당겼다. 그것은 놀라운 차이였고 등골 서늘한 광경이 아
닐 수 없었기 때문에 관악봉의 안색이 순식간에 굳어졌다.

"커어!"

이혈능은 목이 말랐던지 단숨에 술을 마시고 잔을 던졌다.

한데 놀랍게도 잔은 다시 천천히 날아와 관악봉 앞에 내려
졌고 이번에는 술병이 저절로 두둥실 떠오르더니 잔에 술을
따르기 시작했다.

주르르르!

술병은 잔에 술이 가득 채워지자 한쪽에 똑바로 섰다.

"드시오."

관악봉이 자신을 내려다보고 있는 이혈능을 올려다보았다. 그러더니 한순간 고개를 쳐들고 웃음을 터뜨렸다.

"으핫핫핫! 주는 잔이니 마셔야겠지."

호기롭게 술잔을 들어 단번에 비우고 잔을 놓는 순간 이혈능의 입에서 무정한 음성이 흘러나왔다.

"잘 가시오. 생의 마지막 이별주였소."

팍!

말과 함께 이혈능의 등에 있던 태목혈이 뽑혀 나와 그대로 관악봉을 양단했다.

관악봉이 놀라며 자신의 검을 들어 막았다.

팍!

관악봉의 검이 토막 나며 태목혈이 그대로 머리통을 부숴 버렸다.

빠아악!

피와 뇌수가 사방으로 튀었고 육중한 관악봉의 덩치가 서서히 옆으로 쓰러졌다.

"씨, 씨이펄……!"

마지막 한마디를 뇌까리며 숨을 거두었다.

이혈능은 몸을 돌려 밖으로 나왔다. 좌측 이층 전각으로 걸음을 옮겼는데 혈리대 무사들이 묵고 있는 처소였다. 이혈능이 들어서자 혈리대 무사들이 각자 병기를 닦거나 침상 위에 편히 누워 잠을 자고 있었다.

이혈능은 일거에 그들을 도륙했다.

무려 쉰 명에 가까운 무사들이 불과 반 각도 되지 않아 모조리 시신으로 변한 것이다. 터져 나오는 비명 소리를 듣고 소림의 승려들이 달려왔다가 벌어진 참상에 입을 다물지 못했다.

"시, 시주는 누구시오?"

원공 선사는 물론 자신의 얼굴을 알고 있는 일부 장로들까지 제왕성에 의해 추살되었다. 그래서 자신을 알고 있는 승려란 현재 소림에서 거의 없다고 해도 과언이 아니었다.

이혈능이 신분을 밝히자 소림 승려들이 경악했고 그중 일부 승려들은 마치 부처가 돌아온 듯 반가워했다. 이혈능은 현재 절망뿐인 소림에 엄청난 희망이자 재기의 발판이기 때문이었다.

"시주!"

그때 자신의 법명을 적삼이라고 밝힌 한 명의 승려가 다가와 조용히 불렀다.

그는 할 말이 있다면서 이혈능을 데리고 갔는데 지객당 뒤쪽에 있는 조그만 언덕이었다. 이혈능은 궁금함을 참고 그가 이끄는 데로 따라갔다.

뚝!

한 개의 무덤 앞에 적삼 선사의 발걸음이 멈췄다.

무덤은 생긴 지 얼마 되지 않은 듯 아직도 잔디가 띄엄띄엄했고 초라할 만큼 봉분이 작았다. 죽으면 주로 풍장이나 화장을 하는 소림의 장례 풍습에서 속인들과 같이 매장을 한다는 것은 특이한 일이었으므로 이혈능은 누구의 무덤이냐고 물었다.

"북궁량 가주의 무덤이오."

이혈능이 깜짝 놀라며 외쳤다.

"북궁 가주의 무덤?"

"제왕성 침입 때 죽었소이다."

이혈능은 너무 충격적인 소식에 할 말을 잃었다.

적삼 선사가 나직한 목소리로 말을 이었다.

"이 공자를 한 번만 보고 죽었으면 원이 없겠다고 했소이다. 천하백군복상이 거짓말이 아니라면서 큰소리치고 살 때가 머지않았다면서 살기 위해 발버둥 쳤지만 워낙 부상이 심해 끝내 떠나고 말았소이다."

이혈능의 눈이 빨갛게 충혈되었다.

북궁량은 자신과 가장 어려운 때를 같이했던 사람이었다. 제왕성의 추적을 피해 수많은 사선을 넘으면서도 그는 결코 얼굴 한 번 찡그리지 않았다. 누구보다도 정통 무인이 아니었기 때문에 제왕성의 추적에 두려웠을 텐데도 그는 이혈능의 사기에 영향을 준다고 생각하여 항상 웃는 낯을 잃지 않았다. 천하백군복상이므로 결코 죽을 일은 절대 없을 것이라면서 시들어가는 이혈능의 힘을 북돋아주었다.

특히 부친께서 자신 대에 이르러서는 집안이 펼 관상이라고 좋아하던 모습을 떠올리는 순간 끝내 뺨을 타고 한줄기 눈물이 흘러내렸다.

"부디 극락왕생하시오, 가주."

이혈능은 울먹이는 목소리로 합장하며 빌었다.

이혈능은 소림을 정비했다. 현재 소림에서 가장 시급한 것은 조직 재건이었다. 제왕성은 소림의 재기를 가로막을 목적으로 모든 조직을 완전히 해체해 버렸다.

제자들의 뜻을 받들어 원로 고승 중 가장 나이가 많은 망아선사를 임시 장문인으로 추대하여 그를 중심으로 와해된 각 기관을 재편하기 시작했다. 우선 스물두 개의 기관이 그런 대로 모양새를 갖추었고 당분간 각 기관을 이끌 임시 수장들이 임명되었다.

"소림을 떠나겠다고 했소이까?"

스물두 곳의 수장들이 모두 모여 나한전에서 회의를 열고 있었는데 이혈능이 떠나겠다고 하자 놀란 표정으로 쳐다보았다. 천하의 주인은 제왕성이다. 비록 혈리대 무사들을 도륙했다고 해서 소림이 제왕성과 맞설 만큼 힘이 갖추어진 것이 아니기 때문에 재차 제왕성이 침입하면 속수무책으로 당할 것이 뻔했기 때문에 모두 불안해했다.

"알다시피 소림은 지금 불안정한 상태요. 특히 조직 재건도 완전하지 않고 전쟁의 참화에서 전혀 벗어나지 못했소이다. 그래서 다시 제왕성이 쳐들어온다면 아마 우린 하루를 버티지 못하고 점령당할 것이오. 그러므로 당분간 우리가 자생력을 갖출 때까지 이 공자께서 우리와 함께 있어줘야만 하오."

"염치없는 부탁이지만 남아줘야겠소이다."

모두가 남아주기를 간절히 청했다.

이혈능이 그런 소림의 승려들을 보며 입을 열어 말했다.

"지나친 걱정은 할 것 없습니다. 제왕성은 다시 소림을 침공하지 않을 것입니다."

"그것을 어떻게 단정하오."

"이곳에 파견된 혈리대 무사들이 몰살했다는 사실을 안다면 곧바로 보복 공격을 해올 텐데."

이혈능이 고개를 저었다.

"그전에 제가 먼저 제왕성을 칠 것입니다."

"뭐라고?"

"제왕성은 치다뇨? 설마 혼자서 제왕성에 맞서겠다는 것이오?"

사람들이 눈을 휘둥그레 뜨고 쳐다보았다.

이혈능이 단호히 대답했다.

"그렇소이다. 난 이 길로 제왕성을 찾아갈 생각입니다. 그리고 그들과 마지막 승부를 결할 것입니다."

이혈능의 얼굴에 비장한 각오가 서렸다.

그것은 결코 물러나지 않고 반드시 천하에 평화를 가져오겠다는 단호한 의지였다.

불안해하는 소림 승려들의 시선을 뒤로하고 이혈능은 산을 내려왔다. 소림 승려들은 큰 소리로 아미타불을 외치며 이혈능이 뜻을 이루길 기대하며 소원했는데, 얼굴에는 일말의 불안한 그림자를 씻어내지 못했다.

산문을 나서자마자 이혈능은 신법을 전개했다.

쉭!

이혈능의 몸이 순식간에 눈앞에서 사라져 버렸다.

몸을 활처럼 휘어 한 번씩 튕겨낼 때마다 오십여 장씩 미끄러져 가는 최상의 경공 궁신탄영이었다. 이제 이혈능의 무공은 출신입화의 경지에 올라 있었다. 그래서 왕성한 내공을 끌어올려 한 번씩 몸을 이동할 때마다 오십여 장씩 날아갔다. 가히 섬광을 방불케 하는 신법이 아닐 수 없었다.

쉬이이!

차가운 바람 소리가 들렸을 땐 이미 저 멀리 사라지고 난 뒤였다. 순식간에 등봉현에 도착한 이혈능은 가볍게 식사를 마치고 또다시 몸을 날렸다.

목적지는 제왕성이 있는 동천목산.

멈칫!

이혈능이 등봉현을 벗어나는 조초령 고개를 넘다 말고 갑자기 두 눈을 빛내더니 신형을 떨어뜨렸다. 엄청난 속도로 날아가던 이혈능의 몸이 추락하듯 툭 떨어지더니 땅에 내려섰다.

조초령 정상에 한 사람이 서 있었다. 흑의를 바람에 휘날리며 마치 천하를 굽어보듯 서 있는 장대한 체구의 흑의노인.

그런데 흑의노인은 왼손에 낡은 칼 한 자루를 들고 있었다.

잠시 노인을 쳐다보던 이혈능이 가벼운 미소를 머금더니 천천히 다가섰다. 이미 누군지 알아차린 듯 거침없이 나아간 이혈능이 적당한 거리에서 걸음을 세우고 허리를 구부려 예를 취했다.

"오랜만에 뵙겠습니다. 그간 별고없으셨는지요?"

산 아래를 내려다보고 서 있던 흑의노인이 천천히 몸을 돌려세웠다.

흑의노인은 바로 강호쌍괴 중 한 명인 탈혼도백이었다.

"왔구나."

"마치 제가 이곳을 지나갈 것을 알고 있었다는 것 같습니다?"

"물론이다. 소림이 무너지고 제왕천하가 되었지만 난 안심하지 않았다. 제왕성이 천하를 품 안에 넣었지만 어디에서도 네가 죽었다는 기록이 없었기 때문이다."

"그래서 소림을 의심했군요."

"조금만 생각해 보면 어려운 것도 아니다. 네가 태목혈이란 희대의 명도를 지녔다면 그 칼이 펼칠 수 있는 무공은 소림 말고 누가 제공하겠느냐? 하여 난 제왕성이 소림을 짓밟았

어도 그곳 어딘가에서 네가 무예를 수련하고 있을 것이라고
보고 이곳에서 널 기다렸다. 언젠가 세상 밖으로 네가 모습을
드러내면 이곳을 지나 제왕성을 찾아갈 것이라는 것을 읽은
셈이지."

이혈능은 감탄의 빛을 띠며 말했다.

"어르신의 생각은 정확히 맞았습니다. 제왕성이 소림을 유
린할 때 소생은 쇄벽동이라는 곳에서 무예 수련에 한창이었
지요."

힐끔!

탈혼도백이 어깨 뒤로 삐죽 솟아난 태목혈의 붉은 손잡이
를 쳐다보았다.

"그것이냐, 태목혈이라는 칼이?"

이혈능이 손잡이를 쥐며 말했다.

"궁금하시면 보여 드리지요."

그러면서 이혈능이 오른손을 등 뒤로 가져가자 탈혼도백
이 왼손을 내저었다.

"잠시 후면 실컷 볼 텐데 서둘러 구경할 것 뭐 있느냐? 그
나저나 대단히 변했구나. 가히 천하를 질타하기에 조금도 부
끄러움이 없는 기상이다."

"감사합니다."

탈혼도백이 서서히 자세를 잡았다.

왼쪽 다리를 반 보 더 옆으로 벌리더니 왼손에 쥐고 있던

칼을 오른손에 쥐었다.

"지난 시간이 눈앞에 떠오르는구나. 잔뜩 겁에 질려 우리 앞에 나타났던 네가 어느새 이렇게 나와 생사의 대결을 벌이다니."

"제가 그토록 겁에 질려 있었습니까?"

탈혼도백이 웃었다.

"넌 아니었다는 거냐?"

"글쎄요. 형님의 죽음으로 상당한 충격을 받았지만 겁에 질린 것까진 잘 모르겠군요. 아무튼 저 또한 대단한 영광입니다. 어르신과 이렇게 생사의 대결을 벌이게 되다니."

"누군가는 죽어야 하는데 말이 많다 보면 미련이 남아 손 속에 정을 두게 된다. 그만 시작하는 게 어떻겠느냐?"

"옳으신 말씀입니다."

두 사람은 입을 다물었다.

서로를 향해 말없는 시선을 던졌는데 어느새 날카롭게 빛나고 있었다.

꿈틀!

탈혼도백의 눈썹이 작은 파장을 일으켰다.

그것은 이혈능의 자세 때문이었다. 칼을 뽑아 들지도 않고 그냥 서 있는 지극히 평범한 자세였다. 언뜻 길을 가다 잠시 쉬고 있는 사람 같기도 했고 잘 자란 들판의 곡식을 보며 흐뭇해하는 농부를 닮기도 했다.

‘으음!’

탈혼도백은 자신도 모르게 침음성을 흘렸다.

이혈능의 자세를 그야말로 완벽했다. 인간이 취할 수 있는 가장 편하고 여유로운 자세였다. 어떻게 움직일지 도무지 알 길이 없는 그런 넉넉한 자세에 마른침을 삼켰다.

‘틈이 없다.’

이 정도일 줄은 몰랐다. 아무리 태목혈이란 희대의 칼과 특별한 무예로 무장했다고 해도 자신과 백 초 정도면 승부가 될 것이라고 생각했다. 물론 승리는 자신의 몫이라고 확신했다. 그런데 자신의 생각이 크게 잘못되었음을 깨달았다.

‘너무 크다!’

가슴 한 켠으로 서늘한 바람이 불어왔다.

바야흐로 위기를 느낀 것이다. 어쩌면 제왕성주에게 당했던 유일한 패배가 오늘 또다시 재현될지 모른다는 것을 생각하며 몸을 날렸다. 대치가 오래될수록 늙은 자신이 훨씬 불리하기 때문이었다.

파앗!

용수철처럼 튕겨 나오며 오른손에 들고 있던 칼을 단초로 베었다.

싹!

아주 짧고 간결한 직도항룡의 초식.

하나 탈혼도백의 손에서 뿜어 나온 초식은 결코 단순하거나 평범하지 않았다. 마치 산악이 떨어지는 듯한 엄청난 도기가 이혈능의 전신을 찍어눌렀다.

부스스!

하나 이혈능의 몸 한 자 가까이에 이른 탈혼도백의 도기가 먼지처럼 흩날려 사라져 버렸다.

"어엇!"

탈혼도백이 경악의 외침을 터뜨렸다.

단순히 호신강기만으로 자신의 도기를 소멸시켜 버린 것이다.

'어떻게 이런 일이!'

말로만 들었을 뿐 백삼십 가까이 살아오면서도 단 한 번도 겪어보지 못한 충격적인 사태였다. 그래서 탈혼도백은 다시 칼을 휘둘렀다. 조금 전보다 훨씬 많은 내력을 주입해 강하게 내려쳤다.

콰아! 부스스!

또다시 도기는 소멸되고 말았다.

이혈능은 처음 자세 그대로 서 있기만 했다. 아무런 충격이나 위기를 겪지 않은 듯 입가에 적당한 미소까지 물고 있었다.

"음!"

탈혼도백의 얼굴이 굳어졌다.

이혈능은 자신이 생각한 훨씬 이상의 높은 경지에 있었다. 뿐만 아니라 백 초 승부가 아니라 어쩌면 상대가 되지 않을

수도 있었다. 이 초를 공격해 자신은 그의 옷자락도 건드리지
못했다.

탈혼도백의 표정이 더욱 딱딱해졌다.

평범한 방법으로서는 결코 그의 털끝 하나 건드릴 수 없다
는 것이 최종 결론이었다. 방법이라면 자신이 갖고 있는 최고
의 모든 것을 일거에 폭발시키는 것만이 유일한 가능성이었
다. 그래서 전신의 내력을 칼에 모으기 시작했다.

부우웅!

칼 주위로 거센 무형의 기류가 휘돌았다.

거칠게 회전하는 기류에 의해 근처의 먼지가 피어올랐다.

파파파파!

엄청난 먼지바람이 도신 주위를 휘돌았고 한순간 탈혼도
백의 몸이 화살처럼 이혈능을 향해 날아왔다.

"만… 공!"

거대한 사자후가 천지를 울렸다.

팟!

이혈능의 눈이 커졌다.

만공(滿空).

비월사 마당에서 마승과 싸움을 벌일 때 보았던 초식이었
다. 탈혼도백의 정화라 할 수 있는 최후의 도식.

자신이 갖고 있는 최강의 초식을 펼쳤다는 것은 이번 공격
에 모든 것을 걸었다는 뜻이기도 했다.

촤아아아!

하나로 날아오던 칼이 다섯 개로 분리되었다.

이혈능의 손에는 어느새 태목혈이 잡혀 있었고 다섯 개로 나눠진 도기를 향해 뻗어갔다.

어쩔 수 없이 자신의 도기 역시 다섯 개로 분산시킬 수밖에 없었는데 그때 나눠져 오던 탈혼도백의 도기가 자석에 달라붙듯 가운데 도기를 중심으로 다시 하나로 합해졌다.

분산되었다가 하나로 뭉쳐진다는 것은 상대를 무척 당황하게 만든다.

쑤와아아!

다섯 개로 늘어났다가 하나로 합해지는 현상에 이혈능은 깜짝 놀랐고 자신 역시 다섯 개로 분산시켰기 때문에 이 상태에서 부딪치면 자신이 손해다.

한 개의 힘이 다섯을 이기지 못한다.

쉬악!

그 짧은 찰나의 순간 이혈능의 도식이 변했다. 지금 펼친 도법은 등천쇄심도법 후삼식 도원천지혈.

화라락!

이혈능의 칼이 원을 그리며 흩어졌던 다섯 개의 도식을 하나로 끌어 모았다. 그와 동시에 한 개로 합해진 도기가 탈혼도백의 도기와 정면으로 충돌했다.

퍼억!

육중한 굉음이 울리고 탈혼도백이 휘청거리며 뒤로 물러났다.

혈색 짙던 탈혼도백의 안색이 약간 창백해졌는데 상당한 타격을 받은 듯했다.

"멋진 도원천지혈이구나. 생애 이토록 찬란한 도원천지혈은 처음 보았다."

진심에서 우러난 감탄이었다.

스윽!

탈혼도백이 다시 칼을 추슬렀다.

미세한 기운 하나까지 모조리 긁어 또다시 칼에 집중시켰다.

부부붕!

칼에서 또다시 거친 경기가 휘몰아쳤고 탈혼도백의 신형이 칼과 하나가 되어 날아왔다.

도신일체.

이혈능 또한 이를 깨물고 태목혈을 길게 뿌렸다.

슈유웅!

마치 유성의 꼬리가 생기듯 칼끝에서 한줄기 무형의 도기가 뻗어나갔다. 도기는 뱀처럼 꿈틀거리던 탈혼도백의 도기를 그대로 휘감아 버렸다.

휘리리릭!

흠칫!

갑자기 자신의 도기를 휘감아 버리자 탈혼도백이 깜짝 놀라는 표정을 지었다.

"하합!"

강렬한 기합을 흘리며 자신의 도기를 감은 이혈능의 도기를 벗겨내려 했다. 하나 이혈능의 도기는 뱀이 나무를 휘감듯 자신의 도기를 감고 꼼짝도 하지 않았다.

엄청난 압박이 느껴졌다.

이혈능의 도기에 짓눌리면서 자신의 내기가 강렬한 고통을 느끼기 때문이었다.

한마디로 힘에 짓눌리고 있는 것이었다.

그으으!

이혈능의 도기가 더욱 세차게 휘감았고 탈혼도백의 안색이 새빨갛게 달아올랐다.

"우우!"

엄청난 압력이 전해졌다.

탄혼도백은 혼신을 다해 저항하며 이혈능의 도기를 뿌리치려 했지만 소용이 없었다.

파아아!

급기야 탈혼도백의 도기가 이혈능의 도기에 의해 산산조각이 나며 깨졌다.

"크으으!"

도기의 파괴는 곧바로 내상으로 이어졌다.

입가에 피를 흘린 탈혼도백의 얼굴이 처절하게 우그러졌다.

"웩!"

급기야 피를 한 모금 토한 탈혼도백의 신형이 곧바로 날아 올랐다.

위기일수록 공격적으로 나아가야 한다는 전략에 충실하고 있었다.

파아아!

탈혼도백의 칼이 연속 삼 초를 뿌렸다.

이혈능 또한 피하지 않고 정면으로 맞섰다.

콰콰콱!

이혈능의 도기에 부딪친 탈혼도백의 칼이 튕겨 올라갔고 쏴! 하는 소리를 내며 태목혈이 섬뜩한 광채를 내뿜으며 텅 빈 탈혼도백의 앞가슴을 파고들었다.

챙!

탈혼도백이 힘껏 내려쳤다.

툭!

한데 그만 칼이 중간에서 부러지고 말았다.

슈융!

이혈능의 칼은 그대로 탈혼도백의 가슴을 향해 짓쳐들었다.

탈혼도백의 얼굴에 절망의 빛이 서렸다.

무사의 삶의 끝은 항상 이렇다. 대부분이 남의 칼에 의해 삶이 정리된다. 그나마 다행인 것은 상대가 평소 마음에 두었던 이혈능이라는 것이 작은 위로가 될 뿐이었다.

백삼십 장구한 삶의 마지막이 눈앞에 있었다. 저 칼이 자신의 가슴을 뚫으면 길고도 때로는 지루하기까지 했던 삶이 종지부를 찍는다고 생각하자 섭섭함보다는 시원한 느낌이 전신을 싸고돌았다.

한데 칼이 방향을 틀었다.

쉬익! 팟!

칼의 방향이 급격이 틀어지면서 뒤쪽 바위를 찍었다.

푸우욱!

탈혼도백이 눈을 크게 떴다.

전혀 예상하지 못한 변화였기에 잠시 이혈능을 바라보았다. 문득 굳게 닫힌 이혈능이 입을 열어 말했다.

"백삼십까지 사는 것이 소원이라고 했잖습니까?"

"그래서 살려주는 것이란 말이냐?"

"올해 백스물아홉으로 알고 있습니다만."

"아니다. 백삼십이다."

"만으로 말입니다."

"으음!"

탁!

이혈능이 태목혈을 도집에 꽂아 넣었다.

그리고 포권을 하며 그대로 땅을 박차고 날아올랐다.

잠시 이혈능이 사라진 곳을 쳐다보고 서 있던 탈혼도백이 쓴웃음을 지었다.

"헛헛! 그놈 참!"

탈혼도백은 한참 동안 쓴웃음을 지으며 그 자리에서 꼼짝
도 하지 않았다. 그리고 잠시 후 손에 들린 반쪽 짜리 칼을 땅
에 버리고 멀리 동쪽 하늘을 쳐다보았다.

'봤나? 난 그의 상대가 되지 못했네.'

천천히 걸음을 옮겼다.

'이제야말로 우린 물러 날 때가 아닌가 싶네."

탈혼도백은 천천히 고개를 내려가기 시작했다.

조초령을 내려가자 고갯길이 두 갈래로 나누어졌는데 거
대한 바위에 방향 표시가 되어 있었다.

울령—개봉

좌측으로 가면 울령이라는 곳이고 오른쪽은 낙양 근처에
있는 개봉으로 가는 길이었다.

'개봉!'

동천목산으로 가기 위해서는 울령 쪽으로 방향을 잡아야
한다. 한데 율령쪽으로 방향을 틀려던 이혈능이 뭔가 생각난
듯 몸을 돌렸다. 그리고 바위에 쓰여진 개봉이란 두 글자를
뚫어져라 쳐다보았다.

파악!

이혈능의 몸이 개봉 방향을 향해 날아갔다.

순식간에 신형을 감춘 이혈능의 신형은 그로부터 두 시진 후 낙양의 번화가에 그 모습을 드러냈다.

오대고도 중 한 곳인 낙양의 거리는 오늘도 많은 사람들로 붐볐다. 이혈능은 낙양의 최대 번화가인 돈양로를 지나 저잣 거리로 들어섰다. 저잣거리는 인산인해를 이루었는데 어찌 나 사람이 많은지 자꾸 옆사람과 어깨를 부딪쳤다. 이윽고 저잣거리를 벗어난 끄트머리에 개봉이라는 방향 표시가 나 타났다.

이혈능은 곧바로 표시석이 가리키는 방향으로 또다시 몸 을 날렸고 일각 후 개봉에 모습을 드러냈다.

옛날에는 변경(汴京), 대량(大粱)이라고도 불린 개봉은 북 송의 수도였고 하남 대평야의 중심에 위치해 있어 일찍부터 교통과 상업의 중심지로 발전해 왔다.

개봉의 저잣거리로 들어서자마자 눈앞으로 회색의 걸인들 이 진을 치고 있는 광경이 눈에 들어왔다.

모두가 허리에 매듭 하나씩을 두르고 있었는데 그들은 바 로 개방의 일결(一結)제자들이었다. 이곳은 바로 구파일방 중 한 곳인 개방의 총단이 있었다.

第八章 피의 재회

시련의 연속 끝에 마침내 웅크렸던 몸을 일으켜 창비한다!
복수를 위해 제왕성에 뛰어든 소년에게 닥친 엄청난 고난과
신비하며 때로는 악마의 모습을 갖춘 소림삼십칠방의 등장!
험난하고 고독하며 위력적이고 놀라운 곳, 그곳의 문이 열린다!
『소림삼십칠방(少林三十七房)』

이혈능은 저잣거리를 단숨에 벗어났다.

저잣거리를 벗어나자 한 채의 낡은 장원이 마치 폐허처럼 자리를 하고 있었는데 이곳이 바로 개방의 총단이다. 입구에는 두 명의 거지가 죽장을 짚고 콧구멍을 후비며 서 있었다. 이혈능은 정문으로 당당히 들어갈까 하다 마음을 고쳐먹었다. 자신은 구환개와 감정이 있을 뿐 나머지 제자들과는 전혀 상관이 없었다. 더구나 구환개로 인해 수많은 제자들을 죽인다는 것 또한 지나친 처사가 아닐 수 없었으므로 이혈능은 잠입하기로 마음먹었다.

이혈능의 신형이 좌측 숲으로 스며들듯 사라졌다. 그리고 잠시 후 삼 장 높이의 거대한 담벼락 앞에 마주 선 이혈능의 몸이 풍선처럼 떠올랐다.

부우우!

가볍게 떠오른 이혈능의 신형은 담장을 넘어 장원 안으로 사뿐히 내려앉았다.

장원은 마치 폐가인 듯 잡초가 무성했고 건물들 또한 금방이라도 무너질 듯 낡고 거미줄이 자욱했다. 이혈능은 우거진 잡초에 몸을 은신해 가면서 앞으로 나아갔다.

뚝!

갑자기 신형이 멈췄다. 앞으로 한 명의 거지가 지나가고 있었는데 허리에 세 개의 매듭을 하고 있었다.

'삼결이면 분타주 급.'

이혈능은 왼손을 앞으로 쭈욱 뻗었다.

한 가닥 지풍이 소리없이 걸어가던 거지의 마혈을 제압했다. 순식간에 석상이 되어 고개를 돌리지 못한 거지가 눈알만 부지런히 좌우로 굴리며 말했다.

"누, 누구요?"

이혈능이 바람처럼 면전에 나타나 조용히 물었다.

"방주의 처소가 어디냐? 제대로 가르쳐 주기만 하면 해치지 않겠다."

마혈이 제압된 거지가 마른침을 삼켰다.

"바, 방주님의 처소는."

대번에 이혈능이 불손한 목적을 갖고 잠입해 들어온 적이
라는 것을 간파한 거지가 더듬거렸다. 그 순간 이혈능이 오른
손을 쳐들어 올렸다.

"난 참을성이 많지 않다. 방주의 처소인 대봉각이 어딘
가?"

거지의 얼굴에 두려움이 떠올랐다.

"저, 저쪽으로 가면 나옵니다."

그러면서 눈으로 좌측을 가리켰다.

이혈능은 거지의 아혈까지 제압하여 잡초 속에 던져 놓았
다. 한 시진 정도 지나면 자동적으로 제압된 혈도가 풀릴 것
이다.

이혈능은 거지가 일러준 대로 좌측 길로 접어들었다.

이혈능은 나무와 잡초, 그리고 허술한 담벼락을 이용해 빠
르게 방주의 처소 대봉각을 향해 나아갔다.

'저곳이군.'

저만치 단층의 전각 한 채가 세워져 있었는데 입구에는 한
마리 봉황이 날아가는 거대한 석상이 세워져 있었다.

석상 앞에는 두 명의 삼결제자가 지키고 있었다.

파팟!

강력한 지풍에 두 제가가 비명도 지르지 못하고 쓰러졌다.
여기서부터의 살인은 어쩔 수 없었다. 이혈능은 곧바로 전각
으로 뛰어들었다.

쉬이익!

왼손이 빠르게 좌우를 누볐다. 전각 곳곳에 은신한 호위무사들을 제거한 것이다.

크고 작은 신음들이 곳곳에서 터져 나왔다.

"핫핫핫!"

"허허헛! 어서 드세나."

그때 저 멀리 안쪽 방으로부터 늙수그레한 목소리가 흘러나왔고 이혈능은 빠르게 다가갔다.

방문이 조금 열려 있었고, 그 틈으로 안을 들여다보았다. 조그만 술상을 놓고 두 사람이 앉아 있었는데 문을 보고 앉아 있는 사람은 개방 장문인 구환개였지만 등을 돌리고 앉은 사람은 정체를 알 수가 없었다.

두 사람은 무슨 재미난 얘기를 하는지 웃고 떠들며 술을 마시고 있었다.

이혈능은 천천히 들어섰다.

호위무사들이 모두 제거되어 귀찮게 할 사람이 없었으므로 발자국 소리도 죽이지 않았다.

저벅저벅!

발자국 소리가 들려오자 등을 돌리고 앉아 있던 사람이 입구 쪽으로 고개를 돌렸다.

'역불객.'

이혈능은 상대를 단숨에 알아보았다. 자신의 관상을 천하백군복상으로 지목한 장본인이다.

"뭐 하는 놈이냐?"

처음 보는 사람이라는 것을 알아차린 구환개가 다짜고짜 언성을 높여 물었다.

두 사람 모두 이혈능을 얼른 알아보지 못했다. 몇 번 눈을 깜박이며 입구에 선 이혈능을 계속 훑어보던 구환개의 표정이 조금씩 흔들리기 시작했다.

"가만, 네놈 혹시……."

역불객 또한 침을 삼키며 물었다.

"그러고 보니 저 친구는 그 아이 아냐? 거 뭐냐… 언젠가 우리가 관상을 봤던 점소이 말일세."

"이제 생각났다. 넌 바로 이혈능이로구나."

이혈능이 담담하게 말했다.

"잊지 않았구려. 그렇소이다. 방주에게 살려달라고 사정하며 매달렸던 이혈능이오."

벌떡!

구환개가 자신도 모르게 자리에서 튕겨 일어나 큰 소리로 놀라며 외쳤다.

"이혈능?"

"놀라는구려. 방주, 무척 오랜만이오."

"어떻게 여길 들어왔느냐?"

"당신의 목숨만 거둬가기 위해 몰래 들어왔소. 그러니 허튼짓 꿈꾸지 말고 조용해 내 손에 죽어주셔야겠소. 당신이 곱게 죽어주면 다른 제자들에게는 결코 피해를 입히지 않겠소.”

“뭐, 뭐라고?”

구환개의 얼굴이 벌게졌다.

술까지 마신데다 이혈능이 자신의 목숨을 거의 사로잡다시피 한 말투에 분노한 것이었다.

“푸핫핫! 감히 개방 총단에 쳐들어와 그따위 망발을 지껄이다니, 네놈이 간덩이가 단단히 부었구나.”

“그래서 곱게 죽을 수 없다는 것이오?”

“이거야 원, 하룻강아지 범 무서운 줄 모른다고, 여기가 어딘 줄 알고.”

“다시 말하겠소. 내 처분을 기다리면 곱게 죽여주겠소. 하나 살아보겠다고 부하들을 부른다거나 날 향해 덤벼든다면 편히 죽이진 않을 것이오.”

“네놈에 대한 소문은 들었다. 제왕성이 자랑하는 추룡대를 몰살하고 혈리대도 거의 절반을 파괴했다더구나. 하나 개방은 제왕성이 아니다. 감히 그럴 만한 자격이 있는지 네가 한번 보겠다.”

그리고 오른손을 들었다.

하나 아무런 반응이 없자 놀란 표정을 지었다.

“숨어 있는 무사들을 찾는 모양인데 모두 내 손에 죽임을 당했소. 소리를 질러 부르기 전에는 손짓 따위에 몰려올 부하들은 없을 것이오."

"밖에 아무도 없느냐? 오구자는 듣거라! 어서 이자를 사로잡아라!"

하나 아무런 반응이 없자 그제야 구환개의 표정이 굳어졌다. 부하들을 죽일 수 있다. 하지만 자신의 기척까지 속일만큼 쥐도 새도 모르게 죽인다는 것은 가히 소름 끼치는 솜씨였기 때문에 마른침을 삼켰다.

구환개는 몇 번을 더 소리쳐 불렀다. 하나 여전히 단 한 명의 부하도 나타나지 않았다.

그제야 사태의 심각성을 깨달은 듯 구환개의 표정이 굳어졌다.

하나 그것도 잠시뿐 이곳이 개방의 터전이라는 것에 힘을 얻은 듯 웃음을 흘렸다.

"헛헛! 이곳에 있는 개방의 제자들은 모두 수백 명이다. 네놈의 무공이 아무리 고절하다고 해도 그들 모두를 이기리라고 보지는 않는다."

그것은 수백 명을 희생시키는 한이 있더라도 결코 자신의 잘못을 인정하거나 굴복하지 않겠다는 표시였으므로 이혈능의 얼굴에 살기가 떠올랐다.

"구제불능인 인간이로군."

이혈능의 오른손이 뻗어갔다.

등천포를 장력으로 변화시킨 수법이다. 등천포는 도식으로서도 가장 힘있는 초식이기 때문에 장력으로 변화되었어도 그 위력이 가공했다.

구환개는 망설이지 않고 장력으로 맞섰다.

"어디 소문만큼 대단하지 보겠다."

화락!

개방의 자랑인 회선장법이었다.

강렬하게 회전하며 쏘아오는 장법과 이혈능의 등천포가 정면으로 부딪쳤다.

뻑!

"컥!"

구환개의 입에서 신음이 터졌다.

두 눈이 화등잔만 해졌는데 믿을 수 없다는 표정이었다. 자신이 전력을 다한 건 아니지만 구성의 공력을 담았다. 그 정도의 힘이면 절정고수라고 해도 즉사시킬 수 있는 위력인데 상대에게 타격을 입히기는커녕 자신이 오히려 충격을 받았다.

'이, 이건!'

구환개의 눈이 커졌다.

과연 눈앞에 벌어진 일이 현실인지 꿈인지 실감이 나지 않았다.

구환개의 표정이 굳어지며 이번에는 전력을 끌어올렸다.

그리고 회선장법의 최후의 식을 날렸다.

"회… 선… 무… 궁!"

콰아아!

한줄기 백색의 장력이 직선으로 뻗어왔다.

그것은 단단하기 이를 데 없는 바윗덩이었는데 첫눈에 장강임을 이혈능은 알아보았다.

번쩍!

이혈능의 몸에서 흰 광채가 폭발했다.

태목혈이 뽑혀 나온 것인데 쏘아오는 구환개의 장강을 정면으로 후려쳤다.

화악!

갑자기 구환개의 눈이 커졌다. 뿐만 아니라 어느새 몸을 일으켜 세워 한쪽에서 싸움을 보고 있던 역불객의 두 눈이 경악으로 부릅떠졌다.

'맙소사!'

장강(掌罡)이 두 개로 쪼개진 것이다. 장강은 기의 결정이다. 기는 살아 있는 생명이기 때문에 어떤 면에서는 쇠보다 단단하고 질기다. 결코 함부로 부서지거나 하지 않는데 태목혈에 의해 잘려 나간 것이다.

싸악!

기겁을 하며 뒤로 물러섰지만 이미 구환개의 앞가슴 옷자락과 살갗 일부가 잘려졌다. 순식간에 벌겋게 물든 앞가슴을 보며 구환개의 안색이 흙빛으로 변했다.

도저히 상대가 아니었다.

구환개가 입술을 오므렸다. 부하들을 불러 모으기 위해 신호를 보내려는 동작이었다.

번쩍!

구환개가 막 휘파람을 불려는 그 순간 태목혈이 엄청난 속도로 뻗어갔다.

혈영인도류.

그 어떤 것도 이보다 빠를 수는 없다. 등천쇄심도법 후일식이 펼쳐진 것이다. 한마디로 빠름의 총아라고 해도 부족함이 없는 살인적인 속도의 칼.

"컥!"

구환개가 짧은 비명을 토했다.

이미 태목혈이 그의 목젖을 뚫어버린 것이다. 숨을 헐떡거릴 때마다 엄청난 양의 피가 흘러내렸다.

"꺼러럭!"

구환개는 말을 잇지 못하고 알 수 없는 괴성만 흘려냈다.

"떼거리로 몰려올 부하들이 무서워서 신호를 가로막은 것이 아니오. 당신 같은 하찮은 수장을 위해 목숨을 내던질 그들이 불쌍해서 이러는 것이오."

구환개가 더듬거렸다.

"너… 너 같은 애송이에게 나 구환개가 당하다니……."

휘청!

피가 흘러나오는 목을 양손으로 감싸 쥐었다. 조금이라도 지혈을 해보겠다는 본능적인 행동이었는데 손가락 사이를 타고 피는 거세게 흘렀다.

"비… 빌어먹… 을!"

마지막 한 소리를 중얼거리더니 목을 감싼 채 앞으로 엎어졌다.

쿵!

목에서 흘러나온 피가 순식간에 바닥을 흥건히 적셨다

이혈능이 고개를 들어 한쪽에 우두커니 서 있는 역불객을 쳐다보았다.

흠칫!

이혈능의 시선이 자신에게 닿자 역불객이 본능적으로 움찔했다.

잠시 겁에 질린 역불객을 쳐다보던 이혈능이 천천히 몸을 돌렸다.

"미안하네."

이혈능이 문지방을 막 넘어서려 할 때 역불객이 말했다.

"친구를 대신해서 내가 사과하겠네. 입이 열 개라도 할 말이 없네."

잠시 걸음을 멈췄던 이혈능이 천천히 복도를 빠져나갔다.

역불객이 죽은 구환개를 쳐다보며 땅이 꺼져라 길게 한숨을 내쉬었다.

"만약 자네의 휘파람이 입 밖으로 나왔다면 오늘 개방은 개미새끼 한 마리 살아남지 못했을 걸세. 자네 혼자 죽은 게 오히려 천만다행인 줄 알게나."

역불객은 구환개의 시신을 들쳐 메었다. 조그만 무덤이라도 만들어주는 것이 친구로서의 마지막 의리일 것 같았다.

산은 그대로였다. 동천목의 웅장한 산세와 기암고봉을 거느린 방대한 규모의 장원도 여전히 석양에 빛나고 있었다. 이혈능은 느리지도 않고 빠르지도 않는 걸음으로 제왕성의 정문을 향해 다가섰다. 개방의 총단인 개봉을 떠나 이틀 만에 이곳 동천목산의 제왕성에 도착한 것이다.

성은 평화로웠다.

천하를 발아래 두고 마음껏 지배하는 불멸의 단체답지 않게 깊은 정적이 돌고 있었다.

뚝!

문득 정문을 향해 다가가던 이혈능의 발걸음이 돌연 멈추었다.

정문 앞에 두 사람이 쓰러져 있었다. 이혈능은 조심스럽게 다가섰는데 그들은 갈악종과 팽환이었다. 처음 들어오던 날 자신을 쳐다보던 두 사람의 날카로운 눈매와 유난히 체격이 컸기에 아직도 기억하고 있는데 두 사람은 엎어진 채 숨져 있었다.

이혈능은 허리를 구부려 두 사람을 바로 뉘었다.

흠칫!

두 사람의 얼굴을 바라보던 이혈능은 깜짝 놀랐다.

두 사람의 미간에 조그만 핏방울이 굳어 있었다.

'검이다.'

이혈능의 표정은 굳어졌다.

검에 일가(一家)를 이루지 않고서는 몸에 손톱보다 작은 상처만 남기고 상대를 격살할 수 없다.

자신보다 앞서 누군가 제왕성을 침입한 듯했다. 그리고 상대는 상상을 벗어난 고수였다.

이혈능은 천천히 걸음을 옮겼다.

활짝 열린 정문 안으로 들어서다 말고 이혈능은 또다시 놀라고 말았다. 넓은 야외 연무장에 수십 구의 시신이 나동그라져 있었다. 가까이 다가가 확인했는데 갈악종과 팽환의 시신처럼 그들 모두 미간에 손톱만 한 핏방울이 굳어져 있었다.

'으음!'

상대의 검은 예상보다 훨씬 더 높았다. 한두 사람이면 모를까 이 많은 사람들 모두를, 그것도 오로지 미간만을 가격해 죽였다는 것은 상대의 검이 어쩌면 육식귀원의 경지에 육박했을지도 모른다고 생각했다. 여러 가지 동작으로 격렬하게 반항하는 적을 일관되게 미간만을 파괴해 죽인다는 것은 보통 사람으로서는 꿈도 꿀 수 없는 솜씨였다.

이혈능은 엄청난 고수가 제왕성을 침입했다는 것을 짐작하며 걸음을 재촉했다.

시신은 갈수록 늘어났고 역시 그들의 치명상은 미간 파괴였다.

멈칫!

그런데 계속 죽은 시신을 살피며 나아가던 이혈능의 두 눈이 이채를 발했다.

시신의 몸에 난 상처가 조금씩 커졌고 일부는 미간이 아닌 어깨와 가슴에 검흔이 남겨져 있었다. 그것은 곧 상대 또한 지쳤고, 그래서 검의 위력이 처음보다 훨씬 떨어지고 있다는 반증이었다.

이혈능의 예상을 뒷받침이라도 하듯 네 번째 건물을 돌아설 때 병장기 부딪치는 소리가 들려왔다.

이혈능은 빠르게 건물을 돌아섰다.

잘 가꿔진 정원을 휘두르고 있는 삼층의 전각 앞마당에서 한참 싸움이 벌어지고 있었다. 이미 마당 곳곳에는 수십여 구의 시신이 있었는데 상처가 난잡했다. 그것은 흉수의 검이 처음과 달리 많이 지쳐 있다는 뜻이었는데, 이혈능은 고개를 들어 싸움을 주시했다.

대략 이십오륙 세가량 되어 보인 흑의사내가 이십여 명의 추룡대 무사에게 포위 공격을 받고 있었다. 한데 놀랍게도 추룡대 무사들이 밀리고 있었다. 흑의사내의 검이 한 번씩 바람을 일으킬 때마다 추룡대 무사들이 기겁하며 몸을 피하기에 바빴다.

'곽무!'

이혈능의 눈이 커졌다.

추룡대 무사들을 지휘하고 있는 사내는 곽무였다. 자신이 확보한 정보에 의하면 곽무는 추룡대의 대주로 진급했다.

슈와아!

흑의사내의 검이 폭풍처럼 추룡대 무사들을 쓸어갔다.

그때 문득 이혈능의 눈이 커졌다. 흑의사내의 검끝에서 수많은 매화가 뿜어져 나오고 있었기 때문이다.

'이십사수매화검법!'

흑의사내의 검에서 뿜어져 나오는 것은 구파일방 중 한 곳이자 제왕성에 마지막까지 저항하다 짓밟힌 화산파의 진산절기 이십사수매화검법이었다.

화산은 제왕성에 굴복하지 않고 끝까지 맞서 싸우다 장문인을 비롯한 수많은 희생자를 냈다. 특히 화산파의 진산지보이자 장문영부인 칠매신검을 두 손으로 제왕성주에게 갖다 바치는 수모를 당했다.

"컥!"

"크아악!"

세 명의 추룡대 무사가 비명을 지르며 나동그라졌다.

하나 흑의사내도 온전하지는 못했다. 이미 오랫동안에 걸친 혈투로 인해 검의 위력은 처음과 많은 차이를 보였고 더구나 제왕성의 정예인 추룡대의 가공할 협공에 손과 발이 느려지며 몸에 부상을 입기 시작했다.

휘청거리는 흑의사내의 몸에 연거푸 삼 검이 더 틀어박혔다.

파파팍!

"우욱!"

흑의사내가 거칠게 헐떡거렸다. 하나 자신을 에워싸고 있는 추룡대를 쳐다보는 두 눈은 무섭게 불타오르고 있었다. 그것은 복수의 의지였다. 기필코 받은 대로 돌려주고야 말겠다는 뜨거운 열의였지만 전세는 불리하게 돌아가고 있었다.

파파팍!

연거푸 쌍방이 충돌하고 비명이 터져 나왔다.

"크악!"

"욱!"

두 명의 추룡대 무사가 쓰러졌다.

하나 흑의사내도 왼쪽 팔이 잘려 나갔다.

파팟!

곧바로 오른손으로 어깨 근처의 혈도를 눌러 지혈을 한 흑의사내가 추룡대 무사들을 향해 검을 떨쳐 내었다.

쏵!

퍼퍼퍽!

위기였다. 흑의사내의 검이 눈에 띄게 느려졌고 힘을 잃어 가고 있었다. 그에 반해 추룡대 무사들은 더욱 기세를 올렸 다. 흑의사내가 점차 위력을 잃어가는 것에 용기를 얻은 듯 더욱 힘을 내어 필살의 공격들을 쏟아내었다.

"가랏!"

"어림없다!"

콰아앙!

양쪽의 공격이 거센 충돌을 일으켰고 흑의사내가 뒤로 튕 겨 나갔다.

털썩!

이혈능의 발 앞에 떨어졌는데 입에서 검붉은 피를 꾸역꾸 역 토해내고 있었다.

"흐흐흐!"

"큭큭!"

추룡대 무사들이 험악한 웃음을 흘리며 비틀거리며 일어 서는 흑의사내를 향해 다가갔다. 흑의사내는 결코 물러서지 않겠다는 의지를 보이고 있었지만 몸을 제대로 가누지 못하 고 있었다.

"단신으로 제왕성에 뛰어들다니, 그 용기 하나는 가상하구 나."

"감히 화산에서 본 성에 대한 복수를 꿈꿨다니, 널 죽이고 화산을 찾아가 완전히 도륙을 내버리겠다.”

살벌하게 떠벌리며 두 명의 추룡대 무사가 몸을 날렸다.

쉭! 쏵!

짧고 빠른 검에 흑의사내의 검이 원을 그렸다.

파팍!

하나 흑의사내의 검끝에서는 단 한 송이의 매화도 만들어지지 않았고 두 추룡대 무사의 검기에 휘감기고 말았다.

화락!

“커억!”

가슴을 움켜쥐고 뒷걸음치는 흑의사내의 앞가슴이 피로 붉게 물들어 있었다.

“학학!”

흑의사내는 비틀거리면서도 검을 들어 올렸다.

하나 부르르! 떨기만 할 뿐 검을 떨쳐 내지는 못했다. 그만큼 흑의사내의 몸은 최악이었는데 또다시 세 명의 추룡대 무사가 야멸차게 베어왔다.

쿠와와! 파아아!

세 사람의 검이 흑의사내의 몸을 내려칠 때 번쩍! 하는 흰빛의 섬광이 피어났다.

“어!”

“뭐지!”

갑자기 눈앞이 새하얗게 변하며 순간적으로 세 사람은 시

력을 잃어버렸다. 그리고 연이어 느껴지는 따끔한 느낌과 함
께 급속히 퍼지는 고통에 자신들도 모르게 비명을 질렀다.

"웬 놈이냐?"

단 일 초에 세 사람의 동료가 시신으로 변하자 추룡대 무사
들이 주춤거렸다.

어느새 흑의사내 앞을 이혈능이 가로막고 서 있었다.

아무도 이혈능이 누군지를 몰라보았다. 지금의 추룡대 무
사들은 그의 손에 모두 몰살한 뒤를 이어 새롭게 결성되었기
때문이다. 유일하게 곽무만이 이혈능을 알아보고 당황한 빛
을 감추지 못했다.

'저, 저 자식이 어떻게 여길?

이혈능이 조용히 뇌까렸다.

"다행이군. 모두가 모르는 얼굴들이어서 말이야."

그 말은 죽이는 데 부담을 느낄 필요가 전혀 없다는 뜻이었
다.

콰아아!

이혈능이 도약했다.

순간 하늘로부터 엄청난 섬광이 터져 나왔고 십여 명의 추
룡대 무사는 입을 떠억 벌리고 말았다. 아직까지 사람의 눈을
멀게 하는 칼은 보지 못했기 때문이다.

"도대체!"

"뭐가 보여야 공격을 하든 말든 할 것 아냐!"

당황한 음성을 터뜨릴 때 벼락을 맞은 듯 온몸이 뜨거워졌다. 직감적으로 뭔가 잘못되었다는 것을 느꼈지만 이미 몸에서 뜨거운 기운이 빠져나가기 시작했다.

털썩! 털썩!

추락하는 새처럼 추룡대 무사들은 시신이 되어 땅바닥에 곤두박질쳤다.

'우우! 이럴 수가!'

혼자 살아남은 곽무의 눈이 부릅떠졌다.

단 일 초에 부하들이 모두 숨을 거두자 할 말을 잃었다. 아무 말도 못하고 그저 망연자실해 서 있는 자신의 곁을 이혈능은 그냥 스쳐 지나갔다.

그리고 바닥에 쓰러진 흑의사내를 향해 말했다.

"일어날 수 있겠소?"

흑의사내가 더듬거리며 말했다.

"도, 도와주서서 감사합니다. 송구하지만 대협의 존성대명은?"

"이혈능이라 하오."

"오오! 바로 이혈능 대협 되시오? 소문은 익히 들었소이다. 소생은 화산의 감엽상이라 하오."

흑의사내가 몸을 일으켰다. 하나 워낙 중상을 입어 간신히 버티고 설 뿐이었다.

"난 본 파의 장문영부를 찾으러 왔소. 칠매신검 말이오."

“견딜 수 있겠소?”

“이 정도는 아무렇지도 않소.”

하나 한 걸음도 채 떼지 못하고 휘청거렸다. 그러나 쓰러지지는 않았고, 조심스럽게 걸음을 옮겨 멀어져 갔다.

이혈능 또한 걸음을 재촉했다.

“그냥 가면 어떡하느냐?”

곽무가 차갑게 말했다.

이혈능이 돌아서서 곽무를 보며 말했다.

“그럼 어쩌란 말이오? 형을 내 손으로 죽이기라도 하란 말이오? 아니면 그때처럼 부상이라도 입혀달라는 것이오?”

곽무는 할 말이 없었다.

하지만 이혈능이 그냥 가서는 안 될 것 같아 한마디 더 했다.

“나 또한 제왕성 사람이다. 네가 지나가는 것을 이대로 지켜보고만 있을 수는 없다.”

“그럼 할 수 없구려.”

말이 떨어지자마자 이혈능의 칼이 뻗어왔다.

곽무는 본능적으로 주먹을 뻗었다.

빡!

권기가 단번에 베어지고 곽무는 앞가슴이 후끈거리는 것을 느꼈다. 어느새 자신의 앞가슴은 길게 베어져 있었고 피가 흘러내리고 있었다.

"그 정도면 나와 싸우다 다친 줄 알 것이오."

곽무는 걸어가는 이혈능을 보며 할 말을 잃었다. 그리고 끝내 서 있지 못하고 바닥에 털썩 주저앉아 고통의 신음을 흘렸다.

"으으! 나쁜 새끼."

이혈능은 빠르게 걸음을 옮겨갔다.

단우황의 처소가 멀지 않은 곳에 있었으므로 그쪽을 향했다.

가슴을 주체할 수가 없었다. 마치 죄짓고 쫓기는 사람처럼 심하게 떨려왔다. 너무 흥분이 되어 시원한 냉수를 연속으로 두 사발이나 들이켰는데도 뛰는 가슴은 진정되지 않았다.

'멍청한 자식, 그렇다고 벌건 대낮에 쳐들어오면 어떡해.'

흥분은 그가 살아 돌아왔다는 것 때문이고 가슴이 뛰는 것은 혹시나 일이 잘못되어 불행한 일이 생길까 염려되어서였다.

아무리 침착하려 해도 도무지 가만히 있을 수가 없었다. 결국 슬며시 밖으로 나가보기로 했다.

밖은 평소와 다름없이 조용했다. 이미 자신은 추룡대를 떠나 장로로 승진했다. 제왕성에서 여자의 몸으로 장로의 위치에까지 오른 인물은 자신이 최초라고 했다.

자신도 모르게 걸음이 빨라지고 있었다.

화당(火堂)을 지나 개막원을 끼고 돌자 시신들이 발견되었다. 시선은 모두 아홉 구였는데 모두 가슴에 칼자국이 선명했다. 단 일 도에 절명했음을 알 수 있었는데 한눈에 보아도 이혈능의 짓임을 알아볼 수 있는 등천쇄심도법이었다.

빠르게 뒤를 쫓아 올라갔다.

시신은 끝없이 이어지고 있었는데 모두가 단 일 도에 절명을 했다. 야트막한 고개를 넘어서던 도접의 발걸음이 그 자리에 멈춰 섰다. 십여 장 앞에 두 명의 제왕성 무사를 쓰러뜨리고 막 걸음을 옮기는 이혈능의 뒷모습이 보였다.

"……."

몇 년 만인가. 얼마나 보고 싶어했던가? 몸을 던진 낙일애를 틈만 나면 찾아가 흘린 눈물만 해도 장강을 이루고 남을 것이다. 그토록 애타게 찾았고 그리워했던 사내가 눈앞에 있었다. 한 걸음에 달려가 안기고 싶은데 걸음이 떨어지지 않는다.

"이, 이봐!"

자신도 모르게 불렀다. 일부러 그렇게 부르려고 했던 것이 아니라 그냥 튀어나온 호칭이다.

이혈능으로부터 아무런 반응이 없었으므로 다시 불렀다.

"잠깐!"

한데도 여전히 듣지 못한 듯 이혈능은 앞을 향해 다가가고 있었다.

“이혈능!”

이번에는 조금 목소리를 높여 불렀다.

뚝!

이혈능의 걸음이 멈췄다. 잠시 그렇게 서 있던 이혈능이 천천히 몸을 돌렸다.

이혈능이었다. 그토록 보고 싶었던 그가 자신을 쳐다보고 있었다.

잠시 두 사람은 서로를 쳐다보며 서 있었다.

가슴이 쿵쾅거렸다. 심장이 밖으로 튀어나올 듯 뛴다. 뛰는 가슴은 도무지 진정될 기미가 없었고 얼굴까지 붉게 달아올랐다.

이혈능이 느릿하게 다가왔다.

와락!

도접은 더 이상 서 있지 못하고 한걸음에 달려가 안기고 말았다.

지독한 땀 냄새가 훅 하고 코끝에 스쳤지만 그까짓 게 대수인가. 죽어도 좋다고 생각했다. 이렇게 사랑하는 사내의 품에 안겨 숨을 거두어도 더 이상 삶에 미련이나 회한은 없을 것 같았다.

아아, 얼마나 좋은 세상인가.

아무리 참으려 해도 자신도 모르게 눈물이 줄줄 흘러내리고 말았다.

"도대체 지금 뭐 하는 것이오? 어떻게 적의 품 안에 안겨 눈물을 흘릴 수가 있단 말이오?"

이혈능이 내려다보며 타박했다.

이대로 영원히 있고 싶었다. 두 번 다시 떨어지지 않겠다고 이를 악물며 이혈능의 목을 끌어안고 있을 때 차가운 음성이 들려왔다.

"너희 둘을 오늘 모두 죽이겠다!"

그것은 무서운 포효였다. 암컷을 빼앗긴 수컷의 분노와 다르지 않았는데 이혈능에게서 떨어져 나온 도접의 눈빛이 흔들렸다. 아직까지 단우황이 저토록 분노한 모습을 본 적이 없었기 때문이다.

좌아아!

단우황이 곧장 날아왔다.

단번에 이혈능의 쳐죽이겠다는 듯 맹렬한 장력을 내뿜었다.

콰아아!

이혈능은 도접을 한쪽으로 밀쳐 냈다. 그리고 곧바로 장력으로 응수하며 말했다.

"잘 왔소, 그러잖아도 찾아가려던 참이었는데."

콰앙!

두 사람의 장력이 충돌했고 단우황이 주춤 뒤로 한 걸음 물러났는데 와락 인상이 우그러졌다. 가뜩이나 흥분한 상태에서 자신이 밀렸다는 것까지 더해져 더욱 광포하게 날아왔다.

"널 죽이고 또 죽이겠다!"

차라리 절규였다.

쿠와아아!

거친 바람이 난도질할 듯 밀려오자 이혈능은 지체없이 좌장을 쭉 뻗었다.

퍼어억!

"크음!"

단우황의 입에서 신음이 터져 나왔고 급기야 검을 뽑아 들었다.

새파란 검광이 사방으로 뻗어나갔으며 단우황이 도약했다.

파앗!

그것은 광기였다. 질투에 눈이 먼 사내의 광분이었고 가혹한 집착이었다.

쉬악!

검은 단번에 이혈능의 목을 벨 듯 날아왔다.

이혈능 또한 태목혈을 어느새 뽑아 들고 단우황의 검을 향해 망설임없이 맞서 나갔다.

카캉!

불꽃이 일며 단우황이 멈칫했다.

기혈이 뒤집힐 듯했고 손목이 시큰거리며 아랫도리까지

후들거려 왔다. 엄청난 힘의 열세가 느껴진 것이다. 그것은 그를 더욱 자극했고 재차 폭주하듯 뛰쳐나갔다.

바바바박!

오른손에 검을 쳐들고 달려나가는 그의 모습은 마치 광야의 늑대와 다를 바 없었다.

부— 웅!

그가 도약하며 일검을 내려쳤다.

콰우우!

"끝내주겠소. 노도천리향."

태목혈이 가공할 기세로 떨어져 내렸다.

콰쾅!

검과 칼이 부딪쳤다. 그리고 한 사람의 입에서 처절한 비명이 터져 나왔다. 단우황의 손에 들린 검은 이미 손잡이만 남기고 잘려 나갔고 그의 의복이 걸레조각처럼 찢겨 나가 있었다.

단우황의 눈이 튀어나올 듯 커져 있었다.

믿을 수 없다는 듯 한동안 말을 잇지 못하고 입만 쩌억 벌리고 있었다.

"개자식!"

그때 뒤쪽에서 지켜보고 있던 오족의가 날아왔다.

순간 이혈능이 차갑게 말했다.

"건방진… 꺼져!"

콰악!

이혈능의 칼이 냉정하게 베어졌다.

순간 엄청난 도기가 오족의를 삼켜 버렸다.

쿠라락!

"커어억!"

오족의가 줄 끊어진 연처럼 날아가 떨어졌는데, 온몸에 거미줄처럼 금이 가 있었다.

"이, 이런 쾌도라니."

털썩!

단우황의 좌측으로 떨어져 숨을 거두었다. 단 일 초에 수장이 숨을 거두자 생사무혼대 무사들이 주춤 뒤로 물러났다.

이혈능이 단우황을 쳐다보았다. 그는 어느 정도 안색을 회복하고 있었는데 기세가 확실히 한풀 꺾인 모습이었다.

스으으!

검을 들어 올렸다. 어느 정도 마음의 안정을 찾은 듯 진중했다.

쉬아악!

검기가 폭풍처럼 몰아왔다. 그것은 사나웠고 그 무엇이라도 날려 버릴 것 같은 기세였다.

이혈능의 칼이 원을 그었다.

"도… 원… 천… 지… 혈!"

콰가강!

두 기운이 허공에서 작렬했다.

파파팟!

그리고 치열한 기세 싸움을 벌이던 양쪽의 기운이 돌연 한쪽으로 밀려갔다. 그것은 단우황의 검기가 도기에 밀리는 현상이었는데, 한순간 퍼엉! 하는 소리와 함께 완전히 부서지고 말았다.

푸욱!

그리고 태목혈이 단우황의 앞가슴을 스치며 사라졌다.

"커헉!"

허연 갈비뼈가 드러나 보였다. 하나 단우황은 결코 물러서지 않고 다시 검을 들어 올렸다.

"기… 기필코 네놈을 죽인다."

후왁!

미친 듯 달려들었다.

떨어지는 단우황의 검은 악착같았고 마치 화산이 폭발하는 듯 가공했다.

이혈능의 눈이 좁혀졌다.

두둥!

그리고 칼이 떠올랐다.

그것은 온통 흰 광채뿐이었고 허공으로 떠오른 덩어리는 떨어지는 단우황의 검기 속을 뚫고 들어갔다.

촤악!

검기는 여지없이 관통되었다.

푸우욱!

검기를 뚫고 들어온 태목혈이 단우황의 인후혈에 깊숙이 박혀 있었다.

주륵!

도신을 타고 피가 흘러내렸다.

촤악!

이혈능이 칼을 뽑자 엄청난 피가 쏟아져 나왔다.

단우황이 가래 끓는 소리를 내며 말했다.

"지… 지금 칼은……."

"광마천중도."

"과… 광마천중도? 하면 그 칼이 바로 태목혈?"

"맞소."

"커러럭!"

더욱 가래 끓는 소리가 심해졌고, 단우황이 문득 시선을 들어 도접을 쳐다보았다.

풀썩!

돌연 단우황이 메마른 미소를 지었다.

"보… 봉자라고 했던가?"

멈칫!

이혈능의 두 눈이 빛을 뿌렸다. 그리고 혼잣말로 피식 중얼거렸다.

'도접의 본명이 봉자였군.'

단우황이 말라가는 입술을 혀로 축이며 입을 열어 말했다.

"표현이나 방법이 워낙 서툴다 보니 너에 대한 나의 선의가 불만스러웠을 것이다. 하지만 나로서는 최선을 다했다."

금방이라도 숨이 끊어질 듯 헉헉대며 말을 이었다.

"부… 분명히 말하지만……."

단우황의 얼굴이 짙은 잿빛으로 물들었다.

"내… 내가 사랑했던 여인은 이 세상에서 너 하나밖에 없었다. 이거 내 진심이다……."

휘청!

거칠게 한 번 비틀거리며 말했다.

"사… 사랑했다, 봉… 자!"

그리고 마침내 앞으로 고꾸라졌다.

쿠웅!

도접의 두 눈이 깊이 가라앉았다.

한참 동안 꼼짝도 않고 죽은 단우황을 쳐다보던 도접이 길게 한숨을 내쉬며 중얼거렸다.

"미안하군요. 난 당신을 한 번도 그렇게 생각해 본 적이 없었는데."

이윽고 도접은 좌측 소롯길로 접어들고 있는 이혈능을 따라가며 물었다.

"어딜 가는 거야?"

“감여옥에 가기 전에 잠시 들를 곳이 있소.”
도접이 다그치듯 물었다.
“어딘데?”
이혈능이 대답없이 몸을 날렸다.
도접 또한 이혈능의 뒤를 따라갔다.
이혈능이 빠르게 소롯길을 내달려 반 각 가까이 동쪽으로
달리더니 이윽고 먹물 같은 시커먼 전각 앞에 날아 내렸다.
“여긴 혈리대 아냐?”
도접이 따라 내려서며 말했는데, 전각 현판에 혈리대라는
글씨가 쓰여 있었다.

第九章 흑도대종사

시련의 연속 끝에 마침내 웅크렸던 몸을 일으켜 창비한다!

복수를 위해 제왕성에 뛰어든 소년에게 닥친 엄청난 고난과

신비하며 때로는 악마의 모습을 갖춘 소림삼시칠방의 등장!

험난하고 고독하며 위력적이고 놀라운 곳, 그곳의 문이 열린다!

『소림삼시칠방(少林三十七房)』

이혈능은 천천히 혈리대 전각 안으로 걸어 들어갔다. 아무런 방해자도 없었고 이혈능은 대방(隊房)이라고 쓰인 문 앞에 걸음을 멈추었다. 문은 굳게 닫혀 있었고 이혈능은 팔을 뻗어 문을 안으로 밀쳤다.

스르르!

문이 열리고 방 안의 광경이 눈에 들어왔다.

금사충이 혼자 탁자에 앉아 술을 마시고 있었다.

쭈욱!

잔에 가득 찬 술을 비우더니 천천히 자리에서 일어났다.

얼굴이 취기로 벌겋게 달아올라 있는 금사충이 이혈능을

보며 조용히 미소를 지었다.

"기다렸다."

"모태주를 마시고 있었구려?"

"북사가 좋아하던 술이지."

이혈능이 멈칫했다.

금사충이 말을 이었다.

"그는 살인을 하기 전에 항상 모태주 한 잔을 비운다."

콱!

그리고 천마봉을 힘껏 쥐었다.

"너에 대한 예우 차원에서 부하들을 모두 물리쳤다. 우리 제대로 한판 붙어보자꾸나."

말이 끝남과 동시에 금사충이 달려들어 왔다.

천마봉이 일도양단의 식으로 떨어졌고 태목혈이 틀어막았다.

캉!

불꽃이 일어났고 금사충이 뒤로 주춤 밀려났는데 무척 놀란 표정이었다.

"천마봉이 밀리다니!"

믿을 수 없다는 듯 외쳐 말하더니 다시 달려들었다.

콰콰콱!

연달아 천마봉이 빠르게 떨어졌고 태목혈 또한 망설임없이 부딪쳐 나갔다.

꽈가강! 처척!

두 사람이 다시 떨어졌다.

휙! 휘익!

하나 곧바로 다시 두 사람은 달라붙었다.

쿠아앙!

두 사람의 병기가 충돌하며 일어난 반탄강기에 방 안이 태
풍을 맞은 듯 휩쓸렸다.

부우웅!

돌연 천마봉이 손을 빠져나왔다.

그와 함께 금사충의 입에서 가공할 외침이 터져 나왔다.

"생… 사… 수… 라… 기!"

쉬이익!

둥실 떠 있던 천마봉이 벼락같이 이혈능을 향해 날아왔다.

그걸 보며 금사충의 입가에 웃음이 떠올랐다. 승리를 낙관
하는 승자의 여유였다.

입어(入御).

이기어도 바로 아래 단계이다. 이기어도가 아닌 이상 자신
이 결코 패할 리는 죽어도 없었다.

"엇!"

그런데 바로 그때 금사충의 입에서 다급성이 터졌다.

이혈능의 손에서 칼이 떨어져 나왔는데, 그것은 자신의 천
마봉과는 비교가 안 될 만큼 부드럽게 날아오고 있었다.

“이… 이기어도.”

최악의 경우가 도래한 것이다.

그것은 설명할 길이 없는 충격이며 절망이었고 끔찍한 악몽이었다. 천만 분의 일도 안 되는 확률이 나타난 것이다.

싸악!

순식간에 천마봉이 잘라지고 자신의 가슴을 향해 칼은 빗살처럼 날아들어 왔다.

푸욱!

금사충의 가슴에 커다란 구멍 생겼다.

콸콸!

엄청난 피가 방바닥으로 흘러내렸다. 잠시 부릅뜬 시선으로 이혈능을 쳐다보던 금사충이 투덜거렸다.

“제… 젠장!”

금사충이 그 한마디를 남기고 엎어졌다.

하나 바닥에 엎어져서도 금사충은 품위를 잃지 않기 위해 애썼다.

“그… 그래도.”

헐떡거리며 안간힘을 다해 말했다.

“내… 내가 이 세상에서 가장 존경한 사람은 북사였다. 그는 나의 우상… 이었다…….”

그리고 검붉은 핏덩이를 토하며 숨이 끊어졌다.

잠시 죽은 금사충을 쳐다보던 이혈능의 몸을 돌려 나왔다.

혈리대를 나온 이혈능은 계단 끝에 서서 먼 하늘을 쳐다보았다. 저 멀리 수많은 전각 중 유난히 고색창연한 한 채의 지붕이 보인다. 바로 단우천의 거처인 감여옥이었다.

이혈능은 무엇에 이끌린 사람처럼 감여옥을 향해 발걸음을 내딛기 시작했다.

감여옥은 바다 속처럼 조용했다. 시간조차 멈추어 버린 듯 사방은 짙은 적요에 묻혀 있었고 바람도 엎드려 숨을 삼켰다. 석양은 마지막 불길을 태우고 있었는데 이혈능은 잠시 걸음을 멈추고 길게 심호흡을 했다.

그리고 태목혈을 더욱 힘껏 움켜잡았다.

슈아악!

이혈능이 몸을 날렸다.

"악!"

"커억!"

정원으로부터 비명이 흘러나왔다.

콰아아!

칼은 냉정하게 뻗어나갔다. 겉으로 봐서는 아무런 그림자도 없는 평범한 정원이었다. 하나 칼이 뻗어간 곳에서는 예외 없는 비명이 터져 나왔다.

"커컥!"

"아이고!"

이혈능의 칼은 쉬지 않았다. 번갯불을 토하듯 바위와 나무를 양단했고 그때마다 핏물이 사방으로 튀었다.

초혼만혈대.

감여옥을 지키는 마흔네 명의 전사였다. 그들은 단우천의 수족이자 그림자들로 일당백이라 할 수 있는 절정의 인물들이었다. 아무도 그들의 눈을 피할 수 없으며 감여옥의 침입자는 그들에 의해 추살되었다.

그런 불세출의 인물들이 채 반항 한 번 제대로 하지 못하고 이혈능의 칼에 목숨을 잃어가고 있었다.

"꺼억!"

"욱!"

잘 가꾸어진 정원에서 피 냄새가 진동을 했다.

푹!

이혈능의 칼이 조그만 괴석을 찔렀다.

"으윽!"

바위가 비명을 흘렸고 붉은 피가 흘러내렸는데, 그것은 고도의 잠영술로 변장해 있던 초혼만혈대 무사였다.

뚝뚝!

도신을 타고 붉은 피가 떨어져 내렸다. 잠시 호흡을 고른 이혈능은 천천히 전각 안으로 걸음을 옮겼다.

쭈욱 뻗은 복도는 붉은 양탄자가 깔려 있었고 복도 좌우로는 호화로운 그림과 조각상들이 걸려 있었다. 천장에 박힌 주

먹만 한 야명주가 복도를 밝히고 있었는데 사방은 쥐 죽은 듯
조용했다.

이혈능은 굳이 발걸음 소리를 감추지 않았다. 그렇다고 일
부러 들으라는 듯 큰 소리를 내지도 않았다. 당당하게 걸음을
옮겨 단우천의 방을 향해 다가갈 뿐이었다.

척!

붉은 혈왕목으로 된 거대한 문이 앞을 가로막고 있었다.

두 마리의 혈룡이 똬리를 틀고 하늘로 솟구치는 그림이 생
생하게 조각되어 있었는데, 이혈능은 잠시 문을 지그시 바라
보았다. 문 안쪽으로부터 사람의 온기가 느껴졌다. 아마 단우
천일 것이다.

이혈능은 천천히 들고 있던 칼로 문을 밀었다.

스르르!

문은 의외로 쉽게 열렸다.

문이 활짝 열리고 방 안의 모습이 드러났는데, 한 사내가
있었다. 마치 자신이 올 줄 알고 기다린 듯 방 한가운데서 우
뚝 서 있었는데 이혈능은 단번에 그가 단우천이라는 것을 알
아보았다.

단우천이 빙긋 웃음을 지었다.

"거침이 없군?"

"소생은 이혈능이라고 합니다."

이혈능은 깍듯한 예를 취했다.

단우천이 고개를 끄덕였다.

"무척 좋군. 아주 좋아."

무엇이 좋다는 건지 단우천은 흡족한 표정으로 지었다.

"석년의 나를 보는 것 같아. 나도 자네처럼 그랬어. 거침이 없었지. 헛헛헛!"

단우천은 마치 젊은 시절의 자신의 모습을 이혈능에게서 발견한 듯 맑은 웃음을 흘렸다.

그리고 잠시 이혈능을 더듬듯 살피더니 옆구리에 차고 있던 검을 뽑아 들었다.

쿠르릉!

검이 검집에서 뽑혀 나오는데 한줄기 뇌전을 방불케 하는 굉음이 터져 나왔다. 한눈에 예사 검이 아니라는 것을 알 수 있었는데 검이 뽑혀 나오자 방 안에 푸른 광채가 넘실대었다.

불끈!

이혈능 역시 태목혈을 더욱 세차게 쥐었다.

두 사람은 아무 말도 하지 않고 서로를 쳐다보았다. 지금에서 말을 한다는 것은 모두가 부질없다는 것을 잘 알고 있었다. 오로지 손에 들린 칼과 검으로 말할 뿐이다.

아늑하던 방 안은 싸늘한 냉기로 뒤덮였다. 두 사람은 서로를 바라보며 꼼짝을 하지 않았다.

미소 가득하던 단우천의 얼굴이 점차 변화를 거듭했다. 이혈능의 기세가 예상을 웃돈다는 듯 그것은 당황함이었는데,

그것도 잠시일 뿐 무심한 얼굴로 돌아갔다.

슈우우! 화르르!

두 사람의 칼과 검에서 강한 기운이 뿜어져 나가 서로 뒤엉켰다.

카카칵!

단순히 기운이 뿜어져 나가 얽혔을 뿐인데도 거친 쇳소리가 방 안을 울렸다.

파파팟! 팍! 쉭!

두 사람이 동시에 움직였다. 서로를 향해 힘껏 칼과 검을 내려쳤다.

콰앙!

천둥 소리가 울려 퍼졌고 두 사람은 위치를 바꿔 섰다.

일 초의 대결에서는 아무런 변화도 일어나지 않았다. 두 사람 모두 처음처럼 고요했고 여유를 흘리고 있었다.

슈아아!

푸른 검강이 밀려오고 있었다.

그것은 검이라기보다는 도도한 물결이었다.

이혈능이 표정을 굳히며 벼락처럼 달려나갔다.

이제야말로 마지막 승부다. 특히 단우천은 자타가 공인하는 당대제일의 고수.

그런 거물과의 싸움에서 피한다는 것은 큰 의미가 없다. 오로지 정면 승부만이 최선이다.

콰우!

이혈능의 칼이 떨어졌다.

뻐어억!

엄청난 폭음에 금방이라도 전각이 무너질 듯 웅웅거렸다.

두 사람은 뒤로 한 걸음씩 물러났다. 둘의 의복은 어느새 여기저기 찢어져 있었고 머리카락은 헝클어지기 시작했다. 하나 둘의 눈빛만큼은 흔들림이 없었고 서로의 틈을 매섭게 노려볼 뿐이었다.

다다닥!

단우천이 오른손으로 검을 쳐든 채 빠르게 다가왔다.

순간 이혈능 역시 뒤질세라 달려갔다.

그리고 어느 한순간 두 사람의 신형이 새처럼 떠오르며 서로를 향해 칼과 검을 힘껏 내려쳐 갔다.

까가강!

"커어!"

"으윽!"

방 안의 온갖 기물들이 거센 반탄강기에 마구 휘날리는 가운데 두 마디 신음이 터져 나왔다. 하나 여전히 겉으로는 우열을 짐작할 수 없을 만큼 두 사람의 기세는 변화가 없었다.

좌좌좌악!

단우천의 검이 연속적으로 휘둘러졌다.

방 안의 공기가 갈기갈기 찢어지며 비명을 질렀고 이혈능의 칼이 또다시 마주쳐 나갔다.

빡! 퍼어억!

둔탁한 소리가 들리며 이혈능의 칼이 튕겨 나오는 반동을 이용해 곧바로 찔러 들어갔다.

슈웅!

더 이상 빠를 수 없다는 혈영인도류.

끄극!

하나 채 반도 뻗어나가기 전에 단우천이 쳐놓은 거대한 검막에 막혔다.

팍!

이혈능의 도세가 바뀌었다.

음산한 어둠처럼 칼이 뻗어나갔는데 등천쇄심도법 후이식 도행야유사였다. 뒤이어 이혈능의 칼은 끊임없이 변화를 일으켰는데 후육식이 연환식으로 펼쳐졌다.

쏴라락! 파파팍!

하나 놀랍게도 이혈능의 연환식은 번번이 단우천에 의해 차단되었다. 그것은 후육식으로서는 결코 단우천을 어떻게 해볼 수 없다는 뜻이었으므로 이혈능의 두 눈이 더욱 발광했다.

파파팍! 쉬리릭!

두 사람은 침묵 속에 치열한 공방을 벌였다.

하나 누가 더 우위를 점하고 있는지 구별할 수 없을 만큼 막상막하였다.

꾸르릉!

충격으로 흔들거리던 벽이 무너지기 시작했다.

우르르르! 퍼퍼퍽!

기왓장을 비롯한 건물 잔해가 두 사람의 몸 한 자 가까이에서 저절로 튕겨 나갔다. 강력한 호신강기에 밀려 나간 것이다.

감여옥이 무너지면서 수많은 제왕성 사람들이 몰려들었고, 그들은 두 사람을 중심으로 거대한 원을 형성했다.

"학학!"

"헉헉!"

어깨가 파도치듯 들썩거릴 만큼 두 사람의 호흡이 거칠어졌다.

하나 서로를 향한 공세의 고삐는 조금도 늦춰지지 않았다. 두 사람은 여전히 침묵했고, 구경하는 수백의 사람들은 손에 땀을 쥐었다.

쾅쾅쾅!

싸움은 갈수록 치열해졌고 급기야 누가 누군지 구별이 되지 않을 만큼 빨라졌다. 희끄무레한 그림자만 허공을 누비며 서로를 향해 붙었다 떨어졌다를 반복했다.

"가히 신들의 쟁투라 할 만하다."

"차라리 꿈결이로군!"

사람들은 연신 감탄과 충격을 금치 못했다.

쿠웅!

빠르게 움직이던 단우천의 검이 속도를 떨어뜨렸다.

빠른 검이 갑자기 늦어질 땐 한 가지 이유뿐이다. 파괴력을 높여주는 초식으로의 변화를 줄 때다.

쿠와아아!

예상대로 산악 같은 검기가 밀려왔다.

이혈능 또한 심각한 위기를 느꼈고 곧바로 검을 수평으로 뉘었다가 밀려오는 단우천의 검기를 향해 찔러 넣었다.

슈우욱! 끄으!

섬칫한 음향이 터져 나오며 단우천의 검기가 흔들렸다.

키그그그!

이혈능의 도기가 더욱 빠르게 파고들었고 좌우로 뒤틀리던 단우천의 검기가 팟! 하는 소리를 내며 깨져 나갔다. 순간 단우천이 뒤로 몸을 빼면서 흩어진 검기를 다시 끌어 모으려 할 때 이혈능의 칼이 빠르게 떨어졌다.

파아!

채 모아지지 않은 검기는 두부처럼 잘려지고 단우천의 왼쪽 어깨가 도기에 스쳤다.

사악! 파앗!

검붉은 피가 주위 무너진 건물 더미 위로 비처럼 떨어졌다.

피가 흘러내리는데도 단우천의 표정은 처음 그대로였다.

또한 선공으로 더욱 맹렬한 전투의지를 과시했다. 위기일수록 공격적으로 나가는 고수다운 행동이었다.

부우웅!

단우천의 검이 회오리쳤다.

거센 검기를 일으키며 회오리치던 단우천의 검기가 한순간 탄탄하게 뭉쳐져 이혈능의 머리 위로 떨어져 내렸다.

무엇이든 스치기만 해도 찢겨 나가는 단포와검류였다.

두둥!

태목혈이 거센 흰빛의 광채에 휩싸였다.

차가운 얼음막 같은 형태로 돌변한 태목혈이 지체없이 단포와검류 속으로 파고들었다.

"저… 저건?"

"무리다!"

구경하던 사람들이 경악의 외침을 터뜨렸다.

하나 사람들의 염려와 달리 이혈능의 칼은 소용돌이치는 급류를 뚫고 솟아오르는 용처럼 태목혈이 단포와검류의 기세를 마구 헤집으며 베어내고 있었다.

콰콰콰!

순식간 단포와검류가 잘려 나갔고 슈악! 하는 소릴 내며 단우천을 휘감아 버렸다.

파파팍!

단우천이 맹렬히 자신을 에워싼 도기를 장력으로 쳐냈다.

출렁!

태목혈이 잠시 휘청거리는 것 같더니 이내 중심을 잡고 단우천의 몸을 난도질해 버렸다.

촤촤촤촤악!

"크허헉!"

단우천이 몸이 뒤로 튕겨 나갔다.

퍼억!

늙은 소나무에 거세게 부딪치며 휘청거렸는데 온몸이 피를 뒤집어쓰고 있었다.

단우천의 의연함을 잃지 않기 위해 애썼다.

옆에 소나무가 있는데도 절대 손을 뻗지 않고 자신의 의지로만 몸을 세웠다.

그리고 입을 열어 물었다.

"지… 지금 칼은……?"

"광마천중도외다."

휘청!

단우천은 또다시 넘어지려는 몸을 가까스로 세우더니 나직한 목소리로 말했다.

"이, 이제."

한마디 한마디 내뱉기가 몹시 힘드는 듯 헐떡거렸다.

"처… 천하는 너의 것…이…다."

스멀스멀!

단우천의 몸에서 피가 샘물처럼 솟아 흘렀다.

"너… 넌 강하다. 너야말로……."

넘어지려는 몸을 단우천은 악착같이 세우며 마지막 말을 내뱉었다.

"처… 천하제일인이… 다."

단우천의 입술이 멈췄다.

그리고 그대로 꼿꼿하게 앞으로 넘어졌다.

쿠웅!

구경하는 사람들 중 누구도 입을 열지 않았다. 모두가 숨을 고르며 승자의 움직임을 살폈다. 그것은 새로운 신화의 탄생이었고 아무도 예측하지 못한 대반전이었기 때문에 잠시 동안 모두는 충격에서 헤어 나오지 못했다.

그때 숨 막히는 정적을 뚫고 누군가 외쳤다.

"차, 찾았다!"

일제히 시선이 소리가 들려온 곳으로 돌아갔다.

무너진 건물 잔해 더미 속에서 감엽상이 고색창연한 검 한 자루를 찾아 들고 있었다. 바로 화산의 장문영부이자 신물인 칠매신검이었다. 감엽상은 칠매신검을 찾아 들고 소리 높여 외쳤다.

"선… 조들이시여, 본 파의 장문영부를 찾았사옵니다! 선조들이시여… 기뻐해 주십시오!"

감엽상의 떨리는 외침이 하늘 높이 울려 퍼졌고 잠시 후 침묵을 깨는 또 하나의 소리가 있었다.

마녀와 마부를 비롯해 삼십여 명의 초라한 행색의 사람들이 다가왔다. 그들은 모두 제왕성의 가장 밑바닥에서 생활하던 일꾼들이었다. 하나 누구도 그들을 향해 경멸의 시선이나 조소를 흘리지 않았다. 비록 행색은 초라해도 한때는 천하를 질타했던 거목들이었기 때문이다.

처처척!

그들은 일제히 이혈능의 앞에 다가와 무릎을 꿇었다.

이혈능이 놀라 물었다.

"지금 무슨 짓들을 하고 있는 것이오?"

맨 선두에 무릎을 꿇는 마녀가 말했다.

"강호는 강자에게 엎드리는 것 아니던가? 이제 우리의 주인은 자네일세."

담사동이 말했다.

"강자는 약자의 예를 받는 걸세. 거절치 말게."

그러면서 이혈능을 향해 큰절을 올렸다. 이혈능은 담사동의 말처럼 결코 가로막거나 제지하지 않았다. 자신은 승자이고 강자이므로 그들의 예의를 받을 충분한 자격이 있었기 때문이다.

이혈능이 그들의 예를 받고 있을 때 또 다른 목소리가 울려왔다.

"바야흐로 네놈이 천하를 쥐었구나."

두 사람이 다가오고 있었다.

앞선 사람은 마승이었고 뒤를 따르는 사람은 조금 왜소한 체구의 흑의중년인이었다.

마승은 비록 무공을 잃었지만 일세를 풍미한 거목다운 늠연한 기상까지 완전히 감출 수는 없었다.

"얼마나 고생 많으셨습니까."

"고생은 나보다 이 사람이 했지. 누군지 알아보겠느냐?"

이혈능의 흑의중년인을 쳐다보았다.

어떻게 잊을 수 있단 말인가. 그가 아니었다면 자신은 금사충의 손에 목숨을 잃고 말았을 것이다. 지금도 그를 생각하면 가슴 한쪽에서 뜨거운 피가 솟구쳐 올랐다. 그것은 구명에 대한 은혜였고 자신이 살아 있다는 것에 대한 놀라운 감사였다.

이혈능은 소천득을 향해 허리를 구부려 예를 취했다.

"제가 왜 모르겠습니까? 이혈능이 인사 올립니다."

"헛헛! 호법님께서 자네를 보면 무척 즐거워하시겠군. 아무튼 대단하네."

북사는 소림삼십칠방의 오대호법 중 한 사람이었다.

"죽였느냐?"

그때 마승이 불쑥 물었다.

그의 안색이 긴장으로 굳어졌는데 이혈능의 대답을 숨죽이며 기다렸다.

이혈능이 잠시 굳은 표정을 짓자 마승이 다그치듯 재차 물었다.

“왜 아무런 대답이 없느냐? 설마 죽였단 말이냐?”

“나 이렇게 살아 있다.”

바로 그때 멀리서 한 소리 대답이 들려왔고, 마승의 고개가 빠르게 돌아갔다.

멀리서 탈혼도백이 터벅터벅 걸어오고 있었다.

마승이 한눈에 달려가 탈혼도백의 손을 잡았다.

“살아 있었구나.”

“저놈이 내가 불쌍해 보였는지 살려주더구나. 아무튼 우리 이제 그만 가자.”

“가자니, 어딜?”

탈혼도백이 버럭 소릴 질렀다.

“아직도 강호에 미련이 남았느냐? 이제 우리가 설치는 건 추태밖에 안 된다. 세상은 젊은 아이들에게 맡기고 어디 깊은 골짜기에 숨어 뒈질 때까지 나오지 말자.”

마승이 고개를 끄덕였다.

“좋은 얘기다. 그래, 조용하고 경치 좋은 산속으로 떠나자!”

두 사람이 나란히 어깨를 하고 가는데 갑자기 소천득이 따라나섰다.

그러자 탈혼도백이 이마를 찡그리며 물었다.

“네가 왜 우릴 따라나서느냐?”

“연세가 많으신 두 분 곁에서 제가 세상 떠나실 때까지 수발을 들어드리고 싶습니다.”

탈혼도백이 눈을 크게 떴다.

“수발?”

“예, 밥도 하고 빨래도 하고 두 분의 잔심부름을 하고 싶습니다. 늙으면 힘이 없어서 밥 하기가 얼마나 힘든 일인 줄 아십니까?”

탈혼도백의 눈이 세모꼴로 좁혀졌다.

“그 말은 우리 제자가 되고 싶다는 말 아니냐?”

“다른 건 몰라도 밥 하나는 기가 막히게 잘할 자신 있습니다.”

“정말이지? 너, 밥 태웠다가는 죽을 줄 알아?”

“밥 안 태울 자신 있습니다.”

그렇게 세 사람이 나란히 길을 떠났고, 이혈능이 그런 그들을 웃음 가득한 시선으로 쳐다보았다.

그때 마녀와 마부를 비롯한 제왕성의 고수들이 강호쌍괴를 향해 일제히 허리를 구부려 인사했다.

“두 분 어르신, 오래오래 건강하게 사십시오.”

“나중에 저승에서 뵙겠습니다.”

두 사람이 그들을 향해 손을 들어 보여주며 사람들 시선에서 멀어져 갔다.

뎅! 뎅!

그때 멀리서 종소리가 들려왔다.

문득 이혈능의 시선이 소리가 들려온 곳으로 돌아갔다. 그 소리는 제왕성의 문사(門寺)인 대원사에서 저녁 예불을 알리는 종소리였다.

'그러고 보니 오늘이 형님 기일 아닌가?'

이혈능은 대원사를 향해 발걸음을 옮겼다.

"어딜 가?"

도접이 날카롭게 물었다.

이혈능이 아무런 대꾸 없이 걸음을 옮기자 도접이 버럭 소리 질렀다.

"어딜 가느냐니까?!"

이혈능이 돌아서서 인상을 우그러뜨렸다.

"당신 시아주버니 기일이오. 그래서 향 하나 태울까 싶어 가는 중이오."

그리고 돌아서서 걸음을 옮겼다.

도접이 눈을 동그랗게 뜨고 중얼거렸다.

"내… 내 시아주버니."

순간 자신도 모르게 얼굴이 빨개졌다. 그것보다 더 확실한 청혼은 없었기 때문이다.

"그럼 같이 가야지."

도접이 빠르게 달려가 이혈능과 어깨를 나란히 했다.

두 사람이 대원사에 도착했을 때에는 한참 저녁 예불이 진행되는 중이었다.

흠칫!

문득 이혈능의 눈이 커졌다.

대웅전의 석가모니불 아래 커다란 지방이 붙어 있었는데, 눈을 크게 뜨고 바라보자 제문은 형의 것이었다. 한데 더욱 놀라운 것은 등을 돌리고 앉아 목탁을 두드리고 있는 여승이었다.

"저 여인은 단우산?"

도접이 깜짝 놀라며 중얼거렸다. 비록 머리를 빡빡 밀었지만 빼어난 용모는 틀림없는 단우산이었다. 단우산이 여승이 되어 지금 형의 제사를 지내주고 있었다.

뚝!

잠시 후 단우산이 목탁을 멈췄다.

그리고 천천히 일어나 돌아섰는데 이미 이혈능의 존재를 알고 있었던 듯 별로 놀라지도 않고 조용히 밖으로 나섰다. 이혈능은 잠시 우두커니 서 있다가 말없이 단우산을 따라갔다.

단우산은 대웅전 뜰 한곳에 발걸음을 세우고 섰다.

투툭!

아무런 말도 없이 손에 쥐고 있는 염주만 열심히 굴리더니 나직이 말했다.

"모든 것이 업보예요."

그녀의 눈빛이 촉촉하게 젖어들었다. 이미 아버지와 오라버니의 죽음을 알고 있는 듯했다.

"미안하오."

"난 공자님을 이해해요. 나 같았어도 그 두 사람을 결코 용서하지 않았을 거예요."

이혈능은 묵묵히 듣고만 있었다.

단우산이 조그만 입술을 움직여 말했다.

"이런 걸 운명이라고 한다죠. 강호의 피는 돌고 돌아 종국에는 내게 돌아온다고 했어요."

단우산이 이혈능을 향해 똑바로 돌아섰다.

그녀의 두 눈에 눈물이 주렁주렁 매달려 있었는데 금방이라도 볼을 타고 흘러내릴 것 같았다.

"난 모두를 사랑해요."

단우산이 울먹이는 소리로 더듬거렸다.

"아버지와 오라버니… 그리고 그이."

주륵!

끝내 그녀의 눈에 가득 담겨 있던 눈물이 흘러내리고 말았다. 그녀는 그렇게 하염없이 눈물을 흘리며 서 있었다.

이혈능은 도저히 그녀를 쳐다볼 수가 없어 고개를 떨구어버리고 말았다.

"이 공자님!"

단우산이 이혈능을 눈물 범벅이 된 눈으로 쳐다보았다.

"북사를 잘 아는 사람들은 제왕성주인 아버지를 암살하려 했던 그의 실패를 믿으려 들지 않았어요. 그만큼 그는 뛰어난 인물이었죠. 한데 왜 실패한 줄 아세요?"

"……"

"나 때문이에요. 그는 내가 제왕성주의 딸인 줄 모르고 사랑을 했고 우연히 내게 발설하고 만 거예요."

이혈능의 눈이 커졌다.

단우산의 말은 계속되었다.

"결국 치열한 갈등과 고민에 시달리던 끝에 난 핏줄을 택하고 말았어요. 결국 당신의 형님은 내가 죽인 것이나 마찬가지예요."

굳어져 있던 이혈능의 표정이 어느 순간 풀어졌다.

그리고 담담한 목소리로 말했다.

"괴로워 마시오. 나 같았어도 그렇게 했을 것이오."

"정말인가요?"

단우산의 눈이 빛을 뿌렸다.

그것은 자신의 마음 깊은 곳에 거대한 응어리가 된 무거운 짐을 다소 덜어주는 말이었기 때문이다.

이혈능이 고개를 끄덕였다.

"세상에서 핏줄 이상 중요한 대상은 없는 것이오. 가족 말이오. 낭자는 그 원칙에 충실했던 것이오. 형님도 그 점을 충분히 이해할 것이오."

"고맙군요. 이 공자님께서 그렇게 넓은 마음으로 소녀의 고통을 헤아려 주시는군요."

"나 또한 낭자의 부친과 오라버니를 어쩔 수 없이 해친 몸이오. 나 역시 진심으로 낭자에게 사죄드리오."

"이것 한 가지는 명심해 주세요."

"말씀해 보시오."

"난 이 공자님을 전혀 미워하지 않아요. 솔직히 지금 내 가슴은 무척 뛰고 있어요. 세속의 모든 인연을 끊고자 출가를 했지만 이 공자님 앞에 서니 너무 떨려요. 마치 형님과 마주 서 있는 것 같단 말이에요."

이혈능의 눈빛이 잠겼다.

그것은 형님을 너무 사랑했다는 의미였고 아직도 열병을 앓고 있다는 뜻이었는데 그야말로 지독한 사랑이 아닐 수 없었다.

문득 단우산이 양손을 가슴 앞에 모아 합장했다.

"그럼 소승은 이만."

이혈능도 잽싸게 양손을 모았다.

단우산은 천천히 돌아섰다.

그녀는 헐렁한 가사 자락을 펄럭이며 사뿐사뿐 걸어가고 있었다. 바람이 불면 금방이라도 혹 날아갈 것 같은 가냘픈 몸매를 좌우로 흔들며 법당 건물 뒤로 모습을 감추었다.

저녁 이내가 본격적으로 깔리며 피와 운명과 사랑을 일거에 덮어씌우기 시작했다.

　그로부터 한 달 후, 구파일방을 비롯해 내로라하는 명문정파 앞으로 한 통의 서찰이 전달되었다. 거기에는 다음과 같은 내용의 글귀가 큼지막하게 쓰여 있었다.

　금번 중양절을 기해 흑도무림의 창립(創立)을 정식으로 선포할 예정이오니 참석하시어 자리를 빛내주시길 부탁드리오이다.
　　　　　　　　　　　　　흑도대종사 이혈능 배상(拜上).

　원단과 더불어 강호인은 물론 일반인들에게도 최고의 명절 중 하나인 중양절 날 아침 수양산으로 사람들이 몰려들기 시작했다. 수양산은 수산(首山), 뇌수산(雷首山), 중조산(中條山)등으로 불리며 백이(伯夷)와 숙제(叔齊)가 굶어 죽었다는 곳이 바로 이곳이다.
　예전부터 수양산은 흑도인들에게는 성지로 알려져 있었는데 이곳에 바로 흑도의 본가인 흑도총문 신와흑장(神瓦黑莊)이 있기 때문이었다. 흑도의 몰락과 함께 신와흑장도 거의 반폐허가 되다시피 했지만 어쩐 일인지 깨끗하게 단장이 되었고 상당한 과거의 위엄을 되찾고 있었다.
　"어서 오십시오."
　"이렇게 먼 길을 마다 않고 찾아와 주셔서 감사해요."

두 명의 여인이 신와흑장 정문에 서서 찾아오는 방문객들을 향해 다소곳이 절을 했다.

"가만, 저 여인이 누구여?"

"엇! 죽음의 청소부였던 추룡대의 전 대주, 칼의 나비 도접 아닌감?"

방문객들이 기절초풍할 듯 놀라 부르짖었다. 칼의 나비란 이름으로 강호를 공포로 떨게 했던 도접이 하얀 의복을 곱게 차려입고 정성을 다해 자신들을 맞이하자 어안이 벙벙한 표정을 지었다.

사람들이 당황하며 속삭이는 모습을 보며 도접은 빙그레 웃음을 지었다. 한데 그녀의 아랫배가 불룩 솟아 나와 있었다. 한데 사람들은 그런 모습을 놓치지 않았다.

"저 불룩 튀어나온 아랫배 좀 봐. 저건 뱃속에 아이가 들었을 때 나타나는 현상 아닌가?"

"세상에! 누가 저런 무시무시한 여인을 부인으로 삼았단 말인가?"

"천하에 도접을 부인으로 맞아들일 사람이 이혈능 흑도대종사 말고 또 누가 있는가?"

"맞아. 내가 미처 그 생각을 못했군. 그나저나 거참, 세상 오래 살고 볼 일이군. 그토록 살기등등하던 여인이 저토록 요조숙녀가 되어 우릴 눈웃음치며 맞이하다니."

정문을 통과하는 사람들치고 도접에 대해 한마디씩 내뱉

지 않는 사람이 없었다.

"그런데 도접 옆에 있는 여인은 누군가? 저 여인도 배가 불룩 튀어나온 것이 아이를 가진 듯한데?"

"저 여인은 흑도대종사였던 매담자의 손녀라네. 아마 저 여인 또한 이혈능 대종사의 아이를 가진 모양이군."

"진짜 이래도 되는 거야?"

갑자기 한 남자가 인상을 찌푸렸다.

"누군 나이 오십이 되도록 마누라 한 명 얻지를 못해 만날 유곽 문턱이 닳도록 들락거리고 있는데, 누군 절색의 여인을 두 명씩이나 임신시키다니."

다른 사내가 물었다.

"자네, 무공이 강한가?"

"아니."

"돈 많나?"

"아니."

"자네 요즘 여자들은 돈 없고 무공 낮으면 눈길도 안 준다는 걸 모르나?"

사내들의 투덜거림을 듣고 있던 도접과 위지설이 빙긋 웃음을 지었다.

오시가 되어 초청을 받은 사람들이 모였는데 대략 오백여 명가량 되었다.

미리 준비한 음식들을 먹으며 흑도무림의 개파대회는 순

조롭게 진행되어 갔고 어느 정도 분위기가 무르익자 이혈능이 사람들을 향해 외쳐 말했다.

"소생은 앞으로 정도무림과 공존 공생을 원칙으로 흑도무림을 다스릴 것을 맹세합니다!"

이혈능이 말이 끝나자마자 소림의 장문인으로 정식 추대된 망아 선사가 답사를 했다.

"정도무림의 수장으로서 노납 또한 한마디 하겠소. 우린 앞으로 흑도와 어깨를 나란히 하는 친구 관계가 되어 평화로운 강호를 이끌어가는 데 전력을 다할 것을 약속하오."

그러자 누군가 술잔을 쳐들며 외쳐 말했다.

"우리 이혈능 흑도대종사를 위해 건배합시다!"

"좋소이다."

사람들이 일제히 잔을 들고 큰 소리로 외쳤다.

"이혈능 대종사 만세!"

"흑도무림 만세!"

사람들은 일제히 잔을 비웠고, 시간이 흐를수록 개파대회 분위기는 무척 훈훈하고 밝게 무르익어 갔다.

〈終〉